Chère l[illegible]

Ç[illegible]es, du soleil, et des [illegible]aux jours font toujo[illegible]et de surprise, vous [illegible]année où l'on peut [illegible]ndu se produire…

C'est d'ailleurs ce dont nos héroïnes vont faire l'expérience ce mois-ci : Becca ouvrira sa porte — et son cœur — à un inconnu (n° 1085), Georgie acceptera la surprenante proposition de Josh de se faire passer pour son fiancé (n° 1082), Mary Karen renouera avec son premier amour, et vivra une folle nuit qui l'embarquera dans une aventure incroyable (n° 1083)…

Et puis l'été est aussi synonyme de rencontres et d'amours éphémères… qui peuvent se transformer en amours durables, comme Bridgette l'apprendra dans *Pour l'amour d'un pédiatre* (n° 1085).

Oui, c'est bien la surprise et l'imprévu que vont vivre nos héroïnes : voilà un été qui commence bien !

Bonne lecture et rendez-vous le mois prochain !

La responsable de collection

Le rêve d'un père

*

Surprise aux urgences

DIANNE DRAKE

Le rêve d'un père

COLLECTION Blanche

éditions HARLEQUIN

Collection : Blanche

Cet ouvrage a été publié en langue anglaise
sous le titre :
No .1 DAD IN TEXAS

Traduction française de
CHARLINE McGREGOR

HARLEQUIN®
est une marque déposée par le Groupe Harlequin
Blanche® est une marque déposée par Harlequin S.A.

Photo de couverture
Père & fils : © WAVEBREAKMEDIA LTD/ROYALTY FREE/SHUTTERSTOCK

83-85, boulevard Vincent-Auriol, 75646 PARIS CEDEX 13.

Service Lectrices — Tél. : 01 45 82 47 47
www.harlequin.fr

ISBN 978-2-2802-4564-7 — ISSN 0223-5056

1.

— Suivant !

Le Dr Belle Carter regarda la dizaine de vachers qui lui faisaient face, les yeux rivés sur elle, mais obstinément muets. Elle avait l'habitude que les hommes la dévisagent, mais pas de cette façon. Ceux qui étaient le plus mal en point, présentant ce joli teint verdâtre si typique des empoisonnements alimentaires, s'accrochaient aux meubles pour maintenir un équilibre visiblement précaire. La bactérie *E. coli* avait frappé la moitié des employés du ranch de Chachalaca Creek, situé non loin de Big Badger, au Texas. Avant même de recevoir les résultats des premiers tests qu'elle avait envoyés au labo, elle avait soupçonné les germes de haricots qui agrémentaient leur salade verte. Pour une fois que des cow-boys mangeaient des légumes au lieu de leurs habituels steaks ou côtes de porc ! Cela dit, tant que ces hommes refuseraient de se laisser examiner, elle ne pourrait pas vérifier son diagnostic.

— Si vous souffrez des symptômes que je viens de vous décrire ou que j'ai évoqués lors de mes précédentes visites, il faut me le dire tout de suite. Sans traitement, vous en avez au minimum pour dix jours de lit, vous pouvez me faire confiance… J'ai des antinauséeux, si ça intéresse quelqu'un, ajouta-t-elle en agitant une boîte de pilules.

Sans provoquer la moindre réaction… C'était la troisième fois qu'elle se déplaçait, et s'ils continuaient à l'ignorer de la sorte, ce serait la dernière.

— Ils ont toujours du mal avec les nouveaux médecins, lui murmura son aide-infirmière, Maudie Tucker, qui l'avait prise à part. Ils avaient l'habitude du vieux Dr Nelson, alors ce n'est pas facile, pour eux, de se confier à une doctoresse. Ils se méfient de toi.

C'était l'évidence même ! Mais, bon sang, ils étaient malades, et en principe ce simple fait aurait dû les aider à passer outre la méfiance initiale. Elle n'allait tout de même pas se laisser dépasser par une bactérie gastrique !

— Oui, seulement il se trouve que ce bon vieux Dr Nelson s'est volatilisé avec sa réceptionniste, de trente-cinq ans sa cadette. Je suis donc le seul médecin à cent kilomètres à la ronde, alors soit ils s'habituent à la doctoresse, soit ils se débrouillent tout seuls avec leur virus.

Elle compatissait, car ils étaient visiblement mal en point, mais leurs comportements l'agaçaient. S'ils espéraient lui échapper aussi facilement, c'était mal la connaître. Elle les examinerait dans la salle de jeux où ils s'étaient réfugiés s'il le fallait !

— Il va leur falloir du temps pour se faire à vous, reprit Maudie. Les gens sont un peu rudes, par ici, mais ils finiront par s'habituer.

— Peut-être, mais c'est *maintenant* qu'ils sont malades.

Belle aimait beaucoup Maudie, pour qui le cabinet médical était toute sa vie. Infirmière chevronnée, elle y travaillait déjà quand Belle était arrivée, et y serait probablement encore quand elle repartirait, malgré ses quarante-deux ans de carrière. Elle était douce et gentille avec les patients, qui l'adoraient. Mais aujourd'hui la gentillesse ne servirait à rien. Il fallait se montrer ferme, ce qui n'était pas la qualité principale de Maudie.

— Donc, poursuivit Belle, soit ils prennent ces cachets, soit certains cas vont s'aggraver et ils ne pourront pas aller travailler. Je doute que le propriétaire du ranch apprécie beaucoup si je lui explique pourquoi ses vachers sont cloués au lit.

Elle avait été appelée pour résoudre un problème, et

déçue et leur divorce, cinq ans plus tôt, avait mis fin à ses chagrins. Pas question de repasser par là. Mais elle savait qu'elle restait vulnérable face à Cade. Très vulnérable.

— Je travaille, Cade. On parlera plus tard. En attendant, laisse-moi tranquille, d'accord ?

— Comme tu voudras. Mais, au passage, j'ai l'impression que tu aurais bien besoin de l'aide d'un autre médecin, sur ce coup-là.

Elle jeta un coup d'œil dans l'autre pièce. Ses patients semblaient s'être totalement désintéressés de leur conversation. Elle s'approcha de lui, mâchoires serrées, et murmura entre ses dents :

— Ne me fais pas ça, Cade Carter. Ne sous-entends jamais que je suis incapable de me débrouiller sans toi. A plus tard.

— Je ne faisais que proposer, dit-il, sans bouger d'un pouce.

Il ne faisait que proposer. Mais quoi, au juste ? Elle avait été soulagée quand leur divorce avait été prononcé. Bien sûr, c'était triste, par bien des aspects, pour Michael notamment, mais leur divorce avait été un vrai soulagement. Elle ne supportait plus la vie avec Cade.

— Quelles que soient les mauvaises nouvelles que tu as à m'annoncer, elles attendront que j'aie fini ma journée.

— Je ne voulais pas faire ça, tu sais ?

— Faire quoi ?

— Te donner une mauvaise opinion de moi. Tu crois toujours que je vais t'annoncer une catastrophe.

— Je n'ai pas une mauvaise opinion de toi, Cade. Mais on a été mariés, tu t'en souviens ? Et je sais à quoi m'en tenir, avec toi.

— Je n'ai pas que des mauvais côtés…, dit-il avec un sourire canaille.

Puis il inclina légèrement son chapeau et sortit.

— Je n'en reviens pas que vous ayez laissé filer un homme pareil, lâcha Maudie en le regardant s'éloigner.

— On ne peut pas garder les gens contre leur gré, répondit-elle en se retournant vers ses patients.

Mais c'était Cade qu'elle avait à l'esprit. Bon père. Excellent chirurgien. Et la dernière personne qu'elle s'attendait à voir aujourd'hui. Il devait mijoter quelque chose. Elle ne savait pas quoi, mais c'était certain. Mais, pour l'instant, elle devait en revenir à sa tâche.

— O.K., les gars… Voilà la situation : j'ai un enfant de sept ans à nourrir, et pas beaucoup de temps à lui consacrer. Plus je m'attarde ici, et moins Michael verra sa maman. Ceux d'entre vous qui ont une femme ou des enfants me comprendront. Vous allez former une file devant moi pour que je puisse vous examiner.

— La fibre sentimentale, bien vu…, lui chuchota Maudie, quand, l'un après l'autre, les hommes vinrent se placer en ligne face à elles.

— Tous les moyens sont bons, répliqua Belle, amusée.

Serait-ce aussi le cas pour Cade ? Il voulait certainement obtenir quelque chose. Quelque chose qu'elle refuserait de lui accorder. Tout le contraire de leur mariage — là, c'était elle qui demandait quelque chose qu'il n'avait pas voulu lui donner.

La matinée s'acheva bien mieux qu'elle n'avait commencé. Ce soir, quand les cachets auraient fait effet, les vachers se sentiraient mieux, à l'exception des trois qui ne s'étaient pas présentés. Etait-elle parvenue à gagner leur respect ? Non, il ne fallait pas être naïve. Mais tant pis l'essentiel était fait. La doctoresse remportait la première bataille. La deuxième, en revanche, restait à mener, et l'adversaire risquait d'être plus coriace. Même si elle n'en était pas certaine, un pincement au creux de l'estomac lui disait que sa discussion avec Cade serait rude.

— Je ne voulais pas te mettre en porte-à-faux, dit Cade lorsque Belle sortit de la voiture.

— C'est ta façon de t'excuser ?

— Si tu estimes que je te dois des excuses, alors oui.

Appuyé au chambranle de la porte de son bureau, chapeau baissé sur les yeux, il l'attendait dans l'ombre. L'homme le plus sexy qu'elle ait jamais vu n'avait rien perdu de sa beauté sauvage. Malgré elle, il lui faisait toujours autant d'effet, avec ses cheveux bruns légèrement ondulés, ses yeux gris ardoise et sa silhouette athlétique. Elle n'avait pas résisté bien longtemps à son charme, jadis, et ils s'étaient mariés rapidement. Sans réfléchir.

— C'est quoi, ce chapeau ? demanda-t-elle.

Il fallait bien avouer que cela le rendait encore plus sexy.

— Je ne le porte qu'au Texas, répondit-il en la regardant sous sa visière.

— Excuses acceptées, mais ne me refais jamais ça, Cade, dit-elle en déverrouillant la porte. C'est assez dur comme ça de me faire accepter ici, dans l'ombre du fameux Dr Nelson. Je n'ai pas besoin que tu viennes me proposer ton aide, ni quoi que ce soit d'autre, d'ailleurs. Si tu me disais plutôt ce que tu fais ici ? Ça ne fait que trois jours que tu es parti, tu ne devais pas revenir avant…

— Neuf jours. C'est pour ça que je suis venu. Neuf jours, c'est long. Trop long, en fait.

L'estomac de Belle se noua encore un peu plus fort. Voulait-il obtenir la garde de Michael ? Il n'avait jamais fait de démarches dans ce sens jusqu'à présent, alors, pourquoi maintenant ?

— Et donc ? demanda-t-elle, d'un ton qu'elle espérait neutre.

— Et donc, je ne passe pas assez de temps avec Michael. Il grandit, et un week-end sur deux ça ne me suffit pas. Cet arrangement me rend fou, Belle. Alors, j'ai décidé de prendre quelques semaines de congé pour venir m'installer à Big Badger. Je veux apprendre à le connaître, et les quelques heures que je passe avec lui ne me permettent pas de le faire.

— Mais c'est comme ça depuis cinq ans, alors pourquoi maintenant ?

— Parce que je vieillis.

Elle secoua la tête.

— Tu ne me dis pas tout.

— Peut-être qu'il n'y a pas de raison particulière, Belle. Peut-être que je veux juste m'impliquer davantage.

Bien sûr… Comme il s'était impliqué dans leur mariage ? Comme il s'était impliqué dans leur vie de famille ? Il s'était toujours soustrait à toutes ses obligations, alors qu'est-ce qui pouvait bien le pousser à changer d'attitude maintenant ?

— Tu n'es pas malade ?

— Tu as toujours été directe, toi au moins, dit-il, un sourire aux lèvres. Non, je vais très bien. Pas trop déçue ?

— Crois-moi si tu veux, Cade, je n'ai rien contre toi. Je n'ai jamais rien eu contre toi, et à moins que tu ne m'en donnes de bonnes raisons, en me prenant Michael par exemple, ça ne risque pas de changer.

— C'est ce que tu penses ? Que je veux te prendre Michael ?

— Ça paraît logique, non ? Tout se passe bien, et soudain tu viens ici m'annoncer que tu veux faire des changements…

— Ce que je veux, ce que j'ai toujours voulu, c'est ce qu'il y a de mieux pour Michael. Je ne l'éloignerai jamais de toi, Belle, parce que je sais que tu es ce qu'il a de plus cher. Je suis désolé que tu aies pu penser le contraire. Décidément, je passe mon temps à m'excuser, aujourd'hui, ajouta-t-il en secouant la tête. J'aimerais tellement que les choses soient différentes entre nous.

C'était au moins un soulagement. Pourtant, il se comportait de façon bizarre.

— Je sais, moi aussi. Et sache que je n'ai jamais vraiment cru que tu voulais me l'enlever. On a eu des mauvais moments, mais je savais au fond de moi que tu ne ferais jamais ça. J'étais juste surprise de te voir, et je ne sais jamais à quoi m'attendre, venant de toi.

— Et tu veux toujours savoir ce qui t'attend, remarqua-t-il sans méchanceté apparente.

— Eh oui, je suis comme ça. Bref, je sais que Michael te manque, mais ça ne me dit pas pourquoi tu es là au juste.

— Je te l'ai dit. Pourquoi refuses-tu de me croire ?

Elle secoua la tête, puis lui fit signe de la suivre jusqu'à son bureau.

— Tu es en train de me dire que tu peux abandonner ton cabinet comme ça, sur un coup de tête ? demanda-t-elle en s'appuyant à la porte pour stabiliser ses jambes chancelantes.

Divorce à l'amiable. Le mot était bien joli, mais ce n'était qu'un mot et elle ne voyait rien d'amiable dans ce que Cade était venu réclamer. Elle prit une profonde inspiration. Il voulait chambouler sa vie une seconde fois, et même ses paroles réconfortantes ne laissaient aucun doute sur ses intentions.

— Du jour au lendemain, tu décides de te mettre en congé et tu t'envoles pour le Texas ?

— C'est l'un des avantages à être associé dans un cabinet médical. C'est moi qui établis les règles. Et puis, il y a toujours des collègues pour prendre le relai. Alors, j'ai décidé que j'avais besoin… Enfin bref, pense ce que tu veux, je suis venu passer du temps avec Michael.

Tout cela n'avait pas de sens.

— Ah oui ? Pour quelques semaines ? Tu comptes rester à Big Badger quelques semaines ?

Cade était du genre arrogant, mais elle ne percevait rien de cela dans ses yeux à cet instant. Il n'avait pas non plus ce regard froid derrière lequel il se retranchait parfois. Il tenait vraiment à rester.

— Sérieusement, Belle, est-ce si mal de vouloir passer du temps avec mon fils ?

En général, non, bien sûr. Elle ne savait plus que penser car elle avait aperçu cette lueur d'émotion dans ses yeux. Brièvement, mais de façon certaine. La même que le jour où Michael était né, la même que le jour où elle lui avait annoncé que ce dernier était atteint du syndrome d'Asperger.

Cade Carter ne dévoilait pas grand-chose de ses sentiments, sauf de temps en temps… Et dans ces moments-là il était sincère, elle le savait.

— Bon, apparemment, tu n'as pas l'intention de m'en dire plus, et je n'ai pas le temps de te cuisiner. Disons que je te crois, et pour l'instant je ne chercherai pas à en savoir plus. Mais il faudra bien qu'on tire tout ça au clair, Cade, que ça te plaise ou non.

— Je te jure qu'il n'y a rien d'autre, dit-il en affichant ce sourire charmeur qui l'avait mise dans le pétrin des années plus tôt.

— Avant que tu fasses des projets, je te signale que j'ai prévu des choses pour Michael. Je l'ai inscrit à un programme qui a reçu de nombreuses récompenses pour ses avancées sur l'autisme. Il est d'ailleurs dirigé par un médecin de renom international. Il sera donc à Austin les trois prochaines semaines.

— Il n'a pas besoin d'y aller, maintenant que je suis là.

— Tout est déjà organisé.

— Je ne me rappelle pas avoir été consulté.

— C'est vrai, j'aurais peut-être dû t'avertir, tout comme tu aurais dû m'avertir de ton arrivée. Mais il y a un mois, quand je t'ai dit que je voulais te parler d'un programme dont j'avais entendu du bien, tu m'as répondu que tu me rappellerais. Idem les trois autres fois où j'ai essayé de remettre le sujet sur le tapis. Tu t'en souviens ?

— J'étais occupé, marmonna-t-il entre ses dents.

Le charme était rompu, laissant place à leurs querelles habituelles.

— Moi aussi, rétorqua-t-elle. Mais j'ai quand même pris le temps de me renseigner sur ce programme, et d'essayer de t'en parler. Mais voilà… Tu continues à te comporter comme quand on était mariés : tu n'accordes pas la moindre attention à ce que je te dis.

Tous deux voulaient ce qu'il y avait de mieux pour Michael, mais leur collaboration s'arrêtait là. Pour Cade, il suffisait de lui accorder plus de temps et d'amour. Elle pensait en revanche que Michael s'épanouirait mieux s'il suivait des programmes consacrés aux enfants comme lui.

— Donc, j'espère que tu as pris un aller-retour, reprit-elle. En faisant vite, tu peux être rentré à Chicago ce soir.

— Désinscris-le de ce programme. Je veux passer les prochaines semaines avec lui.

— Pas question ! Tu auras Michael six semaines d'affilée à la fin de l'été, comme prévu. Rentre chez toi et laisse-moi tranquille.

Tout était déjà organisé, elle n'avait aucune intention de bouleverser le programme de Michael. Ce n'était pas bon pour lui dont l'équilibre était déjà si précaire.

— Il me manque, Belle. Ça me rend fou, de ne pas pouvoir le voir quand j'en ai envie. Trois jours une semaine sur deux, plus quelques vacances, ce n'est pas assez. D'autant que je passe la moitié du peu de temps qui nous est imparti dans les trajets. Tu t'es déjà demandé combien de temps ensemble ça nous laisse effectivement ? Deux, peut-être trois heures en tout, si on retire ses rendez-vous et si on prend en compte sa capacité d'attention limitée. Je veux passer tout l'été avec lui, et pas juste une partie, ajouta-t-il après une longue inspiration. J'ai besoin de développer le lien qui nous unit.

Elle devait reconnaître qu'en quittant Chicago pour venir s'installer à Big Badger c'était elle qui avait éloigné Cade de son fils, brisant par la même occasion un système de garde alternée qui fonctionnait parfaitement. Mais, après tout, c'était lui l'enfant du Texas, lui qui avait passé leur mariage à vanter cette région, affirmant qu'il retournerait y vivre un jour, et que c'était le meilleur endroit au monde pour élever un enfant.

Elle n'avait fait que l'écouter. Mieux encore, elle l'avait cru, puisqu'elle était là. Mais sans lui.

— Ecoute, Cade, le programme ne dure que trois semaines. Je veux bien que tu le prennes les trois semaines suivantes en plus, à condition que tu restes ici. Ça te laisserait plus de temps que ce qui était prévu.

— Je veux plus, dit-il d'un ton têtu.

— Sans m'en avoir avisée.

— Il n'y avait pas à t'aviser, je l'ai décidé..., commença-t-il en jetant un coup d'œil à sa montre. Il y a dix heures, Belle, j'ai chamboulé ma vie parce que mon fils me manque. Et je pense que ça lui fera plus de bien de passer du temps avec moi que de participer à ce programme.

Il avait raison, même si le programme en question était excellent. Ce serait formidable pour Michael d'avoir son père avec lui. Mais le Dr Amanda Robinson, qui dirigeait le programme, était précédée par sa réputation en ce qui concernait le traitement de l'autisme. Elle faisait vraiment des miracles, et c'était pour se rapprocher de son institution que Belle s'était exilée à Big Badger. Entre autres... La ville lui avait aussi fait une offre qu'elle n'avait pu refuser. Mais tout ce qu'Amanda pouvait faire pour Michael ne remplacerait pas l'impact que son père pouvait avoir sur lui. Elle devait penser en priorité à son fils.

— D'accord. Si tu dois rester ici, je le retire du programme. Mais il m'a suppliée de l'inscrire à une sortie camping de trois jours, et je ne l'annulerai pas quoi que tu dises. Le Dr Robinson se met en quatre pour Michael.

— Tu as une aussi bonne opinion de cette femme ?

— Absolument. Michael a besoin de cette influence professionnelle, et moi, j'ai besoin de son soutien.

— Bon, ça me va.

Donc, il était satisfait. Mais elle, qu'y gagnait-elle ? Big Badger était une petite ville et elle se voyait déjà tomber sur Cade à chaque coin de rue pendant les six semaines à venir. Elle s'était habituée à la distance qui les séparait depuis leur divorce — non qu'ils aient été très proches pendant leur mariage — et ne savait pas comment elle réagirait à cette proximité forcée.

— Je me moque que ça t'aille ou pas, répliqua-t-elle sèchement. Ce qui importe, c'est Michael. Et je t'avertis, pas question que tu vives chez moi.

— Je n’en avais pas l’intention. J’ai pris une chambre dans un gîte, et mes six semaines sont payées d’avance.

Il sourit en haussant un sourcil. Exactement le genre d’attitude qui l’avait fait craquer autrefois.

— Cade Carter descend dans un gîte ? ironisa-t-elle.

— Trouve-moi un hôtel de luxe à Big Badger, et je m’y installe sur-le-champ.

— Et tu ne veux toujours pas me dire ce que tu as en tête ?

Le connaissant, il y avait forcément une explication. Il aimait sincèrement son fils, même si Michael ne le lui rendait pas totalement. Se pouvait-il que Cade se sente exclu, mal-aimé ? Elle souffrirait si Michael se comportait avec elle comme avec son père. Après tout, c’était peut-être là l’explication…

Mais elle ne devait pas se faire trop d’illusions. Cela ne lui avait pas réussi, dans le passé.

— Je te le répéterai tous les jours s’il le faut : je suis là pour passer plus de temps avec Michael. C’est tout, Belladonna.

Elle en doutait ! Enfin, une femme avertie en valait deux… Mais avertie de quoi ?

— Bon, tu as tes six semaines en plus. Mais ne m’appelle pas « Belladonna ».

C’était ainsi qu’il l’appelait quand il voulait obtenir quelque chose. Son sourire charmeur s’élargit et il rabaissa son chapeau sur ses yeux.

— On ne t’a jamais dit que tu étais un vrai tyran, Belle Carter ?

— On me le dit tout le temps, rétorqua-t-elle en ouvrant la porte de son bureau pour le faire sortir. Tout le temps…

Elle le regarda s’éloigner. Que mijotait-il ? Et saurait-elle lui résister ? Les questions tournaient encore dans sa tête quand, revêtue de sa blouse blanche, elle fit entrer son premier patient de l’après-midi.

*
* *

— Ça te dirait de passer plus de temps avec ton papa, cet été, Michael ? demanda-t-elle en s'affalant sur le canapé. Michael ?

Pas besoin de le regarder pour deviner ce qu'il faisait : il était sur sa chère console. Depuis peu, cependant, il ne se contentait plus d'y jouer. Il créait son propre jeu vidéo, dessinant des croquis, imaginant les détails de l'histoire.

— Tu m'as entendue ?

— Ouais, répondit-il, l'attention toujours fixée sur son jeu.

— Tu sais, il est ici, à Big Badger.

Même si Michael ne réagissait pas immédiatement, il enregistrait les informations. Elle poursuivit donc :

— Il veut passer l'été avec toi, Michael. Alors, il faudrait que tu commences à réfléchir à ce que tu veux que vous fassiez ensemble. Tu pourrais peut-être préparer une liste, qu'en dis-tu ?

— Ouais.

Son fils était tellement complexe que, parfois, elle en était effrayée, même si la plupart du temps elle n'y prenait pas garde. Parce qu'elle était sa mère et qu'une mère a des tas de choses à faire. Comme préparer le repas.

— Qu'est-ce que tu veux manger ? demanda-t-elle, avant d'ajouter : Pas de la pizza, ça fait deux soirs qu'on en mange. Alors ?

— Pizza, répondit-il.

— Non, pas de pizza, Michael.

— O.K., dit-il en se tournant enfin vers elle avec un large sourire. Du poulet avec de la purée sans grumeaux et de la sauce blanche sans grumeaux, du maïs grillé et des cookies. Au miel…

Elle s'apprêtait à protester puis éclata de rire. Il le faisait exprès. Son fils aimait bien la taquiner.

— Tu ne préfères pas des hamburgers ?

— Est-ce que je peux les préparer ?

— Est-ce que les poules ont des dents ?

— Seulement dans un monde parallèle, maman, dit-il avant de se replonger dans son jeu.

— Quand tu dis des choses aussi mignonnes, tu sais ce que je suis obligée de faire ?

— Non ! hurla-t-il en se repliant sur lui-même. Pas ça !

Elle se laissa glisser du sofa et se dirigea vers lui à quatre pattes.

— Oh ! si ! Le jeu des câlins. C'est mon préféré.

Ce jeu était en fait une forme de thérapie que l'on utilisait sur les enfants qui refusaient d'être touchés, comme Michael lorsqu'il était plus jeune. C'était l'un des troubles sensoriels qu'elle devait gérer, avec l'aversion du bruit et des couleurs vives. Il lui avait fallu des années pour qu'il accepte et apprécie les contacts physiques. Encore aujourd'hui, elle n'était pas certaine qu'il ne jouait pas la comédie. Pour elle, en revanche, quelques minutes de câlins avec son fils valaient tout l'or du monde.

— Il peut venir dîner ? demanda Michael avant même qu'elle l'ait rejoint.

Ce fut comme s'il lui avait jeté un seau d'eau glacée au visage. Cade pouvait-il venir dîner ? La première réponse qui lui vint à l'esprit fut : « Quand les poules auront des dents ! » Elle n'avait aucune envie de passer la soirée avec Cade, ni d'ailleurs de se retrouver dans la même pièce que lui. Mais la suggestion venait de Michael, lui qui jamais ne demandait rien, hormis de la mémoire vive pour son ordinateur.

— Eh bien, je crois que j'ai une meilleure idée. Pourquoi ne pas appeler ton père et lui demander de t'emmener manger une pizza ?

Sitôt dit, sitôt fait. Elle prit elle-même l'appareil, Michael ayant déjà reporté son attention sur son jeu vidéo.

— Il réclame de la pizza, et il veut manger avec toi. Au fait, c'est quoi ce pick-up que je t'ai vu conduire tout à l'heure ?

Il était plutôt fan de bolide de sport.

— Il fallait bien que je loue quelque chose.

— Michael n'est jamais monté dans un pick-up, donc je ne sais pas comment il va réagir. Au pire, tu pourras toujours le laisser ici et prendre ma voiture.

— Ou bien je prends mon van. A moins que vous ne préfériez me rejoindre quelque part tous les deux ?

— Non, je crois que c'est mieux si vous restez entre vous. Moi, je vais en profiter pour m'accorder un bon bain bien chaud et finir le livre que j'ai commencé le mois dernier.

Une perspective qui aurait dû la faire sauter de joie. Ce soir, cependant, elle ne pouvait s'empêcher de s'imaginer avec eux au restaurant, comme une vraie famille. Une grande tristesse l'envahit. Pas pour le présent, non, plutôt pour ce qu'ils avaient perdu. Cela semblait si lointain qu'il lui était même difficile de se rappeler un temps où ils avaient été heureux. Ils l'avaient été, pourtant. Les premières années, quand Michael était encore bébé et qu'elle jonglait entre ses études de médecine et son nouveau statut de mère, la tête pleine d'espoirs et de rêves. Mais Cade ne s'était pas montré attentionné bien longtemps.

— Et puis, j'ai annoncé à Michael que tu allais rester un certain temps, et je lui ai conseillé de préparer une liste d'activités que vous pourriez faire ensemble. Sois patient avec lui, attends qu'il te dise ce dont il a envie.

— Il finira par le faire, je sais, tu me le répètes assez. Sauf qu'il ne me dit jamais rien, Belle. Jamais…

Mais si. Sauf que Cade n'était pas très doué pour comprendre certaines subtilités. Ironie du sort, cela faisait partie des symptômes associés au syndrome d'Asperger.

— Eh bien, débrouille-toi pour l'amener à te parler. Et, par pitié, pas de jeux vidéo et pas d'ordinateur. Il y joue bien assez le reste du temps et a besoin d'autre chose.

— Au fin fond du Texas ? Que veux-tu qu'il fasse d'autre, Belle ? Le Texas a beau être un Etat merveilleux, Big Badger n'est pas l'endroit le plus stimulant qui soit pour un enfant.

— Au fin fond du Texas, il faut faire preuve d'imagination, et tu ferais bien de t'y habituer, Cade. Je ne t'ai pas obligé à venir passer six semaines ici, ajouta-t-elle en souriant de l'entendre soupirer à l'autre bout du fil. Passe le prendre dans une heure. Et n'oublie pas de lui faire attacher sa ceinture. En ce moment, il fait une sorte de blocage là-dessus et il risque de la détacher dès que tu auras les yeux tournés. Surveille-le.

— Personne ne t'a jamais dit d'arrêter de stresser ?

— Personne ne t'a jamais dit qu'on était divorcés, et que ce n'était plus tes affaires ce que les gens me disent ?

Un sourire aux lèvres, elle raccrocha. La présence de Cade ferait du bien à Michael. Et peut-être aussi à elle… Bizarrement, le pincement à l'estomac qu'elle ressentait depuis qu'il avait fait irruption au ranch de Chachalaca avait disparu.

2.

D'accord, prendre un congé exceptionnel et venir ainsi au Texas n'était peut-être pas la chose la plus intelligente qu'il ait faite. Ni la plus réfléchie, d'ailleurs. Mais, bon sang, Michael lui manquait ! Même si leur relation était compliquée, et Dieu savait qu'elle l'était, son fils était toute sa vie et il détestait ne pas l'avoir avec lui.

Mais Michael n'était pas son seul motif de regrets. Aujourd'hui, c'était l'anniversaire de son frère, Robbie. En vieillissant, Cade se rendait compte de tous les instants qu'il avait manqués avec lui aussi.

Il allait donc supporter la vie à Big Badger pendant quelques semaines, et il serait toujours temps de décider après. Il avait besoin de faire le point, et peut-être pourrait-il en profiter pour resserrer les liens avec son fils.

Passer du temps avec Belle lui tenait aussi à cœur. Il était responsable de leur divorce, c'était indéniable. Elle avait besoin d'un mari, et lui… il ne savait pas ce qu'il voulait à l'époque. Mais il comprenait qu'elle lui en veuille. Alors, s'il ne pouvait pas revenir sur le passé, il pouvait au moins se rattraper en étant un meilleur père.

Ces six semaines lui offriraient peut-être l'opportunité de prouver à son fils, ainsi qu'à Belle, qu'il était un peu plus que le père qui venait chercher son enfant un week-end sur deux. Il ne savait pas ce qui adviendrait avec Belle, mais Michael avait besoin de tout le temps qu'il allait lui accorder. Et vice versa. Parce qu'il y avait aussi des questions qu'il devait éclaircir tant qu'il était là.

Un sacré programme : meilleur père, meilleur ex-mari. Mais il le fallait, s'il voulait aller de l'avant et, s'il n'en était pas capable, il s'était juré de disparaître de leur vie. Pour le bien de Michael et pour celui de Belle. Et tant pis pour lui.

— Alors, qu'est-ce que tu veux comme pizza, Michael ? demanda-t-il alors qu'ils se dirigeaient vers le van.

— Maman vient pas ? répondit Michael, qui marchait dix bons pas en arrière.

— Maman est fatiguée, on ne sera que tous les deux.

Des mots apparemment mal choisis car Michael s'arrêta immédiatement et fit demi-tour vers la maison. D'un bon pas, cette fois. Il voulait sa mère, pas son père. Cade ressentit un pincement au cœur.

— Je vais la chercher.

— Mais elle ne veut pas venir, Michael.

— Elle aime bien la pizza, c'est juste qu'elle ne veut pas en manger tous les soirs.

Puis il disparut à l'intérieur de la maison, le laissant seul dans l'allée, totalement désemparé. Que faire ? Courir derrière lui et insister pour qu'ils y aillent tous les deux ? Ou demander à Belle de les accompagner ? Un bon père saurait comment gérer ce genre de situation. Pas lui.

— Tu vois, Belle, ça se passe comme ça chaque fois, dit-il quand elle apparut sur le seuil.

— Je lui ai expliqué, et il a compris que je ne venais pas avec vous ce soir. Il avait juste peur que je ne me fasse rien à dîner.

C'était bien davantage. Michael montrait pour sa mère un intérêt que lui, Cade, n'avait jamais su exprimer. Il était à la fois très fier de son fils et profondément triste.

— Et tu vas te cuisiner quelque chose ?

— Trop fatiguée, répondit-elle en secouant la tête. Je vais manger une pomme, peut-être un yaourt, ça me suffira largement, ajouta-t-elle en poussant doucement Michael dehors. Allez, passez une bonne soirée, tous les deux. A tout à l'heure.

— Tu es sûre que tu ne veux pas venir avec nous ? lui cria Cade.

— Certaine, répondit-elle en refermant la porte.

Cette fois, il l'entendit tourner le verrou.

L'été allait être long… D'autant qu'il n'aurait pas seulement à gérer Michael, mais aussi Belle. Peut-être même que ce serait cela, le plus difficile. Belle Elise Foster Carter. La meilleure chose qui lui soit arrivée… Et dire qu'il ne lui avait fait que du mal.

— Alors, comment ça va, à l'école ? demanda-t-il en tendant une part de pizza au *pepperoni* à son fils.

— Ça va, répondit Michael, les yeux rivés sur un écran géant qui invitait les clients à venir essayer leur dernier jeu vidéo — un jeu de course destiné à des enfants deux fois plus vieux que lui.

— C'est toujours les maths, ta matière préférée ?

— Mmm, oui.

— Tu aimes aussi les sciences ?

— Ouais, ouais.

Face au jeu vidéo, il n'avait aucune chance. C'était frustrant de ne même pas obtenir plus d'une demi-seconde d'attention. Il réprima un soupir exaspéré. Belle avait la relation qu'il désirait avoir avec son fils. Il en était heureux pour elle, mais cela le rendait fou de ne même pas apparaître sur l'écran radar de Michael.

— Tu veux jouer ? demanda-t-il, de guerre lasse.

Michael opina et, l'espace d'une fraction de seconde, il le regarda enfin. D'un air… heureux ? Avait-il vraiment vu de la joie dans les yeux de son fils, ou se l'était-il imaginé ? Impossible de vérifier, car il avait déjà reporté son attention sur le jeu.

— Quand tu auras fini ta pizza… D'accord ?

— D'accord, répondit Michael.

Il fourra le reste de sa pizza dans sa bouche et commença à mastiquer péniblement jusqu'à avoir tout avalé. Puis il tendit la main vers Cade.

— De l'argent, s'il te plaît.

— Combien ?

— C'est un jeu à un dollar. Je peux faire dix parties ? Ça ferait dix dollars.

Il venait de prononcer plus de mots que pendant tout le reste de la soirée, et Cade le récompensa en lui tendant dix dollars. L'idée lui traversa l'esprit d'aller jouer avec lui, mais il savait que cela générerait plus de frustration que de plaisir pour Michael, alors il se contenta de tourner sa chaise pour le regarder jouer.

— Je te garde un morceau de pizza pour après, dit-il avant que Michael ne se lève.

— Merci, papa.

— Euh… De rien, fiston. Oh ! Amuse-toi bien ! ajouta-t-il alors que Michaael était déjà au milieu de la salle.

— C'était agréable de l'entendre t'appeler papa, entendit-il soudain.

Belle venait de s'asseoir en face de lui.

— Je croyais que tu devais rester à la maison, dit-il, étonné.

— En fait, je ne peux pas.

— Parce que tu me crois incapable de m'occuper correctement de notre fils ? Parce que tu veux voir de tes propres yeux quel mauvais père je fais ?

Elle se raidit.

— Arrête ça tout de suite, Cade. Je ne suis pas venue me disputer. Il faut que je retourne au ranch de Chachalaca. Le propriétaire a menacé les vachers de les renvoyer s'ils ne se faisaient pas ausculter, alors maintenant ils réclament tous la doctoresse et ça fait quatre fois que j'y vais ! Alors, je n'ai pas besoin de tes remontrances par-dessus le marché.

— Tu veux que je te remplace ? Je suis sérieux. Si tu préfères rester ici avec Michael.

— C'est gentil d'essayer de te rattraper, Cade. J'apprécie. Mais le devoir m'appelle. En revanche, tu pourrais rester avec Michael jusqu'à ce que je revienne ? Si tu ne peux pas, ce n'est pas grave. J'appelle la nounou…

— Pas de problème. Je dormirai sur le canapé si tu rentres tard, ajouta-t-il en poussant la boîte à pizza vers elle. Tu veux en emporter une part ?

Elle se mit à rire.

— Entre nous, je déteste la pizza. Mais Michael adore ça, et parfois c'est la seule chose que je peux lui faire avaler.

— C'est toi qui lui as demandé de m'appeler papa ?

— Je sais que c'est difficile pour toi de ne pas le voir beaucoup. Et quand tu es là il lui faut tellement longtemps pour se réhabituer à toi… Alors, je me suis dit…

— Ça me fait plaisir, même si ce n'est pas naturel. Excuse-moi pour tout à l'heure, ajouta-t-il avant de soupirer. Tu es une bonne mère. Ça m'embête que tu aies dû apprendre à mon fils à m'appeler papa. J'ai adoré l'entendre de sa bouche, mais j'aurais encore plus aimé qu'il le dise spontanément.

— Je pense que c'était spontané. En général, je le fais répéter avant vos week-ends : je t'appelle « papa » plusieurs fois en sa présence. Mais là tu es arrivé à l'improviste, et je n'ai rien préparé.

Il sourit. Elle se trompait. C'était son travail avec Michael, sur le long terme, qui portait ses fruits. Même divorcée, Belle se souciait plus de lui qu'il ne s'était jamais soucié d'elle en étant mariés. Voilà qui n'était pas très flatteur pour lui.

Elle repoussa sa chaise puis se tourna pour faire signe à Michael qui leva les yeux de sa partie en cours.

— Il faut que j'y aille, Cade. Je vais dire un mot à Michael. Tu peux finir la pizza, il est trop pris dans son jeu pour revenir manger.

Elle fit quelques pas puis se retourna vers lui.

— Tu as toujours tes tablettes de chocolat ?

Elle faisait références à ses abdominaux d'acier. La question l'étonna et l'intrigua.

— Pourquoi ?

— Pour rien, mais méfie-toi des pizzerias. Si tu le laisses faire, Michael va te traîner ici tous les soirs, et ce serait dommage d'anéantir une de tes plus belles réussites, ajouta-t-elle avec un sourire.

— On dirait presque que ça t'intéresse.

— Tu avais des abdos en béton, c'est tout !

Il la regarda s'éloigner, sexy en diable avec ses cheveux blonds, ses yeux verts et son déhanchement. Elle l'avait toujours été. C'était d'ailleurs ce qui avait attiré son regard, au début, mais, très vite, il avait craqué pour son intelligence et son amour de la vie. Elle était pleine d'entrain et tellement naturelle. Ainsi donc, elle se souvenait de ses abdos ? Il ne savait pas trop comment il devait le prendre : compliment ou mise en garde, comme elle avait dit ?

A moins que… Non, impossible. Des amis lui avaient dit que faire l'amour avec une ex était une expérience exceptionnelle. Peut-être. Mais Belle n'était pas le genre à s'y risquer et, franchement, il n'y avait lui-même jamais pensé avant. Enfin, peut-être juste une fois ou deux, mais pas sérieusement. Et puis cette réflexion sur ses abdos était juste sa façon à elle de lui signifier qu'il allait passer pas mal de temps avec Michael. Rien de plus, il en était sûr. Certain, même. Enfin, presque.

En l'observant, il comprit une chose : personne n'arrivait à la cheville de Belle. Les femmes avec qui il était sorti étaient soit trop ennuyeuses, soit trop banales, soit trop ineptes, et la relation n'avait pas dépassé le stade de l'aventure. Sans doute parce qu'aucune d'elles n'était… comme Belle. Mais il ne sortirait plus jamais avec elle pour la bonne raison qu'il avait tout gâché. Donc elle était définitivement rayée de la liste.

Ce qui était aussi bien, car il n'était pas pressé de s'engager de nouveau. D'ailleurs, ils étaient un certain nombre, dont Belle, à penser qu'il ne s'était jamais réellement engagé.

Il se précipita vers elle au moment où elle passait la porte.

— Ecoute, je ne veux pas qu'on se dispute.

— Moi non plus, mais on fait ça si bien, répondit-elle en souriant. Ce serait dommage de renoncer à un tel plaisir.

Il ne put réprimer un petit rire.

— Tu sais que c'est pour ça que je suis tombé amoureux de toi ?

— Pourquoi ? Parce que je ne me laisse pas faire, parce que je réponds coup pour coup ?

— Ça peut marcher avec les autres. Mais moi, c'est ta fougue qui m'a plu. Bref, je te présente de nouveau mes excuses pour tout à l'heure, c'était un coup bas, et totalement infondé. Mais tu vois, parfois…

— Je comprends. Ce n'est pas facile d'être le père de Michael, et ce n'est certainement pas facile non plus d'être mon ex. Même si je suis plutôt facile à vivre, ajouta-t-elle avec un sourire taquin. Bon, il faut que j'aille voir mes chers vachers, et j'ai hâte d'en avoir fini avec cette corvée. Michael sait que tu vas passer la soirée avec lui et que je risque de rentrer tard.

Elle passa la porte, et il la regarda monter dans sa voiture. Oui, elle avait toujours cette fougue, et elle avait changé depuis leur divorce, ce qui la rendait encore plus attirante.

Il retourna auprès de Michael, toujours occupé à anéantir les méchants. Tel un vrai pro.

— Alors, Michael, tu veux me montrer comment on y joue, à ton jeu ?

— Euh… Non, répondit-il sans même quitter l'écran des yeux.

La douleur provoquée par ce simple mot le fit reculer d'un pas. Mais il n'allait pas renoncer aussi facilement. Il resta immobile, à regarder son fils battre le record de points de la machine. Comment allait-il réussir à communiquer avec cet enfant ? Il se posait cette question depuis des années.

Mais Michael l'avait appelé papa. Spontanément ou non, peu importait. Il restait un espoir. Peut-être que le temps et la patience étaient en effet les seules réponses. Mais son gros problème restait la distance, et là il ne voyait pas de solution.

*
* *

Il était si beau, quand il dormait… Si innocent. Elle l'avait toujours pensé. Dans les derniers temps de leur mariage, alors qu'ils ne s'entendaient déjà plus, elle avait même regretté qu'il ne dorme pas plus parce que, lorsqu'il se réveillait, revenaient les querelles, l'amertume, et les longues heures de solitude. Elle n'aurait jamais cru pouvoir être aussi malheureuse un jour. A la décharge de Cade, elle pouvait admettre qu'il soit frustré et peiné de l'attitude de Michael vis-à-vis de lui. Etre ainsi ignoré par un être qu'il aimait si profondément devait être insupportable. Mais le fait qu'il soit absent n'arrangeait rien. Le besoin de fuir de Cade s'était manifesté quelques semaines seulement après la cérémonie du mariage et n'avait fait qu'empirer. Au début, elle avait espéré que ce ne soit qu'une passade, en vain, alors elle l'avait interrogé. Mais il lui avait opposé un silence obstiné. Lassée de ses rebuffades, elle avait cessé de demander des explications.

Peut-être la croyait-il suffisamment forte pour tout gérer en son absence ? Peut-être trouvait-il plus de satisfaction à aider les autres qu'à s'occuper de sa propre famille ? Des années avaient beau s'être écoulées, elle n'en savait toujours rien. Une chose était sûre : elle avait fait le bon choix.

Elle se souvint de l'homme dont elle était tombée amoureuse. Michael lui ressemblait beaucoup. Mêmes yeux gris, mêmes cheveux bruns légèrement bouclés, même sourire… Sauf qu'aucun d'eux ne souriait beaucoup. Dommage, ils avaient un si joli sourire.

— Il est tard, marmonna-t-il d'une voix endormie.

Autre chose qu'elle avait adoré : cette voix un peu rauque.

— Presque minuit.

— Ça arrive souvent ? demanda-t-il en se soulevant sur un coude.

— Quoi ? Que je m'en aille en laissant Michael à une baby-sitter ? Tu cherches à savoir si je néglige mon fils ?

Sa propre agressivité la surprit. C'était l'une des réactions que Cade avait tendance à provoquer chez elle assez facilement. Surtout lorsque, comme maintenant, elle songeait à tout ce qu'il avait promis et qu'elle n'avait jamais eu.

Il se redressa et s'étira longuement.

— En fait, je ne pensais pas à Michael, mais à toi. Pas facile d'être le seul médecin à des kilomètres à la ronde.

— Désolée, je ne voulais pas me montrer aussi…

— Agressive ?

Elle jeta sa veste sur le bras du canapé et posa sa trousse médicale dans le placard à manteaux.

— C'est toujours comme ça, entre nous. On ne peut pas s'empêcher de s'agresser, reprit-elle en s'approchant. Moi non plus, je n'aime pas être comme ça, tu sais, Cade. Et je ne veux pas que Michael soit le témoin de nos disputes.

— Dans ce cas, il va falloir éviter de nous disputer.

— D'accord, plus de disputes, dit-elle alors qu'elle se débarrassait de ses chaussures. Mais dis-moi : l'interdiction inclut-elle les coups bas, les sous-entendus et les petits coups en douce ? Et on est bien d'accord qu'elle s'applique à nous deux ?

Il éclata de rire.

— D'accord, d'accord. Mais on n'a pas eu que des mauvais moments, nous deux, si ?

— Non, mais les bons se comptent sur les doigts de mes deux mains.

— Attention, je suis obligé de classer cette remarque dans la catégorie des coups bas, répliqua-t-il en souriant. Tu en as donc un d'avance.

— Tu as pensé à un système de sanctions ? Il va falloir que je demande à mes avocats de lire les termes du contrat, ajouta-t-elle avec le plus grand sérieux.

— Tu vois, quand tu fais ce genre de remarque sans sourire, beaucoup de gens le prennent pour argent comptant. Mais moi, j'ai perçu le signe.

— Quel signe ?

— Le sourcil qui se soulève.

— N'importe quoi ! marmonna-t-elle, faussement indignée.

— Tu viens de le refaire ! C'est subtil, mais je te connais assez pour le remarquer à tous les coups.

— D'accord, disons que j'ai peut-être légèrement sous-évalué le nombre de bons moments que nous avons partagés. La sanction est levée ?

— Sourcil, encore ! Et la réponse est non.

— Fais la liste, dit-elle en se levant.

Cette fois, ce fut lui qui haussa un sourcil.

Ce n'était pas le plus grand cabinet médical du monde, mais il était moderne… vingt ans plus tôt ! Belle préférait le juger pratique. Elle en adorait le moindre détail, des abaisse-langues aux Coton-tige, en passant par la minuscule salle d'attente. Elle s'assurait toujours que les abonnements aux magazines étaient à jour, que le café ou le thé étaient chauds. Certains de ses vieux patients avaient suggéré un petit plus avec le café — elle avait supposé qu'ils faisaient allusion au whisky –, mais elle n'avait même pas daigné répondre et espérait que son prédécesseur en avait fait autant.

Aujourd'hui, il y avait du monde, et la réceptionniste, Ellen Anderson, autre héritage de l'ancien régime, n'en finissait pas de répondre au téléphone, servir à boire et vérifier les mutuelles. A Big Badger, les patients venaient apparemment se faire soigner en troupeaux. Il y avait des jours avec et des jours sans, et c'était un jour avec. Belle assurait ses consultations avec autant d'efficacité que possible, mais les problèmes étaient variés.

— Dites-moi, monsieur Biddle, vous avez déjà eu des crises de goutte ?

— Ah, ça oui, docteur. L'an dernier, vers la fin du printemps, si je me rappelle bien.

— Et le Dr Nelson vous a-t-il fait des recommandations particulières à propos de la nourriture et des boissons ?

— Il a dû me conseiller de boire de l'eau.

A soixante-dix-neuf ans, l'homme était un vrai cow-boy — d'ailleurs, il était venu à cheval et avait attaché sa bête au poteau prévu à cet effet devant le cabinet. Elle avait trouvé cela bizarre, au début, mais avait vite compris : de nombreux patients utilisaient encore fréquemment ce moyen de locomotion.

— Et de restreindre votre consommation d'alcool ?

— Ça, je m'en souviens pas, madame, répliqua-t-il avec une lueur dans l'œil qui disait le contraire.

— Bon. Vous allez boire l'équivalent de huit à seize tasses par jour, dont la moitié d'eau, et pas d'alcool. Si vous ne pouvez pas vous en empêcher, limitez-vous à un verre par jour. Mangez peu de protéines, et de préférence issues de produits laitiers pauvres en graisses. Les œufs, le beurre de cacahuète, sont autorisés, mais diminuez la consommation de viande, de poisson et de volaille. Deux cents grammes grand maximum.

— Deux cents grammes ? Mais c'est qu'une bouchée, ça, madame. De quoi je vais vivre, si je peux plus manger de steak ?

— Vous pouvez en manger, mais pas trop.

— Ouais, une portion de fillette, quoi…, marmonna-t-il en remettant ses bottes de cow-boy. Un homme, ça peut pas se contenter de portions de fillette.

— Et vous devriez aussi porter des chaussures plus légères, comme des baskets. Voilà votre ordonnance. Je vous ai prescrit un anti-inflammatoire. Suivez les instructions sur la boîte : un comprimé par jour, au milieu du repas.

— Ça va soulager la douleur ? Parce que je peux à peine marcher, et j'ai parfois du mal à monter sur mon cheval.

— Un peu, mais si vous ne suivez pas mes conseils vous continuerez à avoir des soucis, au risque même qu'ils empirent. Je veux vous revoir dans deux semaines, ajouta-t-elle en ouvrant la porte. En attendant, soyez raisonnable, monsieur Biddle, c'est le meilleur remède.

— Je suis raisonnable, jeune femme. J'ai jamais été

malade en soixante-dix-neuf ans, et je vais pas changer mes habitudes pour une malheureuse douleur à l'orteil.

Bien sûr…

— N'oubliez pas de reprendre rendez-vous pour dans deux semaines, monsieur Biddle.

Il se contenta de hausser les épaules. Le message était clair : elle avait peu de chances de le revoir avant la prochaine crise.

— Goutte ? demanda Cade, adossé au mur.

Sa stature imposante paraissait encore plus impressionnante dans ce petit espace.

— Secret médical, répliqua-t-elle. Qu'est-ce que tu veux ?

— Je passais par là. Michael est à l'école, alors je me suis dit que tu aurais peut-être besoin d'un coup de main.

— Tu veux m'aider pour les consultations ? s'étonna-t-elle.

Cade détestait la médecine générale, autrefois. Pourtant, il avait l'air sincère.

— Oui. Mais que ce soit bien clair : je sais que c'est ton cabinet, et je ne mets pas en cause tes compétences. Comme je n'ai pas Michael, je peux me rendre utile.

Il avait presque l'air humble. Etonnant. Inédit, même. Car une partie du charme de Cade Carter résidait dans sa confiance en lui. Enfin, au début, car elle lassait vite.

— C'est vrai que j'ai du travail. Entre le cabinet et les ranchs où je dois aller en consultations, je n'arrête pas. Tu pourrais te charger de ce que tu appelais « la routine », comme les crises de goutte ?

— Alors, c'était bien la goutte. Je m'en doutais, à le voir boiter.

— Voilà un diagnostic digne d'un grand chirurgien.

— Nous autres chirurgiens, nous rencontrons aussi des problèmes médicaux banals, de temps en temps.

— Mais d'après mes souvenirs vous autres chirurgiens n'aimez pas particulièrement vous charger de problèmes autres que chirurgicaux, rétorqua-t-elle en s'approchant — mais pas trop près. Tu es sûr de vouloir faire ça, Cade ? C'est vrai que j'aurais bien besoin d'un coup de main, mais je ne veux pas que ça devienne une source de conflits entre nous. On en a déjà assez comme ça.

— Tu gagnes du temps à passer avec Michael, et moi, je n'empiète pas sur mon temps avec lui. C'est un système gagnant-gagnant, pas une source de conflits, Belle.

— Tu as toujours tes santiags ?

Il en avait une paire quand ils vivaient à Chicago. Il disait qu'on pouvait enlever l'homme du Texas, mais pas le Texas de l'homme. Soudain, l'image de ces bottes avec un jean ajusté et un T-shirt qui mettait en valeur ses abdominaux se forma devant ses yeux. Un homme, un vrai. Pas vraiment le genre d'image qu'on était censé avoir de son ex…

— Je ne viens jamais au Texas sans elles.

— Eh bien, va les chercher et mets-toi au travail, dit-elle en souriant.

— Le look cow-boy. C'est pour toi, ou… ?

— Pour l'image du cabinet, Cade. Uniquement. Allez vas-y, et retrouve-moi ici.

Il souleva un chapeau imaginaire avant de s'éloigner.

— Les bottes, ce n'est pas ton truc, alors ?

Elle se contenta de secouer la tête.

— A ton retour, j'aurai trois patients pour toi. Ensuite, on ira faire un tour du côté de *Ruda del Monte*. Il y a une dizaine de vachers et quelques employés qui doivent passer une visite médicale. Toujours partant ?

— A dans vingt minutes, Belle, dit-il en sortant.

Elle ne put s'empêcher de le suivre des yeux jusqu'à ce qu'il disparaisse. Qu'est-ce qui lui avait pris de laisser Cade travailler avec elle ? Une pure folie. Même si elle était un peu inquiète, elle était aussi passablement excitée, ce qui l'inquiétait le plus. Parce qu'elle s'était crue imperméable à lui. A tort.

— Quel charmant jeune homme, ce Dr Cade, s'exclama Mme Peabody en repassant par l'accueil, après sa consultation. Je suis contente que vous ayez trouvé du renfort car vous en aviez bien besoin. C'est votre patron, alors ?

Belle se mordit l'intérieur de la joue sans se départir de son sourire.

— Non, ce n'est pas mon patron, c'est mon… intérimaire. Il est en ville pour quelques semaines et il cherchait un emploi, alors je l'ai engagé.

— Alors, ça, c'est une tentative de coup en douce ou je ne m'y connais pas, lui murmura Cade à l'oreille.

Zut ! Elle ne l'avait pas entendu arriver derrière elle. Il se tourna vers Mme Peabody.

— On a été mariés, dans une autre vie. Elle a du mal à m'oublier.

— Coup bas…, marmonna Belle entre ses dents.

— Je n'en suis pas très étonnée, déclara Mme Peabody. Si j'avais cinquante ans de moins…

— Si vous aviez cinquante ans de moins, on serait assis sur votre balançoire, l'interrompit Cade en la prenant par les épaules. Vous avez bien une balançoire, madame Peabody ?

— Non, répliqua la vieille dame en riant. Mais si vous venez me rendre visite je dirai à mon petit-fils d'en installer une.

— Faites-moi signe quand elle est en place, et je viendrai vous pousser, belle demoiselle.

Il décocha une œillade complice à l'attention de Belle en raccompagnant une patiente hilare. Incroyable !

— Qui es-tu ? Et qu'as-tu fait de Cade Michael Carter ?

— Je ne suis qu'un médecin qui essaie de s'entendre avec son associée.

— Sauf que tu n'es pas mon associé, Cade.

— Exact, je ne suis que ton intérimaire, qui s'est présenté à ta porte pour te supplier de l'embaucher, rétorqua-t-il avec le plus large sourire qu'elle lui avait vu depuis… leur divorce.

— Tu as changé, dit-elle en passant devant lui pour recevoir sa patiente suivante, Bonnie Thompson, trois ans, sujette aux crises d'urticaire.

— En mieux ?

— Le temps le dira, répondit-elle alors qu'elle prenait le dossier de Bonnie avant de se diriger vers la salle d'examen.

Une fois la porte refermée, il lui fallut plusieurs secondes pour redevenir le médecin professionnel qu'elle était devant ses patients.

— Alors, madame Thompson, vous avez préparé la liste d'aliments et de produits de toilette que Bonnie utilise au quotidien ? On va vérifier si cela correspond à ses crises.

— C'est très long à faire, expliqua la mère en haussant les épaules. J'ai trois autres enfants et mon mari passe la plupart de son temps sur les routes. Je voulais faire ce que vous m'aviez demandé, j'avais même acheté un carnet, mais…

Elle sortit un carnet, ouvert à la première page, sur laquelle elle avait noté : « Jour 1 : flocons d'avoine, jus d'orange. » Pas de quoi faire une étude très poussée.

— Bonnie boit du jus d'orange tous les jours ? demanda-t-elle en prenant le bras de la fillette pour observer les marques rouges qui apparaissaient sous le coude.

— Oui, le matin, elle adore ça.

— Bonnie, tu veux bien remonter ta chemise pour que je regarde ton ventre ?

La fillette s'exécuta sans broncher et, comme elle s'y attendait, Belle découvrit d'autres marques. Il y en avait aussi dans le dos. C'était bien de l'urticaire, mais ni infecté ni purulent.

— Pour l'instant, on arrête le jus d'orange. Je sais que je vous ai demandé de changer de lessive, mais je voudrais aussi que vous laviez le linge de Bonnie séparément, d'abord avec une lessive sans parfum et sans additifs puis à l'eau claire.

— Mais je vous ai dit que j'avais trois autres enfants à m'occuper, rétorqua la mère d'un ton irrité.

— Je sais, et je comprends. Mais, si vous voulez que Bonnie arrête de se gratter, il va falloir trouver ce qui cause ses allergies.

— Le Dr Nelson lui donnait des cachets.

— Moi aussi. Mais elle ne peut pas être sous traitement toute sa vie. Donc, il faut traiter la cause du problème.

— Ce ne serait pas plus simple de lui faire des tests ?

Bien sûr. Elle aussi, elle avait demandé à ce qu'on refasse les tests quand on avait diagnostiqué sa maladie à Michael.

— Les tests sont chers, madame Thompson, et si je ne me trompe pas vous n'avez pas de mutuelle. Si vous voulez les payer de votre poche, alors d'accord, je vais demander à Ellen de vous prendre un rendez-vous chez un allergologue. Sinon, on peut faire comme je vous l'ai expliqué. Ça prendra peut-être un peu plus longtemps, mais on arrivera au même résultat.

L'attitude de cette mère la rendait furieuse. Les efforts qu'elle lui demandait ne représentaient pas grand-chose. S'il y avait un moyen aussi simple de soigner Michael, elle ferait tout ce qui était en son pouvoir, mais le syndrome d'Asperger, contrairement à l'urticaire, était incurable.

— Tu n'as pas l'air de bonne humeur, observa Cade en suspendant la blouse qu'elle lui avait prêtée.

Elle haussa les épaules.

— Je ne comprends pas les gens, parfois. Une de mes petites patientes a de l'urticaire allergique. Elle n'est pas malade, et je contrôle les crises en lui prescrivant des cachets, mais sa mère…

— Laisse-moi deviner… Ce n'est pas la mère de l'année ?

— C'est une bonne mère, mais elle a l'air de trouver mes suggestions trop contraignantes et voudrait que je lui simplifie la tâche.

— En d'autres termes, elle ne correspond pas à tes standards en matière maternelle ?

— Je ne me prends pas pour Super-maman, si c'est ce que tu sous-entends, dit-elle en ramassant ses affaires. Mais si j'entrevoyais la moindre possibilité de soigner Michael je remuerais ciel et terre.

— Je sais, répondit-il en mettant son chapeau et en faisant un petit signe à Maudie, qui fondait chaque fois qu'il accompagnait ce geste d'un clin d'œil. Mais crois-moi, toutes les mères ne sont pas comme toi. La nature ne leur a pas forcément donné le même instinct. Tu es le genre de mère que tout enfant devrait avoir, ajouta-t-il d'un air sincère qui la toucha. Le genre que j'aimerais…

Il s'interrompit et sa phrase se termina en soupir. Etait-ce de la tristesse qu'elle venait de voir dans ses yeux ?

— Arrête les flatteries, Cade.

— Alors là, j'en connais pas mal qui ne se plaindraient pas d'être complimentées par le Dr Carter, intervint Maudie.

— Appelez-moi Cade, Maudie. Pas de cérémonies entre nous.

Pour la deuxième fois, la vieille infirmière faillit fondre. Ses yeux gris acier s'embuèrent et ses lèvres fines s'ouvrirent en un large sourire. Il ne manquerait plus qu'elle batte des cils ! Belle ne l'avait jamais vue ainsi. C'en était presque inquiétant. Pourquoi Cade faisait-il autant d'efforts pour s'attirer les bonnes grâces de tout le monde ?

3.

— Tu fais combien de kilomètres par jour, en moyenne ? demanda-t-il en se calant dans le siège passager.

La voiture de Belle n'était pas de la première jeunesse, mais celle-ci insistait pour la garder, ce qui l'irritait au plus au haut point quand, depuis deux ans, il offrait de lui en acheter une neuve. Quelle tête de mule ! Aussi obstinée que jolie.

— Le ranch le plus éloigné est celui de Chachalaca, environ cent cinquante kilomètres aller-retour. Mais aujourd'hui on ne va qu'à une quarantaine de kilomètres.

— J'espère au moins qu'on te dédommage pour les frais de déplacement, déclara-t-il en ramenant son chapeau de cow-boy sur ses yeux.

— On me paie correctement, même si ça ne te regarde en rien.

— Suffisamment pour changer de carrosse ? Tu sais, je dis ça parce que je m'inquiète, pour toi, pour Michael. Il faut que tu te débarrasses de ce tas de ferraille.

— Ce tas de ferraille marche très bien. Je l'ai fait réviser, il y a quelques jours, quand j'ai changé les pneus. Alors arrête le chantage émotionnel, ça ne fonctionnera pas. Michael ne risque absolument rien dans ce véhicule.

— Jusqu'au jour où il te lâchera au milieu de nulle part, et tu sais parfaitement que ça finira par arriver, Belle. Peut-être pas cette semaine, peut-être pas la semaine ou le mois prochain, mais un jour cette voiture va flancher et je ne veux pas que mon fils soit à l'intérieur ce jour-là.

— *Ton* fils ? Tu as oublié que c'était le mien aussi ?

— Je ne risque pas.

Il n'en voulait pas à Belle de l'attitude de Michael vis-à-vis de lui, mais il avait passé des nuits entières à se demander quoi faire. Les va-et-vient dans sa chambre, les réflexions interminables en regardant par la fenêtre, les promenades nocturnes, les visites inutiles à ses patients en plein milieu de la nuit, rien n'y avait fait. Il n'avait trouvé ni la réponse ni le sommeil. C'était même le contraire : plus il cherchait, moins la réponse lui apparaissait.

— Je n'y suis pour rien, Cade, c'est comme ça pour le moment, c'est tout. Michael va changer, mais ça prend du temps.

— Je sais, je sais… Toutefois, c'est frustrant de voir que, chaque fois que je viens ici, tout est exactement pareil que la fois précédente, et que celle d'avant. Il faut que je m'y fasse, ou que j'accentue mes efforts. Ou que je m'y prenne différemment… Alors, j'arrêterai de te harceler avec ta voiture quand j'arrêterai de m'inquiéter, d'accord ?

— D'accord, dit-elle en riant. Tu as le droit de me harceler une fois par semaine. Et en ce qui concerne Michael j'aime bien l'idée de changer de méthode d'approche. Je le fais constamment, tous les jours, même, et parfois ça marche du tonnerre, et parfois… rien. Mais Michael est très ouvert à la nouveauté, même s'il ne le montre pas comme on s'y attendrait. Et puis, il y a toujours un temps d'adaptation, mais quand ce moment est passé il peut se montrer très enthousiaste. A mon avis, au lieu d'essayer de te fondre dans son moule, tu devrais peut-être essayer de vous en fabriquer un nouveau à tous les deux. Par exemple, trouver un domaine où Michael aura besoin de toi pour le guider.

Après un embranchement, ils s'engagèrent sur une route poussiéreuse. Les trente kilomètres suivants n'offrirent qu'un paysage dénudé où quelques armoises étaient les seuls arbustes qui semblaient pousser. Malgré cette rudesse, il ressentait au Texas une sorte de dignité qui lui était familière, et c'était certainement la raison pour laquelle il adorait cet endroit qui lui manquait beaucoup. Néanmoins, il n'avait jamais envisagé de revenir s'y installer de façon permanente car trop de mauvais souvenirs y étaient attachés.

Mais c'était là que vivait Michael, alors un week-end sur deux, qu'il pleuve, qu'il vente ou qu'il neige, il faisait ses bagages et sautait dans un avion qui l'emmenait vers son passé, regrets ou pas.

Assis à côté de Belle, il songea qu'il avait oublié comme elle sentait bon les fleurs et le soleil. Cela aussi lui manquait. Beaucoup de choses la concernant lui manquaient, d'ailleurs, et leur arrangement pour la garde de Michael ne lui permettait pas de passer beaucoup de temps avec elle. Bien sûr, elle l'accueillait à la porte et se montrait cordiale, mais elle ne le laissait quasiment jamais entrer. Ils se parlaient à peine, hormis lorsqu'il y avait quelque chose à discuter au sujet de Michael.

Il ne savait donc rien de sa vie. Avait-elle des amis à Big Badger ? Une relation sérieuse ? Est-ce qu'elle sortait ou restait enfermée chez elle ? Est-ce qu'elle était heureuse ?

Il essaya de l'imaginer avec quelqu'un d'autre, comme ce Dr Robinson qu'elle estimait tant. Etait-il devenu un peu plus que le médecin qui lui apportait son soutien ? Il y réfléchit un moment sans parvenir à savoir ce qu'il en pensait.

— Alors, qu'est-ce que ton Dr Robinson suggérerait, à ton avis ? demanda-t-il en essayant de s'imaginer quel type d'homme c'était, et ne pouvant s'empêcher d'espérer qu'il était vieux et bedonnant.

— Honnêtement, je n'en sais rien. Peut-être quelque chose de totalement différent des exercices habituels.

— Je devrais peut-être aller le lui demander moi-même.

— A qui ? Michael ?

— Non, au Dr Robinson.

Un sourire étrange se dessina sur les lèvres de Belle.

— D'abord, le Dr Robinson préfère que les gens trouvent

par eux-mêmes les solutions, car c'est le cheminement qui compte. Ensuite, le Dr Robinson se prénomme Amanda.

D'accord ! Un point pour le camp adverse. N'empêche, il se posait toujours des questions sur la vie sociale de Belle. En particulier certains aspects. Après tout, il avait le droit d'être au courant car un homme qui serait en relation avec elle le serait aussi avec son fils. Du moins était-ce ce qu'il se disait et espérait croire, à force de se le répéter.

— Bon, alors qu'est-ce que tu suggères qui puisse intéresser Michael ? Plutôt du sport ? Je n'ai pas l'impression que ça lui plaise beaucoup…

Voilà qui n'était pas un changement de sujet très subtil, mais c'était la seule chose qui lui soit venue à l'esprit. Belle avait-elle perçu sa gaffe comme une pointe de jalousie ? Son petit sourire, en tout cas, l'avait embarrassé.

— Tu comptais me le demander comme ça, carrément ?

— Quoi ? demanda-t-il même s'il le savait très bien.

— Si j'ai quelqu'un dans ma vie.

— Si ça affecte Michael, j'ai le droit de savoir, non ?

— Peut-être. Ou pas, dit-elle avec un grand sourire. Ce qui est sûr, c'est que tu ne sauras jamais si tu ne demandes pas.

— Et si je te disais que je te fais confiance pour prendre les bonnes décisions, en ce qui concerne les gens que tu fais entrer dans la vie de Michael ?

— Non, tu n'es pas crédible, Cade. Admets que tu meurs d'envie de demander.

— Je suis curieux, c'est vrai.

— Tu vois, ce n'était pas si difficile.

— Ce sera encore plus facile quand tu m'auras répondu afin qu'on puisse mettre fin à cette conversation.

Elle s'amusait visiblement beaucoup de le voir si embarrassé, et ne s'en cachait d'ailleurs pas. En général, il appréciait sa franchise, mais en l'occurrence il la trouvait à la limite vexante.

— D'accord, ma réponse est non, je n'ai personne. Pas le temps. Même pas sûre que quelqu'un soit mon genre ici.

— Et ton genre, ce serait… ?

— Toi, autrefois… Aujourd'hui, je ne sais plus. Bref, Michael aime le foot, poursuivit-elle sans ciller. Il y joue à l'école. Il a commencé milieu de terrain, puis ils l'ont mis gardien pour son incroyable faculté de concentration car il ne lâche jamais le ballon des yeux. Oh ! Et puis il aime aussi faire du cheval, quand j'ai le temps de l'y emmener… c'est-à-dire pas souvent. Et les randonnées. Ce qu'il préfère, c'est partir en randonnée dans le désert et… observer ce qui l'entoure. Je suppose que c'est la façon la plus simple de décrire ce qu'il fait. Il a l'œil pour repérer des choses que personne ne voit.

Bon. Au moins, il savait ce qu'il en était de sa vie personnelle. Quant à ce qu'il fallait en penser…

— J'ai connu quelqu'un comme ça. Il pouvait regarder un insecte pendant des heures ou le mouvement des feuilles dans le vent. Le moindre détail le fascinait.

Il s'interrompit puis déglutit, avant d'ajouter :

— Pourquoi tu ne m'avais jamais dit ces choses sur mon… sur notre fils ?

— Tu n'as jamais demandé. Maintenant que tu t'y intéresses, je pense que tes visites et tes moments avec lui sont tombés dans une sorte de routine : pizza, glace, ciné, jeux vidéo. Je ne t'en blâme pas, Cade. Mais toi, ne me reproche pas non plus de ne pas t'avoir dit ce qu'aimait ton fils. Il te suffisait de le demander, à moi ou à lui. Il ne t'aurait pas forcément répondu à la première tentative, ni même à la dixième, mais il aurait fini par te le dire. Est-ce que tu lui as jamais demandé ce qu'il souhaitait faire quand tu le prends ? Il a son avis sur le sujet, même s'il ne vient pas te le donner d'emblée.

Cade poussa un profond soupir. Elle avait raison, bien sûr, et chacune de ses paroles mettait douloureusement en lumière ses fautes à lui. Dont acte. Il lui restait douze semaines pour apprendre à devenir un bon père.

— Je crois avoir une idée, dit-il. Je ne suis pas sûr que ça va marcher, mais…

— Tu sais, Cade, parfois ce n'est pas tant ce que tu

fais avec lui qui compte, mais le simple fait d'être avec lui, l'interrompit-elle. Je suis bien persuadée que Michael préférerait des moments de qualité à toutes les parties de *Trivial Pursuit* que vous pourrez faire ensemble. Encore une fois, je ne t'en blâme pas, je sais que c'est dur d'être parent à temps partiel.

Il sentit ses muscles se raidir sous l'effet de la colère qui montait. Relevant la visière de son chapeau, il se prépara à la confrontation.

— Je n'ai jamais été père à temps partiel, Belle. Quand tu vivais à Chicago, j'ai acheté un appartement à deux pas de chez toi pour être sûr de voir Michael. C'est toi qui as emmené mon fils à plus de mille kilomètres de moi. C'est toi qui m'as empêché de m'impliquer dans sa vie. C'est toi qui ne m'as jamais dit que mon fils était un super gardien de but. Moi, je suis son père vingt-quatre heures sur vingt-quatre.

— C'était quand, la dernière fois que tu m'as posé des questions sur les activités de Michael, Cade ? Tu viens ici, tu fais de ton mieux, et je sais que tu es frustré parce que ça ne se passe pas toujours comme tu le voudrais. Mais ne me mets pas tout sur le dos, ajouta-t-elle en levant fièrement la tête. J'ai une vie, moi aussi, même si tu n'as jamais semblé t'en rendre compte pendant notre mariage. D'après toi, je n'avais qu'à m'occuper de mon mari, ma maison, mon bébé ? J'aurais dû laisser filer encore une opportunité ? Non, Cade, tu ne peux pas me reprocher d'avoir déménagé. Maintenant, on vit ici, et Michael s'y est très bien habitué. Et si j'ai omis de dire qu'il était devenu gardien de but, ou qu'il montait sacrément bien à cheval, c'est peut-être parce que je suis le seul médecin à cent cinquante kilomètres à la ronde, que j'ai la garde de notre fils et que je ne dors que quatre heures par nuit. Dans le meilleur des cas… Je ne t'agresse pas en disant cela. J'exprime juste mon point de vue avec exaspération.

Bon sang ! Rien ne tournait comme il l'avait imaginé. Il ne savait pas dans quoi il s'engageait en venant passer ces six semaines à Big Badger. Peut-être voulait-il tout simplement faire la paix avec Belle. Jusque-là, il s'était persuadé qu'il le faisait pour Michael, mais il avait suffi d'un regard pour qu'il sache qu'il était là aussi pour lui-même. Ils avaient un fils ensemble, et ils ne devraient pas passer leur temps à se disputer, ni même à échanger des opinions exaspérées. Mais dès qu'on les mettait dans la même pièce, la même voiture, voire la même ville, voilà le résultat… La palette des émotions qui les habitaient était vaste, mais il ne pensait pas un instant que la haine en faisait partie. Jamais. C'était plutôt comme si tout ce en quoi ils avaient cru s'écroulait. Une flamme s'éteignait.

— Je sais que c'est dur pour toi, et j'en suis désolé. Je comprends ton exaspération. Mais la mienne est aussi légitime, non ?

— Si. Je sais que je peux me montrer un peu agressive… surtout avec toi.

Il pouffa.

— On a toujours su tirer le pire de chacun de nous, n'est-ce pas ?

— Et parfois aussi le meilleur.

— Parfois…, soupira-t-il en se détendant un peu. Pas assez souvent, malheureusement. C'était bien notre problème, selon moi. Quand c'était bien, c'était génial, mais ça n'arrivait pas assez souvent, et je ne te fais aucun reproche, Belle. Au moins tu as essayé, contrairement à moi.

— Il faut être deux pour que ça marche, Cade, répondit-elle en lui jetant un bref regard, avant d'esquisser un sourire. Mais, si tu veux endosser la responsabilité de notre séparation tout seul, ça me va.

Elle reporta son attention sur la route poussiéreuse, mais pendant une fraction de seconde, au moment où elle l'avait regardé, il avait senti… quelque chose d'indescriptible. Elle avait pénétré et fouillé son âme. Il en était bouleversé.

— Ça me va aussi… Pour notre fils. Parce que je veux vraiment que ça marche, Belle. On n'est peut-être plus mariés, mais Michael a besoin que nous présentions un front uni.

— Tu veux dire qu'il a besoin que nous nous comportions en adultes responsables ?

— Oui. Et il fut un temps où les deux adultes en question pouvaient se trouver dans la même pièce sans s'étriper.

— Je peux parfaitement me trouver dans la même pièce que toi, Cade. Et ça n'a rien à voir avec Michael.

Cet aveu le surprit tellement qu'il rabaissa son chapeau, cachant presque tout son visage derrière la large visière. Ainsi, il put sourire discrètement pendant tout le reste du trajet jusqu'à *Ruda del Monte*.

— Combien de tests est-on censés faire ? demanda-t-il en attrapant une sacoche sur le siège arrière.

— Vingt. Depuis l'épidémie d'*E. coli* à Chachalaca, plusieurs propriétaires des ranchs alentours m'ont appelée. Mais j'ai dans l'idée que d'ici à la fin de la semaine on en aura d'autres, surtout si on détecte des symptômes identiques ailleurs.

Il claqua la portière et contourna la voiture, la regardant enfiler son manteau blanc — un vêtement totalement déplacé dans un environnement pareil. Tout comme son pantalon en lin, son chemisier de soie bleu et son collier de perles. Bon sang qu'elle était belle, mais bon sang qu'elle paraissait incongrue dans un ranch ! Il allait falloir qu'il lui explique les habitudes vestimentaires texanes. Quoique… Elle n'était pas du genre à écouter ce genre de recommandation, surtout venant de lui.

— Et en ville on a détecté des symptômes ?

— Quelques-uns. Les autorités médicales pensent que le virus vient d'une salade composée. Notre épicerie livre plusieurs ranchs des alentours, alors l'idée se tient. Mais l'épidémie n'est pas très étendue…

— Qu'est-ce qui t'étonne, en fait ?

Elle haussa les épaules.

— Comment l'épidémie peut-elle rester aussi limitée, alors que tous se fournissent à la même source ? Pourquoi n'y a-t-il pas plus de malades ? Enfin, les autorités médicales font des tests, ce qui veut dire qu'en attendant tout ce que nous pouvons faire, c'est de traiter les malades. Jusqu'ici, on a eu de la chance car les symptômes étaient légers.

Il se souvenait d'épidémies causées par l'ingestion de brocolis, de salades, de haricots. La théorie de la salade composée tenait la route. Sauf que Belle ne semblait pas convaincue et, s'il y avait bien une chose dont il était sûr à son sujet, c'était qu'elle avait toujours été un excellent médecin, doté d'un instinct très sûr. En conclusion, si elle ne croyait pas à la culpabilité de la salade, lui non plus.

— Alors on fait juste des examens sommaires ?

— Il faut voir… L'appel que j'ai reçu m'a semblé urgent, et il se peut qu'il y ait autre chose, même si le contremaître a affirmé que ses vachers étaient en pleine forme. Jusqu'à preuve du contraire, je dois le croire sur parole. Je vais donc les ausculter rapidement, poser quelques questions… bref, justifier mes émoluments, ajouta-t-elle en souriant. Avant que tu ne fasses quelque remarque, je te signale que c'est grâce à ce que je gagne ici que j'économise pour reprendre le cabinet. Je veux devenir propriétaire. La ville l'a racheté au Dr Nelson car il avait besoin d'argent pour entamer sa nouvelle vie. Entretenir une jeune épouse revient cher apparemment. Bref, la mairie ne tient absolument pas à rester propriétaire des lieux, et je veux racheter le cabinet pour offrir un toit stable à Michael. Je me donne trois ans pour y parvenir.

Il secoua la tête en lâchant un long sifflement.

— Ça ne va pas être facile.

— Tu crois que je n'y arriverai pas ?

— Au contraire. Mais, au fond, j'espérais que ce ne serait qu'une passade, et que tu finirais par revenir à Chicago.

— Une passade ? Mon désir d'indépendance ?

— Non, ton besoin de t'éloigner de moi.

Contrairement à ce qu'il attendait, elle ne se mit pas en colère, mais éclata de rire.

— Tu te prends vraiment pour le centre du monde, toi ! Ça n'a rien à voir avec toi si je me suis établie ici. Je l'ai fait pour moi. Au passage, tu ne m'étais pas plus indispensable à Chicago que tu l'es ici, ajouta-t-elle avec un petit sourire.

— Tu te souviens des derniers mois de notre mariage, quand on passait notre temps à se demander comment on pouvait recoller les morceaux ? C'était horrible.

— Horrible, en effet, répliqua-t-elle.

Il haussa un sourcil, l'air moqueur.

— Tu n'étais pas obligée d'acquiescer aussi rapidement, dit-il en souriant. Bref, pendant ces horribles mois, j'essayais de me rappeler ce qui m'avait plu chez toi au début.

— Tu es dur.

— C'est la vie…, ironisa-t-il. Et puis j'ai fini par m'en souvenir. Tu étais incroyable, Belle. Intelligente, drôle, la langue bien pendue…

— Je vais prendre ça comme un compliment. Moi, une des choses que j'aimais le plus chez toi, c'était ta vivacité d'esprit. Tu avais réponse à tout, et malheur à qui osait te défier, car tes reparties pouvaient être mortelles. Parfois, je te regardais à l'œuvre, juste pour le plaisir.

— Quand tu dis à l'œuvre, je suppose que tu parles de ma vivacité d'esprit et de mes reparties mortelles, dit-il en plongeant ses yeux dans les siens. C'est ce que tu aimais ?

Bon sang, qu'elle était sexy quand elle soutenait son regard comme ça ! D'aucuns l'auraient trouvée intimidante, mais pour lui c'était encore une chose qui lui manquait depuis leur séparation. La liste s'allongeait dangereusement. D'où sortait-elle, d'ailleurs, cette liste ? Probablement de cette proximité inhabituelle. Et peut-être aussi d'un sentiment de n'avoir pas été au bout de leur histoire, rien de plus.

— C'est ce que j'aimais, et que j'aime toujours.

Il n'aimait pas repenser à ces moments de leur vie, et ne voulait pas se laisser entraîner trop loin sur le sentier des souvenirs.

— Avant d'y aller, dis-moi comment on se répartit le travail ?

— Si les choses se passent comme à Chachalaca, on n'a pas besoin de se soucier de ça car ils vont tous se précipiter vers toi. Ils marcheront sur leur voisin s'il le faut pour m'éviter.

— Et tu veux quand même faire ta vie ici ?

Elle haussa les épaules.

— Ils s'habitueront à moi… d'ici dix à vingt ans, ajouta-t-elle dans un souffle.

— Si tu veux qu'ils t'acceptent, oublie les perles et le chemiser de soie. Achète-toi une paire de bottes, un jean bien ajusté et un T-shirt. Peut-être même un chapeau comme le mien ! Essaie de te fondre dans le décor, pas de te démarquer. Ça prendra du temps, cela dit.

Oui, d'accord, il s'était promis de ne pas s'en mêler, mais il ne pouvait pas s'en empêcher. Il s'agissait de Belle, après tout. Et puis, il ne faisait que donner son avis. De toute façon, elle ne le suivrait probablement pas.

— Et tu sais tout ça comment ?

— Parce que je suis né et que j'ai grandi au Texas. Je suis l'un d'eux.

— Pourtant, tu as épousé une femme qui portait des perles et des chemisiers de soie.

— Je me suis perdu en route, dit-il en souriant, peu enclin à lui avouer qu'il s'était laissé aveugler par l'amour. Mais j'en suis revenu.

Enfin, pas aussi facilement qu'il l'avait cru.

— Tu veux que je te dise une autre chose qui me manque beaucoup, chez toi ? demanda-t-elle en se dirigeant vers le ranch.

— Quoi ?

Au lieu de répondre, elle ouvrit la porte et la referma sur lui.

*
* *

— Tu as trouvé des choses suspectes ? demanda-t-elle à Cade une heure plus tard.

— Deux qui présentent de légers symptômes, comme tu le pensais, répondit-il en lui tendant ses notes. Plus un avec un problème plus personnel.

— Personnel ?

Il haussa les sourcils, amusé.

— Disons que je lui ai prescrit un petit stimulant, voilà.

— Je les ai tous examinés il y a un mois, personne ne s'est plaint de…

— Ne le prends pas personnellement, c'est un truc de mec.

— Je n'ai pas le temps pour ce genre de considération. Moi aussi, j'en ai deux qui présentent des symptômes, plus un qui est resté au dortoir, perclus de crampes, mais qui s'obstine à dire au patron qu'il va bien. Franchement, je commence à m'inquiéter. Au retour des tests, je risque de me retrouver avec une vingtaine de cas confirmés d'*E. coli*, entre les ranchs et le centre-ville. Et ça ne fait que quatre jours.

— Mais le dénominateur commun, c'est toujours la salade. Ils en ont mangé il y a deux jours. J'ai demandé au cuistot de préparer des échantillons. J'ai pensé que tu voudrais les envoyer au labo. J'espère n'avoir pas empiété sur tes plates-bandes.

Elle sourit.

— Comme chirurgien, tu es génial. Comme prescripteur de stimulants sexuels, tu n'es pas mal. Oui, envoie-les au labo. Je leur adresse un peu tout ce que je trouve, en fait. Je suis contente que tu sois là, Cade, ajouta-t-elle après une légère hésitation. On a eu nos mauvais moments, mais je t'ai toujours considéré comme le meilleur médecin que j'aie jamais rencontré.

— Après toi… C'est ça ?

Elle lui fit une grimace.

— Bien sûr. Bon, je vais au dortoir des vachers.

— Tu penses que l'*E. Coli* a pu provoquer un syndrome hémolytique et urémique ? D'où les crampes ?

Il faisait allusion à une maladie qui résultait de la destruction massive de cellules rouges, et qui bouchait le système de filtrage des reins. Cela pouvait entraîner une destruction des reins, voire la mort.

— J'y ai en effet pensé, mais en général on ne rencontre pas ce genre de complications seulement huit à dix jours après le début de l'épidémie. Mais c'est une idée à garder en tête. Qui sait s'il n'a pas été contaminé avant les autres ou s'il ne présente pas quelque autre maladie qui le rendrait plus vulnérable ?

Elle fut ravie de constater que Cade la suivait. Non qu'elle ne puisse s'en sortir seule, mais c'était bien de l'avoir avec elle, même de façon temporaire. Il lui redonnait confiance. Evidemment, elle n'allait sûrement pas le lui dire.

— Je ne sais pas ce qu'on cherche, mais j'ai consigné là-dedans tous mes comptes rendus d'examen, dit-elle en lui montrant sa tablette électronique.

— Je suis impressionné.

— Moi aussi, figure-toi. C'était l'idée de Michael. Un jour qu'il est venu à mon bureau, il a regardé le vieux système d'archivage, fait quelques manipulations sur l'ordinateur et m'a dit qu'on devait faire des mises à jour, pour gagner en efficacité. « Maman, m'a-t-il dit, tu dois comprendre que la médecine moderne passe par les nouvelles technologies. »

— Mon fils a dit ça ? demanda-t-il d'un ton plein de fierté.

— Absolument ! Alors, j'ai engagé un technicien qui a fait des changements. Michael voulait même s'en charger.

— Tu ne l'as pas laissé faire ?

— Il a sept ans. Il en a peut-être les capacités, mais il faut le laisser être un enfant. Enfin, passer au tout électronique, ça prend du temps et pas mal d'énergie, mais c'est efficace. Et puis, je suis constamment connectée, comme disent les jeunes, expliqua-t-elle. J'ai donc accès à tous mes dossiers en un clic. Ma tablette est reliée à un satellite, lui-même relié à mon ordinateur, où se trouvent mes dossiers patients.

— Il est incroyable, ce gosse…

En effet. Michael était incroyable, et il était grand temps que ses parents le deviennent un peu plus.

Ils entrèrent dans le baraquement des vachers. Avant même d'avoir traversé le dortoir jusqu'au lit de Dean Ratson, elle avait la réponse à sa première question, qu'elle posa néanmoins en guise d'entrée en matière.

— Alors, monsieur Ratson, comment vous sentez-vous ?

Il avait les yeux dans le vide, le visage extrêmement pâle, des ecchymoses autour du nez et de la bouche, et il était enflé. Des signes fort inquiétants.

Sans un mot, elle se tourna vers Cade qui sortait déjà son portable.

— J'appelle qui ? chuchota-t-il.

— On dépend de Laredo, qui est assez loin. Je m'en charge pendant que tu l'examines… Je préparerai aussi une perf.

Quelques minutes plus tard, un hélicoptère était en route, mais il n'arriverait pas avant une heure, ce qui était bien trop long.

— La pression artérielle n'est pas bonne, lui chuchota Cade quand elle revint. Je peux me tromper, mais je pense qu'il a eu une attaque.

— Ce qui signifie qu'on avait raison pour le syndrome hémolytique et urémique. C'est arrivé vite, mais c'est ça, pas de doute.

— Cet homme est alcoolique, Belle, dit-il en ouvrant la table de chevet du patient, encombrée d'une bonne dizaine de bouteilles quasi vides. Voilà qui pourrait expliquer la vitesse d'évolution et la violence des symptômes.

Elle peinait à trouver une veine assez visible et solide pour son aiguille.

— Il va falloir que je lui fasse une sous-clavière, annonça-t-elle. Je n'aime pas trop ça.

— Je vais aller chercher de quoi surélever le dossier du lit, ça évitera qu'il fasse une embolie pulmonaire, en plus.

— Pendant que tu y es, demande au contremaître si M. Ratson a de la famille à prévenir.

Elle ne pouvait le demander directement à son patient dont les yeux s'ouvrirent un instant, plus par réaction nerveuse que réelle volonté. Il était en train de glisser vers le coma. Dire qu'on lui avait annoncé des crampes d'estomac ! Leur obstination à n'appeler la doctoresse qu'en cas d'extrême gravité risquait de leur coûter très cher.

— Monsieur Ratson, je vais devoir vous piquer près de la clavicule, dit-elle d'une voix délibérément forte. Dans quelques minutes, nous allons vous emmener à l'hôpital. Je pense que vous faites une complication.

Doux euphémisme… Cet homme était dans un état critique et son pronostic vital engagé. On venait de franchir une étape dans la propagation de la maladie.

Tout se déroula de façon parfaitement organisée. Cade, aidé par quelques vachers, souleva le dossier du lit avec des briques, pendant qu'elle plaçait une serviette enroulée sous les omoplates de Dean Ratson afin de faire ressortir ses clavicules. Cade ayant localisé le point idéal pour l'intraveineuse, elle désinfecta et anesthésia la zone. Cade piqua avec la dextérité du chirurgien, et elle attacha la perfusion. Puis elle posa le pansement stérile que Cade avait préparé. Un duo parfait, c'était évident. Et tout cela sans un mot, comme s'ils travaillaient ensemble depuis toujours, alors que c'était la première fois.

Elle frissonna en songeant combien ils étaient bons, ensemble. Alors qu'ils préparaient leur patient au transport en hélicoptère, elle n'arrivait pas à se sortir cette idée, plutôt inquiétante, de la tête. Une heure plus tard, elle déposa Cade devant sa pension, toujours préoccupée. Comment pouvaient-ils être aussi parfaitement synchrones dans une situation médicale d'urgence et aussi désynchronisés pour tout le reste ?

Elle ne devait pas laisser ce genre d'idée l'envahir. Cade devait ne rester qu'une arrière-pensée comme elle l'y avait cantonné jusqu'à présent, et c'était très bien ainsi.

Facile à dire quand la situation semblait prendre le chemin opposé.

— Pas bon, marmonna-t-elle deux heures plus tard en préparant trois sandwichs au fromage.

Cade était passé voir Michael.

— Qu'est-ce qui n'est pas bon ? demanda-t-il en s'approchant derrière elle.

Trop près.

— La façon dont je fais brûler ton panini.

— Brûlé par Belle Carter, ça peut être intéressant, la taquina-t-il, à présent si proche qu'elle sentait son parfum.

Elle fit volte-face et se retrouva devant un drôle de dilemme. Un pas en avant et elle était contre lui. Un pas en arrière et elle touchait le four. Dans un sens comme dans l'autre, elle risquait bien de se brûler. Elle choisit donc une troisième option : elle leva sa spatule qu'elle lui fourra dans les mains avant de le contourner.

— Non, ce sera brûlé par Cade Carter, M. J'ai-tout-vu-tout-fait, ajouta-t-elle en s'éloignant aussi dignement que possible.

Elle se réfugia dans sa chambre dont elle ferma la porte à double tour avant de se jeter sur le lit. Ses jambes ne la portaient plus. Pendant une dizaine de minutes, elle contempla le plafond, trop effrayée pour réfléchir correctement.

Et, surtout, trop effrayée pour admettre qu'un pas de plus et les paninis brûlés seraient devenus le cadet de ses soucis.

4.

— Une nuit, c'est tout ce que je demande, Belle… Emmener Michael camper une nuit. Je n'ai même pas besoin d'aller bien loin, je peux rester à une vingtaine de minutes d'ici, au cas où j'aurais besoin de le ramener.

— Ce qui m'inquiète, c'est qu'il n'est jamais allé camper.

Elle aurait pu ajouter qu'elle n'était pas convaincue que le moment soit bien choisi. Michael avait besoin de temps pour se préparer aux nouveautés, si excitantes soient-elles.

— Les expériences, ce n'est pas vraiment son truc, tu vois. Il faut les amener progressivement, comme on s'entraînerait pour une course d'endurance. L'emmener se promener quelques heures, deux ou trois fois de suite, pour qu'il s'habitue à l'environnement. Passer une nuit sous la tente dans le jardin. Ce n'est pas qu'il soit fermé à toute nouvelle activité, au contraire, il adore apprendre, mais il faut y aller à son rythme.

On associait cette lenteur au syndrome d'Asperger, mais peut-être le monde gagnerait-il à ralentir un peu son rythme, lui aussi. Avant, on appelait cela de la prudence, aujourd'hui, c'était considéré comme une infirmité.

— Justement, si je le prends une nuit, ça lui fera une préparation. Plus tard, j'aimerais l'emmener deux ou trois jours d'affilée. Plus, s'il veut bien. Mais, si ça peut te rassurer, pourquoi ne viendrais-tu pas avec nous ?

Partir camper avec Cade et Michael ? Peut-être finalement que c'était elle qui avait besoin de se préparer à l'idée.

Elle la mettait mal à l'aise. Non, elle la terrifiait. Passer une nuit avec lui, dans un environnement aussi intime… D'autant qu'elle n'avait jamais dormi dehors de sa vie. Et puis, comment Michael allait-il réagir ?

— Et comment je ferais ça ? Je ne peux pas m'absenter du cabinet comme ça, je suis le seul…

Il leva la main pour l'interrompre.

— Tu es connectée, c'est toi-même qui me l'as dit. Et puis, on ne va pas loin, juste à *Ruda del Monte*. Il y a un endroit incroyable un peu à l'écart du village, et le propriétaire du terrain, Jake Gibbons, est un brave type. Il apprécie la façon dont tu t'occupes de ses vachers, et il m'a donné l'autorisation d'installer une tente quand je veux.

— Il t'a donné l'autorisation sans broncher ?

Comment faisait-il pour charmer ainsi tous les gens qui croisaient sa route ? Jake Gibbons était un grincheux, un taiseux de la campagne qui lui avait dit sans détour qu'il ne faisait pas confiance à une femme pour soigner ses hommes. Un brave type, certainement…

— Oui, tout simplement. Et il a dit que je n'avais qu'à passer au ranch, pour le matériel. On aura donc tout ce qu'il nous faut, et si tu as une urgence tu pourras facilement rentrer en ville. De plus, j'ai donné un talkie-walkie à Maudie au cas où, ajouta-t-il en haussant les épaules. Elle a accepté de prendre en charge les petits bobos.

— D'abord Jake Gibbons, et maintenant mon infirmière. Combien de gens as-tu charmés encore ?

La liste des groupies de Cade s'allongeait à vue d'œil. Elle aussi avait succombé à son charme quand ils s'étaient rencontrés. Et si elle y était encore un peu sensible, ce qui n'était pas sûr, elle n'en était pas moins un peu jalouse de la façon dont il réussissait là où elle… peinait.

— C'était un jeu d'enfant.

— Parce que tu joues les jolis cœurs avec elle.

Il sourit. Repoussant son chapeau, il leva un sourcil avec une moue canaille.

— Parce que je le lui ai demandé avec mon plus beau

sourire. Elle m'a dit que tu ne souriais jamais, Belle. Alors je lui ai dit qu'une nuit de camping avec ton fils te détendrait. Que ça faciliterait tes relations avec… tout le monde. Maudie qui était du même avis s'est montrée très coopérative.

C'était carrément vexant. Depuis deux mois, elle essayait de se faire accepter, et voilà que Cade arrivait, avec ce satané sourire, et qu'il y parvenait comme une fleur. Tous les gens l'adoraient quand ils ne la toléraient qu'à peine. Le Dr Cade Carter, c'était le gentil, le Dr Belle Carter, la sérieuse. La sévère. L'obstinée. La pas drôle. Pas drôle. Elle les avait entendus la qualifier ainsi, et pas qu'une fois.

— Oui, enfin, coopérative ou pas, on ne peut pas aller camper, Cade. Tu n'as donc rien compris ? Michael et moi, on ne fait rien d'improvisé. On n'est pas comme les autres.

— Vous avez déjà essayé ? Il grandit, Belle, ses centres d'intérêt changent, il a envie de relever de nouveaux défis. Tu dois lui laisser faire ses propres découvertes, apprendre à réussir ou à échouer par lui-même. Tu ne peux pas le protéger de tout.

— Je lui laisse de l'espace, c'est juste que…

Elle poussa un long soupir. Cade voyait toujours la vie en rose. Pour lui, il suffisait d'essayer pour réussir. Elle était plus pragmatique. C'était certainement leur plus grosse différence, celle qui les avait séparés. Elle aurait adoré, elle aussi, voir le monde à travers des lunettes teintées de rose. Malheureusement, la réalité l'avait toujours rattrapée. Cela dit, pourquoi empêcher Michael de vivre une expérience potentiellement constructive ?

C'était décidé : ils partaient camper.

Pourvu que cela marche.

— D'accord, je vais lui en parler. Mais attention, c'est lui qui décide, et je ne lui imposerai rien.

— Alors, viens avec nous, Belle. On n'est peut-être plus la famille qu'on était jadis, mais on peut jouer le jeu pour une nuit. Sinon, tu vas t'inquiéter, tu vas passer ton temps à faire les cent pas sans pouvoir dormir, je te connais, et tu finiras par venir nous épier à 3 heures du matin, ajouta-t-il en lui adressant un clin d'œil. Alors autant venir directement, non ? J'ai tout prévu.

Bien sûr. Même s'il ne fallait pas toujours se fier à ce que Cade prévoyait comme des années de mariage le lui avaient appris à ses dépens.

« Je ne pars qu'une semaine. Tu peux m'appeler tous les jours. Je te promets de ne plus repartir. »

— Je vois clair dans ton jeu : tu tiens à me prouver que j'avais tort.

— Tu *as* tort, dit-il dans un souffle. Mais pas sur ce que tu imagines que je crois.

Cette voix douce, presque murmurée, lui donna la chair de poule. Comme avant. Elle se frotta les bras, espérant qu'il ne remarquerait pas son trouble.

— Ne… Ne me dis pas ce que je dois penser, Cade, rétorqua-t-elle en tâchant de ne pas se laisser envahir par les sensations qu'il lui inspirait toujours. C'est ce qui nous a tués. Tu partais du principe que tout allait s'arranger, et puis tu me laissais me débrouiller toute seule. Tu n'as jamais fait le moindre effort pour me reconquérir, poursuivit-elle en poussant un soupir, essayant de lutter contre la colère qui menaçait de resurgir. Je sais que tu aimes Michael, et je sais que ce n'est pas facile pour toi. Mais tu es ici pour ton fils, pas pour ton ex-femme, alors épargne-moi tes remarques. Et, pendant qu'on y est, ne fais plus de projets à ma place.

— Tu as changé.

— Je n'ai pas eu le choix, c'était une question de survie. C'est l'une des conséquences de tes actes, Cade.

D'ailleurs, par bien des côtés, elle lui en était reconnaissante. Elle aimait la femme qu'elle était devenue, mais cela n'avait pas été facile, loin de là.

— Je ne sais pas quoi dire.

— Ne dis rien. Je mène la vie que je veux, et je suis heureuse. C'est dommage qu'il ait fallu un divorce pour ça, mais peu importe. Tu es ici pour Michael, et c'est le seul lien qui nous unit à présent : notre fils.

Vraiment ? La semaine dernière, elle aurait répondu oui sans hésiter. Aujourd'hui…

— Eh bien, je pense que notre fils aimerait aller camper avec sa mère et son père.

— Et sa mère, a-t-elle envie d'aller camper ?

— Je m'occuperai bien de toi, Belle, si c'est ce qui te préoccupe.

— Même si tu sais parfaitement que je n'aime pas coucher dehors ?

— Justement parce que je le sais.

C'était possible. Elle n'assurait pas les consultations du vendredi, les visites dans les ranchs étaient finies pour la semaine, la paperasse était à jour, et elle serait joignable en cas d'urgence.

— Ne le prends pas mal, Belle, mais j'ai l'impression que c'est toi qui as un problème avec l'improvisation, pas Michael. Pose-lui d'abord la question, ensuite, on avisera. Et si tu hésites à cause de l'intimité je te promets de garder mes distances. Tout ce que tu voudras, du moment que Michael est heureux.

Elle ne pouvait pas lui reprocher de ne pas faire d'efforts.

— Bon, je lui parlerai en le ramenant de l'école.

— Et si on lui en parlait ensemble ?

Elle commença par lui expliquer que ce n'était pas forcément une bonne idée, étant donné l'attitude de Michael à son égard. Mais il insista, et elle finit par accepter. A contrecœur. Trente minutes plus tard, ils attendaient Michael à la sortie de l'école élémentaire de Big Badger.

— Voilà, conclut Cade. J'adorais partir camper quand j'étais enfant, et ça fait longtemps que je n'y suis pas allé. Je crois qu'on s'amuserait bien. Alors, tu veux bien ?

Michael jouait avec la fermeture à glissière de son sac à

dos. Il ne le regardait pas, il ne l'écoutait peut-être même pas. Pour la première fois, il hocha la tête.

— Ça veut dire oui ?

— Oui, ça veut dire oui, répéta-t-il.

Cade vit Belle se figer. Elle leva les yeux vers lui et il lui rendit son regard.

— Ça ne te dérange pas si je viens avec vous ? demanda-t-elle.

— Non, répondit Michael très sérieusement. Mais si tu as peur des tarentules, des veuves noires et des scorpions, il faudra que tu dormes dans la voiture.

Cade éclata de rire.

— Elle a même peur des mouches ! dit-il.

— Je sais, et des sauterelles, des abeilles et des mites aussi.

— Je n'ai pas peur des mites !

— Alors, pourquoi est-ce que tu hurles quand tu en vois une ? répliqua Michael en jetant un rapide coup d'œil dans sa direction.

— Je ne hurle pas, je… Il m'arrive de sursauter, quand je suis surprise.

— Tu hurles ! Si on fait un feu, ça va attirer les insectes, et tu vas hurler.

Incroyable ! Son fils taquinait Belle. Un aspect qu'il découvrait.

— Je voudrais en effet allumer un bon feu pour nous faire cuire à manger. Belle, tu pourras t'asseoir avec Michael et moi près du feu, mais il va falloir te contrôler.

— Me contrôler ? dit-elle, avec un étonnement feint.

— Oui, te contrôler, maman. Les mites, ce n'est pas méchant. Et puis, des études montrent qu'elles n'entendent pas les sons aigus, alors si tu hurles elles ne s'en iront pas.

— Comment tu sais ça, toi ?

Elle avait l'air aussi surpris que lui, pour une fois.

— Je l'ai lu quelque part, répondit Michael en haussant les épaules.

— Et il l'a retenu, dit-elle à l'attention de Cade.

— Parce que j'aime les insectes, maman, tu le sais bien.

Cade sentit une boule se former dans sa gorge. Des souvenirs pénibles lui revenaient à la mémoire. Tous les garçons de cet âge aimaient les insectes, mais Michael lui faisait soudain beaucoup penser à son frère, Robbie.

— Tu sais ce que c'est que l'entomologie ? demanda-t-il pour se sortir de ses tristes pensées.

Michael arbora un air perplexe puis secoua la tête.

— L'entomologie, c'est l'étude des insectes, lui expliqua Cade. Un entomologiste, c'est un spécialiste qui passe sa vie à étudier les insectes. C'est lequel, ton préféré ? ajouta-t-il d'une voix tremblante.

L'enfant fronça les sourcils puis son visage s'éclaira.

— Les mites ! répondit-il dans un grand sourire.

— Vous êtes en train de vous liguer contre moi, vous deux !

— Peut-être que tu le mérites.

Au regard perçant dont elle l'enveloppait, il comprit qu'elle avait décelé son émotion. Il ressentit une pointe de culpabilité de lui avoir caché une partie importante de sa vie, mais il était trop tard à présent.

— Ouais, tu le mérites, renchérit Michael.

Aussi incroyable que cela puisse paraître, un lien commençait à se tisser entre son fils et lui. Toutes ces années qu'il y travaillait, et il avait suffi d'une mite ! Il dut se détourner pour cacher les larmes qui lui montaient aux yeux. Pour Michael. Pour Robbie. Pour lui, aussi, et ce qu'il avait perdu.

Belle n'avait pas encore eu l'occasion de voir grand-chose du Texas. Ses journées n'étaient déjà pas assez longues pour y caser tout ce qu'elle avait à faire, alors le tourisme… Mais elle devait bien avouer que l'endroit où Cade les avait emmenés camper était charmant. Et couvert par le réseau internet, ce qui lui évitait de se sentir trop coupable…

Ils étaient installés sur un petit lopin de terre assez éloigné du ranch lui-même, totalement différent de ce à quoi elle s'attendait. Le Texas, elle l'aurait qualifié de désertique : des vastes espaces, des terres vierges, arides. Mais cet endroit... était à couper le souffle, avec ses arbres, son herbe verdoyante, et le petit ruisseau qui traversait la prairie. Et le ciel ! Dieu qu'il était bleu ! Si beau qu'on n'avait qu'une seule envie : s'allonger par terre et se perdre dans l'azur.

Non, décidément, ce décor n'avait rien à voir avec le Texas qu'elle imaginait. En fait, c'était si joli qu'elle se prenait à rêver d'une maison, sur les contreforts de la colline, avec une vue imprenable sur cette charmante vallée.

On pouvait toujours rêver... Elle arrivait tout juste à joindre les deux bouts, avec le loyer du deux pièces qu'elle louait et les quelques sous qu'elle essayait de mettre de côté pour racheter le cabinet.

— Je ne m'attendais pas à un paysage aussi grandiose, admit-elle.

— C'est une région magnifique. Les gens s'en font toujours une idée fausse, mais je n'ai rien vu d'aussi beau ailleurs.

Elle sourit. C'était incroyable à quel point il paraissait encore se sentir chez lui, ici.

— Fais attention, tu commences à parler comme si tu avais envie de revenir t'installer ici. Le médecin de la grande ville qui retourne au pays. Ce n'est pas ton style, pourtant !

Il appréciait trop le confort dont il bénéficiait en ville. Saurait-il s'en passer, maintenant qu'il s'y était habitué ?

Il ne répondit pas, se contentant de regarder autour de lui. Si longtemps qu'elle finit par se sentir mal à l'aise.

— Tu ne reviendrais pas...

— On ne sait jamais, la coupa-t-il.

Elle n'avait pas imaginé cela un seul instant.

— Tu ne l'envisages pas sérieusement ?

Il se tourna vers elle.

— Ce que j'envisage, pour l'instant, c'est de monter les tentes avant que la nuit tombe.

Il lui cachait quelque chose. Mais quoi ? Etait-ce la raison de sa venue, de son congé du cabinet où il travaillait ? La vraie raison de tous ces changements qu'elle percevait chez lui ?

— Ce serait bien de faire un feu avant qu'il fasse trop sombre, ajouta-t-il.

— Je peux faire les hotdogs ? intervint Michael, abandonnant le criquet qu'il poursuivait depuis un moment. Moi tout seul ?

Cade lui fit signe : il attendait qu'elle réponde.

— Avant de pouvoir faire des hot-dogs, il faut monter les tentes puis partir chercher des morceaux de bois. Tu veux te charger de quoi ?

— Du bois.

— Prends de longs bâtons, pour les hot-dogs, mais pas trop gros. Tu vas les chercher et papa les coupera, ça te va ?

— Je peux pas avoir un couteau ? Je voulais les couper moi-même.

Elle secoua la tête malgré la moue qui se formait déjà sur le visage de Michael. Il avait beau être bien plus intelligent que la moyenne, il n'avait que sept ans.

— Non, pas de couteau, les règles sont les mêmes qu'à la maison. Mais, si papa vient avec toi, il te montrera peut-être comment couper les bâtons avec son canif. Comme ça, tu sauras le faire quand tu seras plus grand.

— J'ai des pinces coupantes, dit Cade en en tendant une paire à Michael. Avec crochet de sécurité, faciles à utiliser, parfaites pour les brochettes à hot-dogs. Belle, pendant que tu montes les tentes…, ajouta-t-il avec un large sourire.

— *Les* tentes ?

— Ben oui, Michael et moi, on a du boulot, lâcha-t-il en jetant un coup d'œil vers son fils.

— D'accord, je vais monter les deux tentes. Mais j'ai bien peur que tu ne sois seul pour les brochettes.

Fasciné par un autre insecte, Michael ne les écoutait plus.

— Tu ne le reprends pas quand il se laisse distraire comme ça ? Tu…

Il s'interrompit, visiblement ennuyé, et se contenta de lever les mains avant de faire volte-face. Elle le rattrapa par le bras : il n'allait pas s'en sortir comme ça.

— Ecoute, je ne sais pas ce qui te pose problème, et apparemment tu ne veux pas m'en dire plus. Mais si c'est moi, ou quoi que ce soit qui ait à voir avec notre relation passée, sache bien que peu importe ce qui s'est passé entre nous. Les choses se sont apaisées et je ne t'en veux plus, conclut-elle en le relâchant. Et, si c'est au sujet de Michael, il ne fait pas exprès de te rejeter, Cade. Il est comme ça, c'est tout. Ne le prends pas personnellement.

— Merci de me dire ça.

— Avec Michael, il faut apprendre à choisir ses batailles. Celle-là ne m'a pas semblé fondamentale.

— Mais lesquelles le sont, Belle ? demanda-t-il sans se tourner vers elle. Et comment décide-t-on de ce qui est important ou pas ? Parce que moi, je n'en sais rien.

Elle jeta un œil vers Michael, accroupi près d'une petite chose noire avec plein de pattes.

— Parfois, je me fie à mon intuition, parfois, c'est un peu au hasard et, la plupart du temps, ça dépend de mon humeur.

— Quoi ? Belle Carter admet qu'elle n'a pas réponse à tout ? dit-il en riant.

Elle se pencha vers lui, pour murmurer :

— Belle Carter avoue : elle n'a pas la science infuse. La plupart du temps, elle fait juste semblant. Et si tu oses le répéter à quiconque, en particulier à Maudie, je te fais manger ton chapeau, ajouta-t-elle en se redressant.

— Non, pas mon chapeau !

D'un geste vif, elle le lui arracha et s'en coiffa.

— Et je pensais ce que je t'ai dit tout à l'heure, Cade, je ne t'en veux plus, conclut-elle en s'éloignant.

*
* *

— Il était épuisé, dit-elle en rejoignant Cade près du feu. Il s'est endormi sitôt que j'ai refermé son sac de couchage.

A sa grande surprise, d'ailleurs. D'habitude, le coucher était toujours un peu problématique, avec Michael. Il avait toujours mieux à faire : un jeu vidéo à terminer, un chapitre à finir, une émission à regarder. Mais ce soir il était content, le camping lui plaisait visiblement beaucoup. Tout comme à elle, d'ailleurs.

— Tu te sens bien ? demanda Cade.

— Oui, je crois. Ça fait du bien de décrocher un peu, et ça fait longtemps que cela ne m'était pas arrivé. De plus, t'avoir ici avec moi, pour partager la responsabilité de Michael, c'est important pour moi.

— Je me sens coupable de ne pas pouvoir faire plus pour t'aider, et de ne jamais réussir à faire ce que je veux avec lui.

— Tu n'as pas à te sentir mal vis-à-vis de moi. Je m'en sors très bien. Pour ce qui est de Michael, peut-être que tu devrais accepter les choses telles qu'elles sont et laisser faire le temps. Il réagit différemment de nous, parfois, donc il vaut mieux le laisser faire plutôt que de lui imposer ta méthode.

— Tu trouves que je suis trop directif ?

— Oui. Tu le faisais avec moi quand on était mariés. Tu voulais toujours me faire entrer dans tes cases. Sans doute le fais-tu sans t'en rendre compte. Ça fait partie du jeu, quand on essaie d'être un bon parent. On veut tous que notre enfant respecte nos règles. Je suis aussi coupable que toi, dans ce domaine. Mais je sais qu'avec Asperger il faut accepter certaines choses. Le plus dur, c'est de trouver le bon compromis.

— Et comment je sais sur quoi faire les compromis ?

— Ecoute ton cœur, Cade. Il faut que tu acceptes le fait que, parfois, les pièces du puzzle se mettent en place même si elles ne sont pas parfaitement ajustées. Ça risque de modifier la vision que tu t'es faite de ton rôle de père, mais la rendre plus intéressante, aussi. Enfin, si ça peut te consoler, je suis heureuse d'être venue camper avec vous, ajouta-t-elle avec un petit soupir en regardant le ciel noir. Malgré les insectes… Mais je vais rentrer en ville demain matin, avant que Michael se lève. Si cela ne t'embête pas…

— J'espère que ce n'est pas à cause de moi.

— Non. Comme je te l'ai dit, je n'ai pas beaucoup de temps pour moi, et j'aimerais en profiter pour me prélasser dans un bon bain, peut-être aller chez le coiffeur ou m'acheter une paire de chaussures, sans avoir à me soucier de Michael qui est en sécurité avec son père.

— Tu m'as manqué, Belle.

Elle ramassa un morceau de bois pour tisonner le feu. Des volutes de fumée et des étincelles rougeoyantes montèrent vers le ciel.

— Je sais ce que ça fait. J'ai passé la plupart de mon temps, lorsque nous étions mariés, à me dire la même chose. Je pense qu'on était partis du mauvais pied, Cade, ajouta-t-elle en songeant à tout ce qui l'avait fait tomber amoureuse de lui. Je ne regrette rien, note bien, car notre couple m'a apporté un équilibre que je n'aurais jamais acquis seule.

— Un bon équilibre ?

— Le meilleur, dit-elle en se levant. C'est pas mal, au fond, d'être divorcée. J'aime la vie que je mène maintenant, et ne l'échangerais contre rien au monde. Quand on était mariés, je n'étais pas… heureuse. En partie à cause de toi, en partie à cause de moi. On s'accordait sur plein de choses, mais pas sur les plus importantes. Et puis Michael est arrivé, et j'ai dû faire des choix. C'était dur, et tu n'étais pas beaucoup là. Au bout du compte, j'ai su que le seul choix qui s'imposait à moi, c'était d'opter pour une vie qui me rendrait heureuse car, sinon, je ne pourrais pas être la mère dont Michael avait besoin.

— Tu n'imagines pas ce que ça me fait de t'entendre dire que tu es heureuse sans moi.

— L'important, c'est que je sois heureuse, non ? dit-elle en souriant. Et ce n'est pas parce qu'on n'est plus ensemble, c'est moi. Je te l'ai dit mille fois, Cade, tout ce dont je rêvais, c'était une maison, un enfant, un bon cabinet médical. Mais tu n'entendais rien. Et puis tu as accepté ce poste en Thaïlande sans même m'en parler, ensuite tu es parti à Chicago… Bref, aujourd'hui, j'ai tout ce que je veux, et je doute que beaucoup de gens puissent en dire autant.

— La Thaïlande, c'était juste pour six mois.

— Je suis contente que tu aies réussi ta carrière. Et toi, tu ne peux pas te réjouir pour moi aussi ?

— Alors, le mariage ne fait pas partie de tes projets de bonheur pour l'avenir ?

— Chat échaudé… Et puis, le mariage n'est pas le remède à tous les maux. J'ai découvert que je me portais mieux sans. Alors, pourquoi se rembarquer dans la fameuse galère ?

— Parce que cette galère peut aussi t'emmener vers de doux rivages. Et je pense que tu le mérites, Belle.

— Tu m'as fait toucher ces rivages du doigt, jadis. Mais tout s'est terminé en naufrage. Aujourd'hui, je n'ai plus le pied marin. Mais tu sais quoi ? Tu m'as manqué aussi.

Peut-être même encore plus qu'à l'époque, elle se demandait si un homme pourrait un jour lui faire autant d'effet. Il y avait longtemps, elle avait décrété que non. Elle se haussa sur la pointe des pieds et lui déposa un tendre baiser sur les lèvres.

— Oui, tu m'as vraiment manqué. Bon, il est temps de se coucher. J'espère qu'aucune petite créature ne s'est glissée dans mon sac de couchage.

— Bonne nuit, Belle.

Comme s'il avait besoin de ce baiser ! Déjà qu'il dormait plutôt mal ces derniers temps… Pour Belle, ce baiser ne signifiait rien, il le savait, et pourtant, lui, il en avait été tout retourné.

Plutôt que de tourner en rond autour du camp où il risquait de faire du bruit, il prit le sentier jusqu'au ruisseau sans pour autant perdre le feu de vue. Il s'assit sur la berge et regarda l'eau où miroitait la lune. Sa vie ressemblait un peu à ce ruisseau qui se frayait un chemin au milieu des rochers. Sans vouloir tomber dans l'apitoiement, il devait bien avouer qu'il était un peu frustré de la tournure que prenaient les événements. C'était ce qui le tenait éveillé toutes ces nuits durant. Cela, et les souvenirs qui le hantaient. Robbie. Belle. Michael.

— Moi aussi, il m'arrive de ne pas pouvoir dormir, dit Belle en s'asseyant près de lui. Ces nuits-là sont interminables. On fait les cent pas, on prend un livre ou on écoute de la musique en espérant tromper l'insomnie. Mais rien n'y fait, on reste seul avec ses pensées, ses peurs et ses frustrations.

— Les choses auxquelles on ne peut rien changer.

— On ne peut rien contre certaines choses, et d'autres sont bien telles qu'elles sont. Mais pour le reste, la plus grande partie en fait, tu peux les changer si tu le veux vraiment.

— Je ne voulais pas que nous en arrivions au divorce, Belle. J'ai tout fait pour l'éviter.

— Peut-être, mais trop tard. Pourtant, j'ai attendu.

— C'est ce que je me répète, la nuit. Je crois qu'en fait je n'étais pas fait pour le mariage, mais j'étais encore moins fait pour le divorce.

Elle laissa échapper un petit rire.

— Pauvre de toi !

— Comment tu as su que j'étais là ?

— Je n'en savais rien, Cade. Mais je n'avais pas sommeil, alors je suis descendue jusqu'ici. C'est tellement paisible, ajouta-t-elle en délaçant ses chaussures. On fait trempette ?

Elle jeta un coup d'œil à la tente afin de s'assurer que Michael ne bougeait pas.

— Je te préviens, il y a peut-être des insectes, et à la seule lueur de la lune on ne les verra pas.

— Je prends le risque, dit-elle en glissant un pied dans l'eau. Je n'ai plus fait ça depuis que j'étais enfant. J'avais peur, en fait. On avait un petit ruisseau plein d'écrevisses derrière la maison, mais je mourais de peur à l'idée qu'elles me pincent les orteils. Du coup, je n'osais même pas me tremper les pieds avec les autres.

Elle se pencha et prit de l'eau entre ses mains dont elle l'éclaboussa en riant.

— Alors, tu viens ?

— Tu l'auras voulu, mais tu vas regretter les écrevisses, dit-il en ôtant ses bottes et en sautant à pieds joints dans l'eau. Nous aussi, on avait un petit ruisseau derrière la maison, et…

Mais, quand Robbie avait été en âge de s'amuser dans le ruisseau, lui-même était déjà passé à autre chose.

— Cade ? Tu es toujours là ?

Sa question le ramena au présent, il secoua la tête pour se débarrasser de cet accès de mélancolie.

— Oh oui, je suis là, répondit-il en l'attrapant par la main pour l'attirer à lui.

Elle essaya de se dégager, mais sans grande conviction.

— Qu'est-ce que tu vas me faire ?

— Qu'est-ce qui te fait croire que je vais te faire quoi que ce soit ?

Ce disant, il resserra son étreinte, prenant bien garde à ne pas lui faire mal, mais s'assurant qu'elle ne lui échapperait pas. Comme un gamin… Cette pensée lui fit oublier ses mauvais souvenirs. Etait-ce grâce à Belle ?

— Je te connais, Cade Carter.

Sans un mot, il lui lâcha la main pour l'enlacer fermement, avant de l'entraîner dans l'eau avec lui. Le ruisseau n'était pas très profond et l'eau était tiède, mais la surprise la fit haleter. Il la lâcha alors et la bagarre commença. Ils s'éclaboussaient à qui mieux mieux, en riant à gorge déployée. Il ne se rappelait pas avoir jamais autant ri.

Sans savoir comment, il se retrouva allongé dans l'eau, Belle à califourchon sur lui dans une position dangereusement intime. Il vit alors la lueur dans ses yeux : ce n'était plus du jeu, ni de la crainte. Alors, quoi ? De la surprise ? De l'inquiétude ?

Il n'eut pas le temps de se poser plus de questions car elle s'écarta vivement de lui et sortit de l'eau. Il s'attendait à ce qu'elle ramasse ses chaussures et retourne à la tente, mais elle n'en fit rien. Elle resta là, à le regarder.

— Quoi ? dit-il en se relevant après un instant de silence embarrassé.

— Je repensais aux bons moments.

— Il y a un renvoi en bas de page qui signale qu'après les bons viennent forcément les mauvais moments ?

— Non. Parfois, ça fait du bien de repenser à ce qu'on a réussi en oubliant le reste. Bon, je te réveille demain en partant pour que tu prennes le relais avec Michael. Au fait, merci, Cade, ajouta-t-elle après une légère hésitation.

S'ils avaient été amants, c'était à ce moment-là qu'ils se seraient embrassés. D'ailleurs, elle ne le repousserait peut-être pas, qui sait ? Mais il préférait que leur relation reste amicale, pour l'instant. Ce sentiment le rassérénait, et l'aiderait peut-être à trouver le sommeil. Sortant de l'eau, il renfila ses bottes, ramassa son chapeau et retourna, trempé, à sa tente. Pour la première fois depuis des années, dormir seul ne lui pèserait pas.

— Tu as envie de faire quoi ?

La matinée avait été rude : Belle était partie tôt, comme prévu, et Michael était de mauvaise humeur. Il n'avait probablement pas apprécié de ne pas voir sa mère au réveil.

— Je veux rentrer à la maison, répondit-il d'une voix neutre. Tout de suite, s'il te plaît.

Cela faisait au moins cent fois qu'il répétait cette phrase…

— D'accord, mais avant je veux te montrer quelque chose.

Michael secoua obstinément la tête.

— Non, il est l'heure de rentrer.

Que pouvait-il répondre ? Belle saurait, elle. Sortant son portable, il commença à composer le numéro avant de s'interrompre. Il n'allait tout de même pas s'avouer vaincu aussi facilement ! Cela équivaudrait à admettre que son idée était mauvaise. Pas question !

— Oui, on va y aller. Mais on va d'abord faire un tour. On trouvera peut-être des insectes intéressants.

— J'aimerais bien trouver des hydrobies, dit Michael, les yeux soudain pétillants. Ils vivent dans les milieux aquatiques et aiment bien marcher sur l'eau.

— Dans ce cas, on en trouvera peut-être au ruisseau.

Cette idée n'était peut-être pas si mauvaise, au fond.

— On y va ? demanda Michael impatiemment. Avant le petit déjeuner ?

Voilà que maintenant il était prêt à sauter le petit déjeuner ! D'accord, ce n'était qu'un petit pas en avant, mais c'était tout de même un début.

— Je pense en effet que c'est la meilleure heure. Tiens, attrape le sac noir, là-bas, près de mon sac à dos. Il y a quelque chose dedans.

— Un cadeau ?

— Oui, si ça te plaît.

— Un jeu vidéo ?

— Mieux que ça, dit Cade en secouant la tête.

— Ça m'étonnerait, répliqua Michael en observant le sac sous toutes ses coutures. Sauf si c'est deux jeux vidéo.

— Jette un œil à l'intérieur.

Cade se surprit à retenir son souffle.

Lentement, Michael défit la fermeture à glissière, millimètre après millimètre.

— Un appareil photo ! s'écria-t-il quand il eut enfin ouvert le sac en grand. C'est pour moi ?

— Bien sûr. J'ai pensé que tu aimerais prendre les choses qui t'intéressent en photo. Comme les zigorbies…

— Hydrobies, corrigea Michael en étudiant le fonctionnement de l'appareil.

— C'est ça. Alors, on va au ruisseau ?

Michael le regarda à travers l'objectif.

— O.K., papa, répondit-il en appuyant sur le bouton. Allons-y.

5.

— C'est une piqûre d'abeille, dit Belle en regardant les zébrures rouges qui barraient le bras de Cade. Enfin, une dizaine de piqûres.

— De frelon, rétorqua-t-il. Et il y en a treize, précisément.

Elle sortit un tube de corticoïdes de son armoire à pharmacie.

— J'ose à peine poser la question, mais comment ça s'est passé ?

— Il y avait un nid de frelons sous le toit du garage, à la pension, et…

— Laisse-moi deviner. Monsieur le charmeur a voulu faire plaisir à son public de fans en délire en les sauvant de ce terrible danger, le taquina-t-elle en appliquant une dose de crème sur la première boursouflure. Tu avais vérifié s'il était actif ou non, ce nid ?

— Tu fais toujours ça, Belle. Tu tires toujours des conclusions hâtives… Et systématiquement négatives, dès que je suis concerné.

— Disons que j'ai mes raisons, répliqua-t-elle en le regardant, très sérieuse soudain. Parce que tu avais une fâcheuse tendance à nous oublier, Michael et moi, dès qu'une bonne cause se présentait. Tu voudrais que je réagisse comment ?

— Je n'étais pas prêt à me stabiliser, Belle. Je n'ai aucune excuse pour avoir été un mauvais mari, mais toutes ces responsabilités me faisaient peur. Le mariage n'était pas… c'était différent de ce à quoi je m'attendais. J'avais du mal.

— Tu avais du mal, et moi, j'en tirais des conclusions hâtives, comme celle que tu étais un mauvais mari. Ce qui s'est passé quand tu es parti courir le vaste monde sans avoir eu l'idée de m'en parler au préalable. Tu te souviens de ça, Cade ? Je me suis réveillée au petit matin avec un mot sur l'oreiller, m'annonçant que tu étais au Cambodge ou à Haïti. Toujours pour de bonnes causes, humanitaires, certes, sauf que tu ne t'es jamais demandé si ta femme et ton fils avaient besoin de toi, eux aussi. Donc, tu vois, je pense que tirer des conclusions négatives à ton sujet est devenu un réflexe pavlovien, chez moi. Désolée, Cade, je n'ai pas envie d'être amère, mais parfois ça revient malgré moi.

Il sourit.

— Tu ne lâches rien, Belladonna. C'est une des choses que j'ai toujours admirée chez toi. Tu es forte.

— Pas toujours. Et, quand je dis que tu as voulu aider les gens, cela n'a rien de négatif. C'est juste un constat, tu es comme ça et, parfois, je pense que je t'envie un peu. Jamais tu ne m'as demandé de t'accompagner, Cade, pas une seule fois. Tu sais, avant que Michael arrive, je l'aurais peut-être fait. Cela m'aurait permis de partager quelque chose avec toi, de te découvrir différemment, et de voir par moi-même ce qui t'emmenait loin de moi. Tu n'as pas idée de ce que ça fait, d'être abandonnée comme ça.

— J'étais stupide, immature…, dit-il en serrant les dents. Je regrette qu'on n'ait pas plus parlé, mais je ne pensais pas que tu m'aurais accompagné.

— Pour sauver notre mariage, oui. On parlait, mais pas des bonnes choses aux bons moments. Bref, revenons à tes piqûres. Comment les frelons t'ont-ils attaqué ?

— Tu demandes ça pour pouvoir te moquer de moi.

Ils se regardèrent, mais cette fois elle avait envie de rire.

— Ça t'apprendrait à jouer les jolis cœurs.

— Eh bien, tu vas être déçue. M. Parker était sur le

point d'escalader une échelle branlante. Il a passé l'âge de se lancer dans ce genre d'exercice, alors, j'ai…

— Tu lui as proposé de monter à sa place, poursuivit-elle, admirative malgré elle. C'est tout à ton honneur.

— Quoi qu'il en soit, laisse-moi te dire que, pour un homme de son âge, il court comme un cabri. Quand j'ai fait tomber le nid et qu'un million de frelons mécontents en sont sortis…

— Il n'y avait pas d'autre moyen de s'en débarrasser ?

— Peut-être. Moi, j'avais dans l'idée de déplacer leur nid et de les faire sortir, en espérant qu'ils s'enfuiraient. Ce qu'ils ont fait, ajouta-t-il avec un sourire penaud. Pour se réfugier dans la maison…

— Quoi ?

— Par la fenêtre ouverte.

— Après escale sur ton bras.

Ces treize piqûres de frelon devaient être sacrément douloureuses, et il pouvait s'estimer heureux de ne pas être allergique. Malgré tout, l'image de Cade poursuivi par les frelons la fit sourire. Il fut un temps où elle aurait même dit : « Bien fait ! » Mais plus maintenant. En fait, elle l'aimait mieux maintenant que comme mari. Il avait muri, s'était adouci.

— Il valait mieux que ce soit moi que M. Parker, dit-il en grimaçant chaque fois qu'elle le touchait. Même si Mme Parker était peut-être plus redoutable encore que les frelons tant elle était furieuse.

— Tu as réussi à les chasser tous ?

— J'avais l'impression qu'ils se reproduisaient au fur et à mesure. Il y en avait partout, et les Parker ont dû partir quelques jours chez leur fille, à Dallas, le temps que quelqu'un enfume les bestioles pour les faire sortir. Apparemment, la meilleure façon de procéder aurait été d'intervenir de nuit, en prenant soin de fermer toutes les fenêtres au préalable, et d'allumer un feu sous le nid. Comme ils détestent la fumée, ils se seraient enfuis. Moi, j'ai tapé dessus avec un bâton, ce qui n'était visiblement pas très judicieux, conclut-il avec un sourire qui se transforma aussitôt en rictus de douleur.

— Personne d'autre n'a été piqué ?

— Non, seulement moi.

— Désolée d'avoir mis en doute ta bonne foi, Cade. Tu as essayé de faire une bonne action, et…

— Et tu n'as pas encore vu mon dos. Ils m'ont piqué à travers la chemise. Ces sales bêtes se sont ruées sur moi comme la misère sur le monde.

— Quoi ? Tu as d'autres piqûres ?

— Je ne sais pas combien, mais j'ai le dos en feu. Ça fait encore plus mal que sur les bras, c'est dire…

— Enlève ta chemise, ordonna-t-elle en retournant à l'armoire à pharmacie. Je vais te faire une piqûre d'antihistaminiques, au cas où.

— Je préférerais un bon verre de whisky, marmonna-t-il en déboutonnant précautionneusement sa chemise en chambray.

— Ah, parce que tu bois, maintenant ? ironisa-t-elle.

Cade avait bien des défauts, mais celui-là n'en faisait pas partie.

— Je viens juste de m'y mettre. Et tu ne vas pas tarder à en faire autant.

Elle le regarda fixement.

— Pardon ?

— Eh bien, la pension est temporairement fermée. J'ai pensé à la pièce qui se trouve au-dessus de ton garage…

— Non, dit-elle. Non, répéta-t-elle en secouant la tête après un instant de réflexion. Pas question que tu…

— Mais tu ne t'en sers pas ! C'était un studio, avant, non ? Donc, il y a une salle de bains, et un lit, ou un lit pliant. Ça me va, et ça sera bien pour Michael, aussi.

— Comment ça ?

— Je serai plus proche de lui, donc on aura plus de temps.

Elle leva la main.

— Ne mêle pas Michael à ça, c'est moi qui te dis non.

Je ne veux pas vivre avec toi, Cade. Je te rappelle qu'on a déjà essayé sans succès.

— Ça n'a pas grand-chose à voir. Le studio est au fond de la cour. En plus, si tu ne me loges pas, je vais devoir aller à Newman, qui est à vingt minutes d'ici car tout est complet à Big Badger. Bien sûr, avec mon dos en compote, je peux toujours retourner camper à *Ruda del Monte*…

— C'est bon, l'interrompit-elle en jetant le paquet de coton sur la table. Tu peux rester, mais ne va pas t'imaginer que cela te donne le droit d'entrer chez moi. Je suis sérieuse, Cade. Tu ne peux pas aller et venir comme ça dans ma vie. Ni dans ma maison, même si tu vis au-dessus de mon garage, et même si tu es blessé.

Il posa sa chemise sur la table d'examen.

— Message reçu. Et pour l'injection d'antihistaminiques, je vais passer mon tour. J'ai quelques patients à voir avant de rentrer, et j'ai peur d'être un peu groggy.

— Laisse tomber tes patients, je peux m'en charger.

— Je sais, mais je peux aussi, dit-il en souriant avant de sursauter quand elle toucha une piqûre particulièrement enflée. De plus, si je ne m'occupe pas, je vais passer le reste de la journée à geindre et à m'apitoyer sur mon sort.

— Bon, mais l'offre tient toujours, si tu ne te sens pas bien. Pour les antihistaminiques, tu sais où sont les seringues, et tu connais les doses. Surtout, ne joue pas les héros. Tu n'es pas allergique, certes, mais tu as tellement de piqûres…

— J'apprécie que tu te soucies de moi, Belle. Je comprends pourquoi tu as cru que je voulais faire le malin. Tu sais, longtemps, j'ai agi ainsi parce que ça m'évitait de faire face à la réalité.

— Tout le temps qu'on est restés ensemble, tu ne m'as jamais expliqué ça. C'est triste, car on était mariés sans l'être, en fait.

Elle s'interrompit en découvrant l'état de son dos. Dix-sept piqûres au total.

— Si tu ne veux pas d'antihistaminiques, prends au moins des antidouleurs. Juste un peu de codéine.

— Alors comme ça, tu me plains, maintenant ?

Il essayait de faire bonne figure, mais elle le sentit se raidir lorsque le coton toucha la première rougeur.

Oui, vraiment, elle le plaignait. Soudain, l'image de Cade recroquevillé sur le lit pliant du studio lui traversa l'esprit. Non, il ne fallait pas y penser.

— Et si je t'offrais une nuit, deux au maximum, dans un vrai lit ? Ce serait plus confortable, non ?

— Je n'ai rien demandé.

— Non, mais tu n'as pas vu l'état de ton dos. Tu peux prendre mon lit, je dormirai…

— Du côté gauche, si tu veux. Je ne franchirai pas la ligne, promis.

— Je dors à droite, maintenant. Et tu pourras bien franchir la ligne autant que tu voudras parce que je dormirai en bas, sur le canapé.

C'est vrai que l'idée de dormir avec lui était tentante. Elle avait toujours aimé se réveiller à son côté. Mais cette proposition n'était pas sérieuse. A moins que Cade ne pense qu'il leur suffisait de dormir ensemble pour retrouver ce qu'ils avaient perdu ? Quoi qu'il en soit, la simple idée de ce qu'ils n'étaient plus l'un pour l'autre la mettait mal à l'aise. Elle refusait de faire la liste des choses qu'ils ne partageaient plus. De ces choses dont, peut-être, elle avait encore envie.

— Tu aurais mieux fait de rester à Chicago, marmonna-t-elle. Rien de tout ceci ne serait arrivé.

— Je me suis fait piquer par des frelons, ce n'est pas la fin du monde, Belle.

Peut-être pas la fin du monde, mais elle commençait elle aussi à ressentir les effets d'une certaine piqûre. Et dire qu'elle se croyait immunisée…

*
* *

— L'augmentation du nombre de cas d'*E. coli* m'inquiète, dit Belle en s'effondrant sur la chaise près de Cade.

Assis sur un tabouret, il remplissait le dossier d'un patient. Il n'avait pas l'air très à l'aise, et s'arrangeait visiblement pour que son dos et son bras ne soient en contact avec rien.

Leurs genoux se frôlèrent soudain sous la table de la minuscule salle de repos. Malgré le jean de Cade et le pantalon en lin qu'elle portait, ce contact involontaire la fit sursauter.

— Un autre ranch m'a appelée pour m'informer qu'ils avaient au moins deux vachers malades. Peut-être plus, l'intendant n'a pas su me dire précisément… En revanche, le propriétaire et sa famille vont bien, pour l'instant. Je vais aller y faire un tour dans une heure.

— Tu n'as pas reçu les résultats des échantillons envoyés au labo ?

— Non. Je les fais analyser par deux labos différents, pour être sûre. On a maintenant suffisamment de cas déclarés pour parler d'épidémie, mais je ne veux pas l'ébruiter au risque de provoquer un vent de panique. Je suis nouvelle, ici, et les gens ne me font pas encore confiance, en particulier les hommes, donc je n'ai pas droit à l'erreur. Or je n'ai toujours pas trouvé de cause, et je ne peux même pas leur conseiller d'éviter les haricots, la salade, l'eau du puits ou la saleté en général.

— Tu as raison. Mieux vaut attendre que de paniquer tout le monde. Sauf que si tu attends trop on t'accusera de n'avoir pas agi assez vite, ajouta-t-il en refermant son dossier. Moi, je crois que ça a un lien avec le bétail, Belle. On est dans un pays de vaches, tous les ranchs alentour en élèvent, et la moitié des habitants de la région sont, d'une manière ou d'une autre, impliqués dans cette industrie.

— Mais j'ai fait analyser la viande locale plusieurs fois…

— C'est vrai, mais tant qu'on ne fera pas des analyses massives de tout, absolument tout…

— … on n'arrivera à rien. De plus en plus de gens sont malades, et moi, je suis dans le pétrin quoi que je fasse…

Mais tu sais ce qui se passe quand on désigne un coupable. Il suffit qu'on évoque le bétail et… Je ne veux même pas penser à ce qui se passerait au niveau de l'économie locale qui pourrait être minée. Même les gens les plus rationnels peuvent en arriver à des extrêmes s'ils passent en mode panique. Le problème, c'est que j'ai demandé des analyses au labo local et à un labo privé. Les autorités sanitaires locales sont d'accord pour que les résultats restent confidentiels, mais il finira par y avoir des fuites. Jusqu'à présent, tout le monde pense qu'il s'agit d'une bactérie banale. Mais si les mots d'épidémie ou de pandémie sont prononcés, on est fichus…, soupira-t-elle. Et le temps joue contre nous.

— En ce qui me concerne, je pense que tu as agi au mieux. Ta position est délicate et les gens d'ici ont de la chance de t'avoir même s'ils n'en sont pas conscients.

— Tu diras ça aux lyncheurs, quand ils sonneront à ma porte.

Elle vint se poster derrière la chaise de Cade. Doucement, elle lui souleva sa chemise pour jeter un coup d'œil à son dos.

— Je peux te donner quelque chose ?

— Ta compassion ?

Elle sourit. Heureusement qu'il était là. Pour Michael, bien sûr, mais aussi un peu pour elle.

— Bonne nuit, Cade. Tu pourras fermer en partant ?

— Il a peut-être faim, dit Michael en regardant Belle à travers le viseur de son appareil.

Elle versa les spaghettis dans l'égouttoir. Même s'il avait pris au moins cinquante clichés pendant qu'elle préparait le dîner, et cinquante autres quand elle lisait un article médical sur le sofa, pieds nus et tout ébouriffée, elle était ravie que la photographie le passionne autant.

— Il y a des tas d'endroits en ville où ton père peut se sustenter, répliqua-t-elle en détournant la tête.

Trop tard, il avait pris une autre photo sur laquelle elle

aurait l'air ennuyé. Après toutes ces années, Cade venait encore la perturber. Trop de pensées, trop de souvenirs.

— Et puis, je pense qu'il est fatigué, ajouta-t-elle. Il doit déjà dormir, à l'heure qu'il est.

— Mais sa lumière est allumée, répliqua Michael.

Bien sûr… Et voilà que Michael voulait dîner avec son père. Comment pouvait-elle lui refuser ce plaisir ?

— D'accord, va frapper à sa porte. Dis-lui que le repas sera prêt dans dix minutes, et qu'il peut se joindre à nous s'il en a envie. Ensuite, tu m'aideras à mettre la table.

Sans un mot, il se précipita dehors. En le regardant grimper l'escalier quatre à quatre, elle ressentit une immense fierté. Son fils était un véritable athlète. Ils avaient parcouru du chemin depuis le jour où le pédiatre lui avait annoncé sa maladie et dressé la liste des difficultés qu'il aurait à traverser. Dont une certaine maladresse, contre laquelle on l'avait mise en garde. A sept ans passés, il avait l'agilité d'un singe, et aucune idée de ce qui était censé lui manquer.

Elle le vit frapper une première fois à la porte puis recommencer après quelques secondes. Pas de réponse. Il essaya une troisième fois, et à la quatrième elle sortit dans la cour.

— Michael, il n'est peut-être pas là !

— Mais j'ai entendu sa musique.

Du classique. Mozart, probablement. Il avait toujours cru qu'elle adorait, elle aussi, mais elle préférait Beethoven. Encore un autre point d'achoppement. Mais, en effet, elle entendait le *Requiem* de là où elle se trouvait. Bizarre… Parcourue d'un frisson glacé, elle attrapa sa trousse.

— Michael, tu peux revenir ici et aller vérifier que la porte d'entrée est bien verrouillée, s'il te plaît ?

Elle ne savait pas ce qu'elle allait trouver dans le studio, alors pas question que Michael entre avec elle.

— Et puis, tu as la table à mettre, n'oublie pas, lança-t-elle en le croisant dans la cour.

Avec un peu de chance, elle s'affolait pour rien et Cade était simplement sorti dîner en oubliant d'éteindre la chaîne hi-fi. Du moins essayait-elle de s'en persuader sans pouvoir néanmoins s'empêcher de trembler.

Elle attendit que Michael ait disparu pour se diriger vers la porte du studio. Fermée. Heureusement, elle avait un passe.

— Cade ! murmura-t-elle en pénétrant dans la pièce.

Il était allongé par terre, près du canapé. Elle courut vers lui et tomba à genoux. D'abord, le pouls. Faible, mais il était bien là, Dieu merci. Puis elle approcha l'oreille de son torse et écouta. La respiration était régulière mais sifflante.

— Qu'est-ce que tu as fait, Cade ? murmura-t-elle en écartant la table basse.

Lui soulevant délicatement la paupière, elle vérifia la réaction pupillaire. Bonne. Pas de traumatisme apparent.

— C'était bien fermé, dit Michael en entrant. Qu'est-ce qui se passe, maman ?

Zut ! Trop tard pour lui mentir à présent.

— Il ne se sentait pas très bien, cet après-midi, et je n'ai pas encore eu le temps de l'ausculter suffisamment pour déceler ce qui ne va pas.

Heureusement, Michael l'avait parfois accompagnée en consultations et il avait l'habitude de voir des patients sans jamais ne sembler perturbé. Un vrai médecin en herbe.

— Il dort ? demanda-t-il, son regard attiré vers l'autre bout de la pièce par un ordinateur encore emballé.

— Ton père s'est fait piquer par des frelons, aujourd'hui, et…

En même temps qu'elle parlait, des centaines de scénarios, tous plus angoissants les uns que les autres, lui traversaient l'esprit : réaction aux piqûres, problème cardiaque…

— … et il a peut-être pris un médicament pour dormir, poursuivit-elle.

Pourvu que ce ne soit qu'une réaction allergique aux antihistaminiques.

— Des guêpes à papier, corrigea Michael. Elles transforment le bois mort et les racines en papier pour confectionner leur nid. Mais elles ne piquent pas, en général, sauf si on les attaque.

— Tu entends ça, Cade ? Elles ne piquent que si on les attaque, répéta-t-elle en ouvrant sa trousse à l'aide d'une clé qu'elle portait au bout d'une chaîne à son cou — précaution nécessaire quand on avait un enfant curieux à la maison.

Elle en tira un EpiPen rempli d'épinéphrine, une molécule qui devrait bloquer la réaction allergique. En théorie…

— Passe-moi le stéthoscope, s'il te plaît, mon chéri.

— Je pourrai écouter son cœur, moi aussi ? demanda Michael, les yeux toujours rivés sur l'ordinateur.

— On verra. Tu lui poseras toi-même la question dès qu'il sera réveillé.

Les battements étaient réguliers, les sifflements diminuaient. Les voies respiratoires se détendaient.

— D'accord, répondit Michael. En attendant, je peux brancher son ordinateur ?

— Super idée…

Tant pis si Cade avait prévu autre chose. Elle avait un cas de réaction allergique et un enfant sur les bras qu'un ordinateur occuperait un moment. Elle jeta un coup d'œil dans sa direction puis, rassurée, reporta toute son attention sur Cade qui revenait déjà à lui. Il battit des paupières et essaya de secouer la tête.

— Qu'est-ce qui se passe ? murmura-t-il d'une voix rauque.

— Tu t'es fait une injection d'antihistaminiques ?

— Oui, en rentrant. J'avais trop mal.

— Eh bien, je crois que tu y es allergique, dit-elle en s'autorisant enfin à s'asseoir un peu plus confortablement. Tu as fait un choc anaphylactique, mais l'adrénaline a bien joué son rôle.

Elle aurait pu ajouter qu'il lui avait fait la peur de sa vie. Et que certains sentiments étaient remontés à la surface, par la même occasion… La peur de le perdre, sans doute.

— Tu vas rester allongé pendant au moins une demi-heure.

— Où est Michael ? demanda-t-il d'une voix redevenue à peu près normale.

— Il s'occupe de ton ordinateur. Tu lui dois bien ça car il t'a sauvé la vie, après tout.

— Je lui ai sauvé la vie ? demanda Michael sans prendre la peine de les regarder, concentré sur l'ordinateur portable qu'il venait de sortir de son carton.

— Eh oui ! répondit-elle, submergée par l'émotion. Je suis très fière de toi, mon fils.

— Alors, je peux toujours inviter papa à dîner ?

— Absolument.

Elle se détourna pour essuyer une larme qui lui coulait sur la joue. Vivre sans Cade ? Elle ne voulait même pas y penser. Pas plus qu'elle ne voulait penser à cette émotion qu'elle ressentait. Elle avait eu peur, voilà tout. Pourtant, quand elle fermait les yeux…

— Enfin, s'il se sent capable de manger, conclut-elle.

— Quelques minutes de repos et je serai en pleine forme. Ça va, toi ? murmura-t-il en lui prenant la main.

— Ça va. Mais tu m'as fait peur, Cade.

La vie était si fragile ! En tant que médecin, elle le constatait tous les jours. Mais c'était la première fois que Belle Carter, mère et ex-femme, y était confrontée d'aussi près.

— Je ne sais pas ce que j'aurais fait, si tu… Bon sang, Cade Carter, pourquoi tu m'as fait ça ? marmonna-t-elle en ravalant ses larmes.

— Quoi ?

En guise de réponse, elle lui déposa un tendre baiser sur le front. Qui ne passa pas inaperçu puisqu'un flash se déclencha au même moment.

Puis un long silence s'installa. Qu'y avait-il d'autre à dire ? Les faits parlaient d'eux-mêmes : les sentiments qu'elle éprouvait pour Cade étaient plus profonds qu'elle ne le pensait, et elle n'avait pas de mots pour les exprimer.

*
* *

Trente minutes plus tard, Cade se sentait suffisamment en forme pour manger. En fait, entre les piqûres et la réaction allergique, il était épuisé et il aurait largement préféré se coucher, mais il ne voulait pas décevoir Michael. Par ailleurs, il avait envie de se retrouver en famille. Il essaya donc de manger des spaghettis puis repoussa son assiette après quelques bouchées.

— Tu as toujours été bonne cuisinière, Belle, dit-il en lui jetant un regard contrit.

— Je n'ai jamais fait la cuisine, rétorqua-t-elle.

— Bien sûr que si, une fois ou deux.

— Tu t'en souviens ?

— Je me souviens de tous les bons moments. D'ailleurs, si on en avait eu plus, je ne me sentirais peut-être pas aussi…

Il s'interrompit pour dévisager Michael qui engloutissait une énorme bouchée de pâtes.

— Il est affamé, dis donc !

— Il veut retourner à ton appartement pour finir d'installer ton ordinateur. Il a parlé d'un routeur, et de le connecter en wi-fi, ou quelque chose comme ça, ajouta-t-elle en secouant la tête.

— Une connexion internet en wi-fi, expliqua Michael avec une pointe d'impatience, comme si cela coulait de source. On peut le mettre en réseau avec le nôtre, comme ça, on n'a pas besoin d'une autre prise internet. Il me suffit de…

— Finis ton assiette, l'interrompit Belle. Ensuite, lecture et puis au lit. Il se fait tard et tu as eu une longue journée. L'ordinateur de ton père attendra bien jusqu'à demain, après l'école.

— Mais…, protesta-t-il, avant de hausser les épaules. O.K., je vais lire.

— Tu as fini de manger ? lui demanda Cade sans obtenir de réponse. Il est obéissant, ajouta-t-il à l'attention de Belle.

— Parfois. Et parfois c'est une vraie tornade, rien ne

l'arrête, il n'écoute rien, il s'énerve… Comme un enfant de sept ans, quoi.

— Ça me rappelle moi à son âge. Tranquille un instant, et puis boum ! Sauf que je n'avais pas le cerveau d'Einstein, poursuivit-il en se levant.

— On l'a bien réussi, il est formidable.

— C'est vrai. Bon, ça m'a fait plaisir que tu me sauves la vie, mais je suis crevé. Je vais retourner dans mon studio et me mettre au lit.

— C'est drôle la façon dont tu dis ça, dit-elle en riant. « Merci de m'avoir sauvé la vie, mais… »

Elle se leva à son tour.

— Tu as eu une rude journée, tu mérites un bon lit. Prends le mien, je dormirai sur le canapé.

— Tu n'es pas obligée de faire ça, tu sais.

— Bien sûr que si. En tant que médecin et mère de ton enfant.

— Et amie ?

— Peut-être. Mais je ne sais pas si l'amitié peut exister entre ex-époux. Tu ne crois pas que le divorce crée une certaine amertume ? Même un divorce dit « à l'amiable » ?

— Bon, je vais dormir dans le lit de mon médecin. Qui est aussi, quoi qu'elle en pense, ma meilleure amie.

— Ton médecin n'a pas eu le temps de changer les draps.

Peu importait. Dormir avec son odeur serait un peu comme l'avoir, elle, près de lui…

— Au fait, reprit-elle, interrompant le fil de pensées troublantes, c'est étonnant, à ton âge, que tu n'aies jamais remarqué que tu étais allergique aux antihistaminiques.

— Tu croyais pouvoir m'assommer et me mettre dans ton lit, n'est-ce pas ?

— Ce n'est pas drôle, Cade. Tu as failli mourir !

— Que veux-tu que j'y fasse ?

— Ne prends pas les choses à la légère. Tu devrais porter un de ces bracelets qui indiquent tes allergies. Et puis, la prochaine fois que tu manques de mourir, fais en sorte que ce ne soit pas en présence de ton fils, ajouta-t-elle avant de se mordre la lèvre inférieure. Bon sang, Cade, tu m'as fait peur ! Quand j'ai ouvert cette porte et que je t'ai vu allongé par terre…

Il contourna la table et s'approcha d'elle. Si près qu'il sentait l'agréable odeur de fraise qui émanait de ses cheveux.

— Ça fait plaisir de savoir que tu t'inquiètes encore de moi. Un peu.

Sans bouger d'un pas, elle le regarda droit dans les yeux.

— Ça ne marchera pas, Cade.

Il pencha légèrement la tête sans lâcher les plus magnifiques yeux verts qu'il ait eu le privilège de croiser.

— On a changé, Belle.

— Oui, on a appris des erreurs du passé. Mais on ne peut ni revenir en arrière, ni même aller de l'avant.

— Et si on se contentait de vivre le moment présent ?

Le regard plongé dans le sien, elle ne répondit rien. Cherchait-elle une réponse dans ses yeux ? Ou lui posait-elle une question ?

Il fit un pas en avant pour le découvrir. Un baiser, voilà tout ce qu'il voulait. Un pas, un seul pas vers elle, et il franchirait la barrière qu'ils avaient tacitement érigée. Il leva la main pour lui caresser la joue et elle se laissa aller, fermant les yeux, soupirant doucement.

Très lentement, il glissa de la joue à la nuque et il lui pencha la tête, juste assez pour pouvoir la regarder à loisir. Ses petites imperfections, sa perfection, tout ce qu'il avait aimé lui revint en une vague puissante. Il retrouvait la femme qu'il connaissait si bien sans toutefois la connaître vraiment. Il se rappelait le goût de ses lèvres avant même de les toucher.

Elle le laissait faire sans pour autant l'encourager. C'était à lui de choisir. L'embrasser ou pas. Risquer de souffrir, ou s'épargner la douleur. Et le plaisir.

Mais le désir qu'il éprouvait pour elle ne lui laissait pas le choix. Il se pencha vers elle et attendit son verdict.

Elle lui passa une main derrière la nuque pour l'attirer à elle, glissant l'autre main dans ses cheveux. Un geste qui lui avait toujours donné des frissons. Il entrouvrit la bouche et elle colla ses lèvres sur les siennes, sa langue cherchant son chemin. Un brasier qui n'avait plus brûlé depuis le soir de leur divorce — en guise d'adieux, avait-elle dit — se ralluma en lui.

— Belle…, murmura-t-il contre ses lèvres, alors qu'elle pressait son corps contre le sien dans une supplication muette.

Leur baiser se fit plus charnel, plus profond. Le contact des ongles de Belle dans son cou le ramena brutalement à la réalité. Bon sang, mais que faisait-il ? Une question qu'il se posa une nouvelle fois quand elle retira sa main et la plaqua sur son torse pour le repousser doucement.

Brûlant, en sueur, étourdi, il fit un pas en arrière en soupirant.

— Quoi ? dit-il essayant de ne pas laisser paraître son dépit.

— Rien. C'était de la curiosité, et on l'a satisfaite. Voilà, c'est fini… Pas besoin de recommencer.

Ah oui ? Pourtant, ses yeux, eux, tenaient un tout autre discours. Il avait toujours su lire en elle comme dans un livre ouvert.

— D'accord, dit-il en faisant un autre pas en arrière. Comme tu veux.

— On ne se remettra pas ensemble, Cade. Si c'est pour ça que tu es venu, retourne à Chicago.

— Je suis venu pour Michael, murmura-t-il en souriant.

Une fois de plus, elle ne répondit rien, mais elle semblait un peu décontenancée. Bienvenue au club, Belle ! Pour sa part, il ne s'était jamais senti aussi désorienté, pas même le jour où elle lui avait annoncé qu'elle voulait divorcer. Il s'y attendait, alors. Mais là…

— Bonne nuit, Belle, dit-il enfin.

Il se passait quelque chose dans cette tête blonde, il l'aurait juré. Mais il n'avait pas la force de démêler l'écheveau des anciens et des nouveaux sentiments. La journée avait été éprouvante, et la nuit qui l'attendait, seul entre les draps de Belle, promettait de l'être encore plus.

6.

Un mauvais pressentiment la réveilla en sursaut. Sautant au bas du lit, elle courut jusqu'à la chambre de Michael. Vide.

— Michael ! cria-t-elle en regardant sous son lit, et même dans l'armoire. Où es-tu ?

Pas dans la salle de bains. Ni dans la cuisine. Ni dans sa chambre, où avait dormi Cade. Elle aussi était vide, d'ailleurs. Où l'avait-il emmené sans rien lui dire ?

La panique des premiers instants céda la place à une vague de colère. Jetant un coup d'œil par la fenêtre, elle vit la lumière allumée dans le studio. Stupéfaite, elle regarda la pendule : 2 heures du matin ! Aucun doute, ils étaient en train d'installer ce fichu ordinateur. Cade était vraiment irresponsable ! Elle monta l'escalier quatre à quatre et frappa deux grands coups à la porte, bien décidée à avoir une explication sur-le-champ.

Père et fils étaient tranquillement assis en tailleur par terre, tous deux absorbés à leur tâche respective — Michael sur l'ordinateur, et Cade, un tournevis dans une main et une feuille dans l'autre, devant un petit bureau. Dans d'autres circonstances, la scène aurait pu être attendrissante.

— Tu es censé être couché, Michael, dit-elle en s'efforçant de se montrer calme, quand elle bouillonnait à l'intérieur. Tu sais bien que tu n'as pas le droit de te lever au beau milieu de la nuit et de sortir de la maison. On en a déjà parlé, tu te rappelles ?

Ce ne fut pas Michael qui lui répondit.

— Je n'arrivais pas à dormir, alors je me suis levé. Je suis venu ici pour ne pas vous déranger, mais j'ai trouvé Michael, et il était là depuis un moment, apparemment.

— Il connaît la règle, répliqua-t-elle en enjambant les cartons éparpillés. Et là, il est en train de désobéir.

Quand elle fut près de Michael, il leva enfin les yeux, saisit son appareil photo et appuya sur le bouton.

— Michael, tu vas te lever immédiatement et me suivre à la maison, s'il te plaît.

— Mais j'ai presque fini, dit-il en visant Cade qui feignait assez bien la consternation.

— Non, Michael. On rentre, dépêche-toi.

— Encore dix minutes, insista-t-il. C'est tout.

Elle jugea inutile de répondre, se contentant de lui faire les gros yeux. Tous les enfants connaissaient ce regard, et savaient qu'il valait mieux obéir, sinon… Dans le cas de Michael, c'était : « Sinon, tu es privé de jeux vidéo pendant deux jours. » Pas méchant, mais très efficace.

— D'accord, marmonna-t-il en se levant enfin non sans prendre quelques clichés supplémentaires au passage.

— Tu vas dans ta chambre, je te rejoins tout de suite. Je dois d'abord parler avec ton père, ajouta-t-elle en se tournant vers l'intéressé, toujours assis par terre.

— D'accord, répéta Michael qui traîna ostensiblement les pieds jusqu'à la porte.

— Je suppose que je devrais m'excuser, dit Cade en se relevant.

— Je suppose, oui, lâcha-t-elle, l'œil toujours rivé sur Michael.

Quand il eut refermé la porte, elle fit volte-face.

— Mais à quoi tu pensais, Cade ? Tu te rends compte que, par ton attitude, tu l'encourages à désobéir ?

— Puisque mon fils était venu ici tout seul au beau milieu de la nuit, j'ai pensé qu'il valait mieux que je reste avec lui au lieu de le laisser tout seul.

— Et ça ne t'a pas effleuré de le renvoyer se coucher ?

Tu ne t'es pas non plus rappelé que j'avais justement précisé qu'il ne devait plus travailler sur l'ordinateur ce soir ?

— Eh bien si, figure-toi. Mais il m'a rétorqué que, techniquement, on était déjà demain.

— En d'autres termes, il a gagné et j'ai perdu, c'est ça ? Ecoute, Cade, je sais que tu ne le vois pas beaucoup, mais ce n'est pas une raison pour l'encourager à me désobéir. Or, c'est exactement ce que tu viens de faire. Il est malin, rappelle-toi. Il sait très bien manipuler les gens et retourner les situations à son avantage, conclut-elle en approchant de la fenêtre pour s'assurer que Michael était bien dans sa chambre. On est dans le même camp, et j'attends de toi que tu me soutiennes. Si tu n'en es pas capable, trouve-toi un autre endroit pour dormir.

— Tu es toujours aussi sexy, quand tu es en colère, Belladonna… Je suis désolé. J'ai vu l'opportunité de partager un moment de complicité avec mon fils, et je l'ai saisie. Je sais que j'aurais dû le renvoyer au lit, mais si tu avais vu son enthousiasme… Cela dit, je ne recommencerais pas, poursuivit-il en s'allongeant sur son lit de camp. Etant donné les circonstances, je vais finir la nuit ici. Bill Thompson doit passer au cabinet à 6 heures pour que je vérifie sa prostate. Comme ça fait des années que je n'ai pas pratiqué cet examen, il vaut mieux que je dorme.

— 6 heures ?

— C'est la seule heure qui lui convenait, répondit-il en haussant les épaules. Et, au fait, il a dit qu'il était bien content d'avoir un nouveau médecin. Homme…, ajouta-t-il en souriant.

— Eh bien, dis-lui de ne pas trop s'y habituer ! lança-t-elle en regagnant la porte avant de se retourner pour déclarer : Je vais fermer à clé en rentrant chez moi.

Elle le regarda grimacer, et songea un court instant à lui proposer de revenir chez elle, mais parvint à se retenir.

— Et dès demain je fais installer des serrures électroniques. On dirait que Michael est attiré par des forces extérieures.

— Ou intérieures, conclut-il avant de fermer les yeux en soupirant.

C'était bien là le problème. Cade voulait entrer, et elle ne pouvait l'en blâmer. Mais le laisser prendre plus de place dans la vie de Michael signifiait aussi le laisser revenir dans la sienne. Or cela, elle ne le voulait pas. Même si parfois, en le voyant, elle se surprenait à réagir comme avant : souffle court, palpitations… en essayant de se comporter normalement, voire froidement.

L'attirance était toujours là, mais Cade restait une énigme. Déroutant et contradictoire. Le chirurgien parfait, doué et dévoué, l'homme qu'elle voulait sans le vouloir. Quand elle l'avait rencontré à l'hôpital, pendant son internat, il lui avait fallu toute sa volonté pour ne pas se comporter comme toutes les autres élèves, à glousser et rougir dès qu'il leur faisait l'honneur d'un regard.

Mais, dès qu'elle avait quitté son service, il l'avait invitée à dîner et elle avait sauté sur l'occasion. Adieu sa volonté ! Leur première nuit avait été inoubliable. Mais ce qui l'avait le plus touchée, c'était qu'il avait l'air sincère et gentil malgré sa désinvolture. Son charme naturel avait fait le reste : un rendez-vous, une nuit, et elle était accro.

La nouvelle n'avait pas tardé à se répandre comme une traînée de poudre. Elle se souvint non sans un certain orgueil des regards envieux que les autres femmes de l'hôpital jetaient sur elle. Mais cette première nuit il lui avait fait la promesse de lui rester fidèle, et c'était la seule qu'il n'avait jamais brisée. Malgré tous ses défauts, et Dieu sait qu'elle avait eu le temps d'en déceler chez lui, Cade ne l'avait jamais trompée.

Son problème actuel, c'était qu'elle retrouvait chez lui ces choses qu'elle avait tant aimées, alors que les aspects négatifs, insupportables même, avaient disparu. Le Cade Carter qu'elle redécouvrait aujourd'hui était celui qu'elle aurait aimé épouser neuf ans plus tôt. Sauf que la Belle Carter d'aujourd'hui n'était plus la même non plus. Qu'il veuille se rapprocher de son fils, soit, mais pas d'elle. Toutefois, plus elle se le répétait, plus elle comprenait qu'en fait elle désirait tout le contraire. Heureusement, elle avait retenu la leçon, et ne referait pas les mêmes erreurs. En principe.

— Tu es sûre que ça va bien se passer ? demanda Cade en regardant le bus s'éloigner avec son fils à bord.

— Ils ne partent que trois jours, et le Dr Robinson est vraiment formidable, répondit Belle en faisant signe par la fenêtre à un Michael déjà plongé dans son jeu vidéo. Amanda est au top dans son domaine et Michael l'aime bien, ajouta-t-elle en lui tapotant le bras. Tu n'arrêtes pas de me reprocher d'être trop protectrice, et regarde-toi… Allez, tu vas survivre. Pendant ces quelques jours, Amanda doit évaluer les progrès de Michael dans ses relations avec les autres, et on a beaucoup travaillé là-dessus, ces derniers temps.

— Ne le prends pas mal, Belle, mais tu es certaine qu'il avait vraiment envie d'y aller, ou est-ce que c'est toi qui as insisté ?

Robbie n'aimait pas quand leur mère l'envoyait en camp. Entre les vacances d'été et les internats, elle s'arrangeait toujours pour se débarrasser de lui, confiant son éducation à d'autres, parce qu'elle se fichait éperdument de Robbie, tout comme de lui d'ailleurs. Cette femme n'avait pas de cœur.

— Ecoute, Cade, insister pour qu'il fasse des choses auxquelles il n'est pas habitué fait partie du processus d'apprentissage. Ne t'inquiète pas.

— Tu veux sortir dîner, ce soir ? demanda-t-il dans le but d'effacer les mauvais souvenirs.

— Tu m'invites ? C'est un rendez-vous galant ?

— Deux ex-époux n'ont pas le droit de sortir ensemble, de temps en temps ?

— Si, sauf si l'un des deux est de garde. Je dois me rendre sur un ranch et vais probablement rentrer tard.

— Et quand tu rentres tard tu ne manges pas ?

— En fait, il y a une petite auberge, sur la route. La nourriture est bonne, la musique agréable. Tu pourrais m'y retrouver plus tard ?

— Ou t'accompagner au ranch pour te donner un coup de main. Ainsi, tu finirais plus tôt.

— Avec tout ce que tu as vécu ces dernières vingt-quatre heures, tu n'as pas besoin de ça.

— Et si cela me fait plaisir ?

C'était le cas, même s'il ne savait pas trop pourquoi. Peut-être pour passer du temps seul avec elle ? L'idée était en effet tentante. Cela faisait si longtemps…

Les yeux toujours rivés sur la route alors que le bus avait disparu depuis plusieurs minutes, elle hocha enfin la tête.

— J'ai des rendez-vous tout l'après-midi, et la moitié de la population masculine de la ville est sans doute en route pour ton bureau. Le premier qui a fini envoie un texto à l'autre, et on décide à ce moment-là, d'accord ? Michael m'a appris à écrire des textos, ajouta-t-elle en souriant. Ce sont des messages impersonnels, non ?

En effet. En tout cas, elle n'avait pas dit non. En la regardant s'éloigner, il sortit son portable. Elle allait voir si les textos ne pouvaient pas être personnels : « Tu es toujours la plus belle femme que j'aie jamais vue. »

Elle le lut, sembla hésiter, puis accéléra.

— Je le pense, Belle Carter ! cria-t-il dans sa direction.

Ce qui était la stricte vérité, même s'il ne savait pas vraiment où ce constat le mènerait. Elle ne voulait clairement pas de lui.

— Deux malades, cinq bien portants ! Je n'y comprends rien… On a une bactérie qui semble choisir ses victimes. On n'avance pas, d'autant que ces gens-là n'ont rien mangé qui ressemble de près ou de loin à une salade.

Ils venaient de terminer les auscultations. Personne n'étant gravement atteint, elle avait rempli des ordonnances et donné quelques échantillons de médicaments. La journée s'achevait, et elle allait passer sa première soirée seule depuis longtemps. Réjouissante perspective s'il en était.

— Allons dîner, ensuite, je rentre.

— C'est vraiment une corvée de dîner avec moi, Belle ? Tu aimais bien, avant.

— On était mariés, avant, et on appréciait de passer nos soirées ensemble parce que ce n'était pas souvent : une fois tous les quinze jours, quand on avait de la chance. D'ailleurs, je n'ai jamais dit que c'était une corvée. J'ai juste hâte de rentrer, de me retrouver un peu seule sans avoir à me préoccuper de rien.

Elle fut interrompue par la sonnerie de son portable.

— On a une urgence en ville ! s'écria-t-elle en sautant dans le 4x4. Au restaurant. L'un des clients est en train de pratiquer un massage cardiaque… à Maudie !

— Bon sang ! marmonna Cade en s'installant au volant.

Il démarra et le véhicule s'engagea sur la route.

— Elle a une santé de fer pour son âge, dit Belle au bout d'un moment. D'habitude, quand *l'E. coli* prend une forme grave, c'est sur des gens fragiles.

— Ce n'est peut-être pas ça.

Un virage un peu brusque la jeta sur lui dans une posture suggestive dont elle se dégagea rapidement, non sans profiter au passage de ce contact inopiné. Elle n'essaya même pas de cacher le frisson qui la parcourut. Le désir qu'elle éprouvait pour lui n'était pas éteint. Elle aurait pu l'inviter à partager son lit, et pas seulement pour le bien-être de son dos meurtri, mais Cade voudrait peut-être plus.

— Euh… J'ai oublié d'attacher ma ceinture, dit-elle en songeant aux fois où, jadis, elle omettait exprès de s'attacher pour le plaisir de se coller ainsi à lui.

— On dirait, oui, répondit-il d'une voix rauque.

— Tu sais, pendant que Michael n'est pas là, tu peux venir dormir dans sa chambre, si tu veux.

Pas dans la sienne. Mais pas loin.

— En fait, puisqu'il me reste encore quelques semaines

à passer ici, j'ai commandé un vrai lit, et on me le livre demain. Merci quand même. En revanche, je voudrais bien un double de tes clés au cas où j'aurais besoin de t'emprunter une casserole.

Ainsi, il préférait dormir au-dessus du garage plutôt que dans la chambre voisine de la sienne. Elle ne s'attendait pas à un refus aussi catégorique, mais c'était certainement mieux ainsi même si elle en souffrait un peu. On ne se construisait pas un avenir sur les cendres du passé, et ils le savaient tous les deux.

— Pas de problème, je la glisserai sous ta porte tout à l'heure, répondit-elle en attachant sa ceinture.

Le reste du trajet jusqu'à Big Badger se fit dans le silence.

Il n'avait pas voulu la rabrouer. Mais, après le contact de sa cuisse et la pression de son épaule, un couloir n'aurait pas suffi à les tenir séparés. Belle était vraiment la femme la plus séduisante qu'il ait jamais connue et la sentir si proche l'empêchait de se concentrer. Il ne pouvait pas s'imposer cela au risque de devenir fou. Le studio au-dessus du garage ne serait peut-être même pas assez éloigné. Mais il était venu pour Michael, et séduire sa mère ne faisait pas partie du plan. Pourtant, il n'avait que cette idée en tête.

Il se gara derrière le restaurant. Le devoir l'attendait.

— Tu sais si quelqu'un a appelé une ambulance ?

— Le service de secours est un peu… difficile, ici, répondit-elle. L'hôpital le plus proche, guère plus qu'une petite clinique, est à Newman, et ils n'ont pas de service d'urgences. Alors, quand on est en présence d'un cas sérieux, on fait venir l'hélicoptère. Mais je suis persuadée que personne ne l'a fait car d'habitude c'est Maudie qui s'en charge, poursuivit-elle en déglutissant péniblement.

— Il vous manque vraiment un hôpital, déclara-t-il en saisissant sa trousse sur le siège arrière, ainsi que le kit d'urgence de Belle. Même petit, ce serait mieux que rien.

Ils entrèrent par la porte de derrière et traversèrent la cuisine pour arriver dans la salle de restaurant, où un attroupement leur cachait la scène. Il se fraya un chemin, talonné par Belle. Une jeune serveuse, Julie Lawson, était penchée sur Maudie et l'éventait, faute de savoir quoi faire d'autre. En apercevant Belle, Julie s'écarta.

— Je peux lui poser une perf, proposa-t-il alors que Belle ouvrait son kit d'urgence.

— Dès que je l'aurai mise sous oxygène.

Maudie était terriblement pâle, et ne répondait pas aux stimulations. Belle le regarda, perplexe.

— Le pouls est faible, la respiration instable, dit-il. Elle n'a pas de problèmes de cœur ?

Belle secoua la tête. Sortant un cathéter, elle le lui tendit.

Dès qu'il eut installé la perfusion, elle brancha un sachet de solution saline, puis attendit pendant qu'il écoutait de nouveau les battements du cœur.

— Pas de changement, dit-il alors que Belle lui prenait la tension.

— 8-6, c'est très bas.

— Elle présentait des symptômes d'*E. coli* ? chuchota-t-il. Parce que je me demande si c'est vraiment une atta…

Il s'interrompit en voyant le flacon que Belle venait de sortir de la poche de Maudie.

— De la trinitrine, dit-elle en ouvrant le flacon.

Sans hésiter, elle en plaça un comprimé sous la langue de Maudie. Ce cachet, en fondant, allait améliorer la circulation sanguine et soulager le cœur. Si la malheureuse avait eu le temps de le prendre, elle n'en serait pas là.

— Elle ne m'a jamais parlé de ses problèmes de cœur, dit Belle. Elle aurait dû me le dire, bon sang ! Et toi, tu n'en savais rien non plus ?

Il était déjà au téléphone avec les urgences pour faire venir un hélicoptère.

— Non, répondit-il tout en continuant à donner ses indications à l'opérateur. Ils seront là dans vingt minutes, ajouta-t-il en refermant son portable. On n'a plus qu'à attendre.

Elle opina.

— Vingt minutes, plus vingt autres pour arriver à l'hôpital. C'est long, Cade. Ce sera trop tard pour lui faire une thrombolyse, si elle en a besoin.

Il lui prit la main qu'il serra dans la sienne.

— On a fait ce qu'on a pu, Belle. Ça va aller.

— Elle aurait dû me le dire, Cade. Mais elle est comme tout le monde ici : elle ne me fait pas confiance. Ma propre infirmière ne me fait pas confiance !

7.

Avant même de se lever, Belle appela l'hôpital. L'état de Maudie était stable, mais on devait pratiquer une angioplastie car elle avait eu une autre alerte cardiaque durant la nuit.

— Tout va bien se passer, la rassura le Dr Redmond. Elle demande déjà quand elle va pouvoir retourner au travail.

L'angioplastie, une opération courante consistant à élargir une artère obstruée pour améliorer l'afflux sanguin, ne la tracassait pas.

— Elle a des problèmes cardiaques depuis longtemps ?

— Deux ans environ.

Et elle ne lui avait rien dit.

— Dites-lui que je passerai la voir dès que possible. Et, s'il y a quoi que ce soit que je puisse faire, n'hésitez pas.

Pour la première fois depuis qu'elle avait emménagé à Big Badger, elle se demandait si sa décision était la bonne. Même le dédain des hommes du coin ne l'avait pas fait douter. Mais découvrir que sa propre infirmière ne lui faisait pas suffisamment confiance pour lui parler de ses problèmes de santé…

Quoi qu'il en soit, ce n'était pas dans ses habitudes de se laisser abattre aussi facilement. Sauf pour son mariage, mais c'était une autre histoire, probablement fichue d'avance.

En passant devant le miroir, elle eut un choc : les cheveux en bataille, les yeux cernés, elle ressemblait à ce qu'elle ressentait ce matin. Mais elle s'en moquait. Tout ce qu'il lui fallait pour l'instant, c'était une bonne tasse de café.

Elle sortit de sa chambre pour se retrouver face à un torse qu'elle n'avait pas vu dénudé depuis des années.

— Qu'est-ce que tu fais chez moi ? demanda-t-elle, sous le choc. En caleçon, en plus !

— Finalement, j'ai décidé d'accepter ton offre, pour le lit. La livraison du mien est retardée de deux jours, ajouta-t-il en s'étirant, un geste qui gonfla ses magnifiques pectoraux.

Mon Dieu ! Cette réaction n'avait rien de très professionnel. Elle le regarda, de ses pieds nus au début de barbe qui lui couvrait le menton, prenant bien garde d'éviter au passage certains aspects de sa délicieuse anatomie. Mais sa mémoire n'avait rien oublié. Grands dieux, il fallait que cela cesse ! Elle soupira et s'engagea dans l'escalier.

— Habille-toi, Cade, et reste hors de mon chemin ! cria-t-elle sans se retourner.

— Tu n'as jamais été du matin, répliqua-t-il en riant.

Depuis quand lui faisait-il autant d'effet ? Et d'où sortait-il tous ces muscles ? Il n'était pas ainsi, à l'époque. Il était beau, oui, mais là, il était… incroyable.

Vingt minutes plus tard, sa deuxième tasse de café brûlant devant elle accompagnée d'une tartine beurrée, elle avait enfin réussi à effacer de sa tête l'image de ce torse musclé. D'habitude, elle avait Michael à préparer, ce qui ne lui laissait pas beaucoup de temps pour réfléchir. Ce matin, elle avait tout loisir de revenir sur l'accueil que lui faisaient les habitants de Big Badger.

— Tout s'est bien passé, dit Cade en s'asseyant sur le tabouret face à elle — habillé, Dieu merci.

— Quoi ?

— L'angioplastie. J'ai appelé l'hôpital. C'est parce que tu t'inquiètes pour elle que tu es si… froide ? demanda-t-il en prenant la tasse presque vide qu'elle avait laissée devant elle pour se servir un café. Ou bien c'est quelque chose d'autre ?

— Toi ! marmonna-t-elle. Voilà ce qui ne va pas. Tout se passait très bien pour moi avant que tu n'arrives. Et voilà que tu bois dans ma tasse comme si elle t'appartenait !

— Ça n'a rien à voir avec ta tasse, Belle. Je pense même que ça n'a rien à voir avec ma présence à Big Badger. Ce n'est pas la première fois que je viens ici depuis que tu as emménagé. Tu veux en parler ?

Elle se tourna vers lui.

— Ce dont je veux parler, c'est des raisons qui t'ont amené ici. Le reste, pourquoi la moitié de la ville me boycotte, pourquoi mon infirmière ne me fait pas assez confiance pour me dire qu'elle a des problèmes de cœur, ce sont des questions auxquelles tu ne peux pas répondre, ajouta-t-elle en écartant rageusement une mèche de cheveux de son front. Et ne me dis pas encore une fois que tu voulais passer du temps avec Michael, parce que ça, c'est une excuse, Cade. Je sais quand tu me mens.

Sur ces mots, elle repoussa le tabouret, mais avant qu'elle ait pu s'éloigner il lui saisit le bras.

— Ecoute, Belle, je sais que la façon dont les gens te traitent ici te fait souffrir. Mais tu remplaces un médecin qui s'est occupé de ces familles pendant plus de quarante ans, et c'est un lourd héritage. Je suis sûr que, dans quarante ans, quand tu prendras ta retraite à ton tour, ils te regretteront, conclut-il avec un large sourire. Parce qu'ils auront compris ce que moi j'ai compris depuis longtemps : tu es irremplaçable.

— Arrête ton numéro, Cade, je ne suis pas d'humeur.

— Mauvaise nuit ?

Mauvaise matinée, plutôt.

— Désolée, reprit-elle. Je n'aurais pas dû m'en prendre à toi, mais tout s'accumule en ce moment. Et puis, Michael me manque.

— Pourtant, c'est toi qui as insisté pour qu'il parte.

— Parce que c'est bien pour lui. Ça ne m'empêche pas d'être triste et très anxieuse.

— Ça va aller, Belle. Tu l'aides à faire face à ce qui l'attend, tu l'aides à devenir un homme. Dr Michael Carter, entomologiste de renom…

— Ou Mike Carter, multimillionnaire inventeur de jeux vidéo à succès.

— Et passionné d'insectes.

Elle sourit.

— Dont les parents découpent tous les articles le concernant pour les coller dans un grand cahier.

C'était bon de partager un rêve avec Cade. Ils s'amusaient ainsi quand elle était enceinte.

— Tu te rappelles, quand tu voulais l'appeler Phineas ?

— Et toi Calendula ?

— Mais non ! dit-elle en riant. C'était Calen, comme ma mère, et Della, comme ma grand-mère. Calen Della Carter, pour une fille.

— Pourquoi est-ce qu'on ne voulait pas connaître le sexe avant la naissance, au fait ?

— Parce que, depuis que j'étais petite…

— Ah oui ! Tu rêvais d'entendre un jour le médecin dire : « Madame Carter, c'est un… »

— Madame Carter, c'est un garçon ! répéta-t-elle en fermant les yeux. Un magnifique petit garçon. Parfait en tout point… Mais qui a beaucoup crié en venant au monde ! Tu t'en souviens ?

Il soupira.

— J'étais en retard.

— Tu as raté les quatorze heures de travail et la naissance, mais tu es arrivé juste après.

— Autrement dit, trop tard.

La magie était rompue.

— Je comprenais pourquoi tu voulais divorcer, Belle. Ça me rendait fou, mais je comprenais. Et je suis désolé. Désolé de t'avoir rendu le divorce aussi pénible que notre mariage. Tu méritais mieux que ce que je t'ai donné.

— Tu m'as donné Michael, ça compense tout le reste.

Mais il n'entendit pas ses derniers mots car il venait de claquer la porte derrière lui. Il se punissait. Pour Michael, pour leur mariage. Mais il y avait autre chose, elle en était sûre. Comment l'amener à lui en parler ?

*
* *

— Rien que de la routine, ce matin, digne d'un petit cabinet médical de campagne, dit Cade, tranquillement installé à *son* bureau, sur *son* fauteuil à roulettes.

Comme chez lui, en fait.

— Tu dois bien savoir ce que c'est que la routine d'un petit cabinet médical de campagne, toi, répliqua-t-elle en le poussant jusqu'à l'autre bout de la pièce.

— En effet, je l'admets humblement. N'empêche, c'est épuisant.

— Tellement épuisant que tu as décidé de réintégrer la chirurgie, c'est ça ?

— Ne rêve pas, je ne compte pas partir de si tôt. Ça ne me dérange pas de travailler ici, au contraire.

— N'essaie pas de fayoter avec moi, rétorqua-t-elle non sans réprimer un sourire. Ça ne marche pas.

Il faisait des efforts, et c'en était presque touchant. Si seulement il en avait fait autant pendant leur mariage…

— Qu'est-ce qui marcherait mieux, alors ?

— De m'emmener dîner, comme promis. Sauf urgence, j'ai un planning tranquille aujourd'hui, et pas de visite prévue aux ranchs. Et puis, tu me dois une soirée.

Mais d'où lui venait cette idée ? Les mots lui étaient sortis de la bouche avant même qu'elle n'ait envisagé les implications de sa requête.

Il se redressa sur son siège, visiblement abasourdi.

— A quoi dois-je ce soudain revirement ?

— Revirement est un bien grand mot. Disons plutôt que je n'aurais rien contre un bon dîner, un peu de vin et une conversation entre adultes.

— A ne pas confondre avec des activités entre adultes…

L'allusion lui fit battre le cœur un peu plus vite, mais elle ne releva pas.

— Tu sais toujours monter à cheval ? Je connais un endroit, sur le plateau de Chachalaca, avec une vue magnifique sur la plaine. Pas aussi charmant que celui où tu nous as emmenés camper, mais j'ai toujours eu envie de voir le coucher du soleil de là-haut.

Il se leva et lui fit une révérence moqueuse.

— Vos désirs sont des ordres, madame.

— En attendant, j'ai encore un patient, poursuivit-elle en lui agitant son planning sous le nez. Un homme, d'ailleurs !

— On vient ici de temps en temps avec Michael, il aime beaucoup les chevaux. Et comme les gens du coin l'adorent ils le laissent monter quand il veut. Malheureusement, avec mon emploi du temps, on n'a pas beaucoup l'occasion de sortir.

Les journées d'une mère célibataire étaient toujours trop courtes. Elle se hissa sans peine sur Sally, la jument gris pommelé qu'elle avait l'habitude de monter. L'étalon que le responsable du ranch avait choisi pour Cade était noir, et l'ancien Texan grimpa sur son dos avec agilité.

— Ça m'a manqué ! Quand on était gosses, on avait quelques chevaux. Mon père et moi, on en faisait souvent. Bon sang, le Texas me manque !

— La vie prend des chemins inattendus, parfois. Moi, j'ai toujours vécu en ville. Je n'avais jamais mis les pieds au Texas avant de m'installer ici, mais je te comprends.

— C'est vrai qu'on prend des chemins étranges. En parlant de chemin, tu passes devant, parce que je n'ai aucune idée de l'endroit où se trouve ton petit coin de paradis.

Ils étaient arrivés à la falaise et s'apprêtaient à pique-niquer. Rien que de très banal et, pourtant, il se sentait nerveux alors qu'il contemplait le vide avec Belle, quand tout ce dont il avait envie, c'était la regarder, elle.

La femme la plus magnifique qu'il ait jamais rencontrée. Mais elle était aussi forte, déterminée, intelligente.

— La vie paraît plus simple, ici, n'est-ce pas ? dit-il pour couper court au fil de ses pensées.

Elle se tourna vers lui.

— Les complications, c'est nous qui les créons, Cade. Si on veut faire simple, on peut.

— Je pourrais prendre ça pour une accusation, tu sais.

— Et ça pourrait en être une parce que tu m'as beaucoup compliqué la vie, il fut un temps. Mais, en fait, je ne pensais pas à ça, je faisais juste un constat. Bref, je n'ai apporté qu'un pique-nique tout simple : fromage, vin, pain et fruits. Tu veux bien prendre la couverture, dans ma sacoche ? On va…

— Comment tu vois l'avenir, Belle ? l'interrompit-il. Le tien, le nôtre.

— C'est bizarre, comme question. Je ne me rappelle pas que tu te sois jamais soucié de ce que j'envisageais.

— Et je le regrette.

— Ce qui est fait est fait. Notre mariage n'a pas survécu, mais moi, si, et j'ai fini de pleurer sur ce que je n'aurais jamais. La vie continue, Michael me le montre chaque jour. C'est dur, pour lui, d'être différent. Je le vois se battre, il nage à contre-courant la plupart du temps. Les autres enfants se moquent de lui et, pourtant, il avance, il fait face avec une force qui m'épate, ajouta-t-elle en essuyant une larme.

Sans dire un mot, il s'avança vers elle et la prit dans ses bras. Alors elle se laissa aller contre lui, comme avant. Bon sang, cela lui avait manqué aussi. Sa chaleur, l'intimité de ce geste simple. Il voulait tout retrouver.

Il commençait juste à mesurer l'importance de ce qu'il avait perdu. Elle, pourtant, semblait avoir gagné beaucoup. Cette pensée le fit relâcher son étreinte, et il se dirigea vers la jument pour prendre le plaid. Avant qu'il y parvienne, son téléphone portable sonna. Au même moment que celui de Belle.

— Je pars tout de suite, murmura-t-elle en le regardant.

Déjà, il observait le ciel, espérant voir les pales de l'hélicoptère.

— Des hommes de Chachalaca viendront récupérer les chevaux, lui dit-il avant de se détourner pour terminer sa conversation avec Amanda Robinson. C'est grave ? demanda-t-il à cette dernière, mort d'inquiétude.

— Plutôt, oui. Je l'ai mis dans une ambulance, et je le rejoindrai dès que je me serai assurée que le reste du groupe est sous contrôle. Je pense que vous y serez avant moi.

Il leva les yeux en entendant le rotor de l'hélicoptère.

Avant de se retourner vers Belle, il passa un second coup de fil puis lui prit la main.

— C'est le Dr Robinson qui nous a envoyé l'hélico, dit-il. Elle a appelé ton service, et ce sont eux qui lui ont dit que tu étais ici ! cria-t-il pour couvrir le bruit du moteur.

Le pilote avait posé son engin dans un tourbillon de poussière et ils se précipitèrent pour le voyage le plus long de leur vie vers l'hôpital où Michael avait été emmené, présentant les symptômes habituels d'une infection *E. coli* avec de sérieuses complications.

— J'ai eu l'hôpital. Il est arrivé et ils voulaient l'autorisation de le mettre… sous dialyse, parvint-elle à lui annoncer en ajustant sa ceinture.

— Heureusement, il a été pris tôt, Belle, grâce au Dr Robinson. Elle a tout de suite reconnu les signes avant-coureurs.

— Il devait déjà être malade quand il est parti en camp.

— Il ne présentait aucun symptôme.

— Aucun symptôme ? Mais, Cade, il ne se plaint jamais. Je suis médecin et je n'ai même pas vu que mon fils était malade.

Elle frissonna et s'enveloppa de ses bras.

— Tout le monde tombe malade, et j'ai été tellement occupée à sauver quelques vaches que je n'ai pas su faire le nécessaire, ajouta-t-elle.

Il lui saisit le bras qu'il secoua doucement.

— Arrête ! Ça n'arrangera rien de te fustiger ainsi, et ça ne servira pas Michael non plus. Il a besoin de te voir forte.

— Me voir ? Il était inconscient lorsqu'il a été admis

et le médecin des urgences m'a dit qu'il était tombé dans le coma peu après son admission. Et je ne suis même pas là… pour le serrer dans mes bras quand il a le plus besoin de moi, soupira-t-elle, les larmes baignant ses joues.

Il essaya de la prendre dans ses bras, mais elle le repoussa.

— Laisse-moi !

— Très bien. Il n'y a que toi qui souffres, c'est ça ? Et moi, je ne peux pas comprendre, bien sûr.

— Comment oses-tu ? Tu n'étais même pas là quand on a diagnostiqué son Asperger. J'ignorais où tu étais, d'ailleurs ! Ça faisait trois semaines que je n'avais pas eu de tes nouvelles.

— J'étais au Cambodge dans une clinique pour amputés. Tu le savais parfaitement, et tu aurais pu m'appeler ou m'envoyer un e-mail.

— Il ne t'est pas venu à l'idée que la connexion ne passait pas ? Ça marche dans les deux sens, Cade. Tu savais où étaient ta femme et ton fils, si tu avais voulu les contacter.

— Et tu m'as puni. Tu m'as caché pendant des semaines que mon fils était autiste. Comme si je n'avais pas le droit de savoir, comme si je n'aimais pas mon fils autant que toi…

— J'étais en colère.

Elle ferma les yeux et appuya la tête contre le siège malgré les secousses de l'appareil.

— Je sais bien que tu l'aimes autant que moi, reprit-elle. Mais c'était dur d'être aussi seule. J'ai tellement peur, Cade.

— Moi aussi, dit-il en prenant son poing serré dans sa main. Et il y a quelque chose que je veux te dire. Quelque chose que j'aurais dû te dire depuis des années quand on s'est rencontrés ou quand on s'est mariés.

Elle prit une inspiration saccadée.

— C'est pour ça que tu es venu ?

— Non. Je suis là pour Michael. Mais c'est compliqué.

— Comment ça, Cade ?

— J'ai demandé à quelqu'un de venir nous aider. Je l'ai appelé avant qu'on n'embarque. C'est un médecin, mais il a eu quelques problèmes qu'il essaie de mettre derrière lui, et il passe le plus clair de son temps sur un bateau de pêche, ancré dans un port de la côte est du Texas. Il est génial.

— Et comment ton génie à problèmes peut-il nous aider ?

— Il a travaillé dans des régions difficiles du monde — en Afrique, Amérique du Sud… Il connaît bien les épidémies, et concernant l'*E. coli* il sait quoi chercher. Il faut qu'on en trouve la source, qu'on comprenne comment Michael…

Il déglutit péniblement avant de reprendre :

— On ne peut plus empêcher Michael de tomber malade, mais on peut protéger d'autres enfants.

— Mais ton ami, s'il n'exerce plus, comment peut-il… ? Et pourquoi ?

Il leva la main pour l'interrompre.

— Jack saura quel traitement donner à Michael. C'est sa spécialité, les virus.

— Tu fais confiance à une simple connaissance ? demanda-t-elle, agacée.

— Pas à une simple connaissance, Belle. A l'oncle de Michael.

— Tu as un frère ? s'écria-t-elle, les yeux arrondis par la surprise. Comment as-tu pu me le cacher ?

— Demi-frère, et on ne se fréquente plus depuis une dizaine d'années au moins.

— Et c'est une excuse pour ne jamais m'avoir dit que notre fils avait un oncle ?

— C'est compliqué, Belle. Et ce n'est pas le moment.

— Pendant toutes nos années de mariage non plus, apparemment. C'est toi tout craché, ça !

Elle se détourna et se plongea dans la contemplation du ciel.

— Il est en route et nous retrouve à l'hôpital, dit-il malgré tout. Je t'avertis, il n'est pas très sociable. Pas très aimable, non plus… Mais je veux qu'il s'occupe de Michael.

— Alors je n'ai pas le choix, c'est ça ? Je dois te faire confiance. En fait, tu n'as pas changé du tout, Cade. Je l'ai cru, un moment, mais… Enfin, peu importe.

Quelques instants plus tard, alors qu'ils atterrissaient sur le toit de l'hôpital, elle le prit par le bras.

— Il faut qu'on arrête ce truc, Cade. Cet *E. coli*, il faut qu'on l'arrête ! Dis à ton frère, quand il arrivera, que je lui fournirai toutes les informations qu'il voudra. Et, s'il préconise un traitement pour Michael, je l'écouterai.

— *On* l'écoutera. Ne m'exclus pas, Belle.

— Ça fait mal, n'est-ce pas ? dit-elle avant de le relâcher.

Elle se précipita à l'intérieur, mais il ne la suivit pas immédiatement. Elle avait raison. C'était douloureux, mais il l'avait bien cherché, après tout.

— Il te ressemble, dit Jack en rejoignant Cade près de la vitre par laquelle il observait Michael aux soins intensifs. En plus beau. On dirait le frère jumeau de Robbie.

Cade fit volte-face.

— Ne me dis pas que tu es venu pour Robbie !

— Non, je suis venu pour mon neveu. Sinon, je me serais fait un plaisir de continuer à ne pas te parler pendant encore une décennie, rétorqua Jack en sortant un stéthoscope de sa poche. Ça te dérange si je vais l'examiner ?

Cade se contenta de lui faire un signe de la main puis lui emboîta le pas.

Belle leva les yeux lorsqu'ils entrèrent pour les fixer sur Jack.

— Vous devez être Jack Kenner ?

— Et vous devez être ma belle-sœur. Celle dont j'ignorais l'existence.

— Belle Carter, répondit-elle en lui tendant la main sans relever l'allusion. Et voici votre neveu, Michael.

Sans un mot, Jack s'approcha du lit et regarda longuement l'enfant allongé. Cade savait pourquoi. La ressemblance avec Robbie était en effet frappante. Lui-même ne s'en était pas rendu compte avant parce qu'il voyait Michael régulièrement. Ce devait être terrible pour Jack de se trouver ainsi confronté au passé.

— Il a été dialysé. Les médecins ne savent toujours pas pourquoi sa tension est descendue si bas et si vite, mais il se stabilise, expliqua Belle.

Jack opina puis prit une profonde inspiration.

— Et ses reins, ils sont repartis ?

— Pas encore.

— Ça ne vous dérange pas que je l'examine ?

— Au contraire. Quand Cade m'a dit…

— Vous n'aviez jamais entendu parler de moi, n'est-ce pas ? Ce bon vieux Cade n'a pas jugé bon de parler de nous à son épouse ?

Alors qu'il était penché sur Michael, Cade sentit le regard de Belle se poser brièvement sur lui.

— Il devait avoir ses raisons, dit-elle enfin.

— Alors, vous êtes comme elles ? Même divorcée ?

— Comme elles ?

— Les groupies qui tombent à ses pieds.

— En fait, je suis la groupie qui l'a épousé et qui lui a donné un fils. Et, même si ce ne sont pas vos affaires, je tiens à préciser que je ne tombe aux pieds de personne.

Pour toute réponse, Jack émit un long sifflement en levant un sourcil.

— Et j'apprécie que vous soyez venu à la rescousse, ajouta-t-elle. Cade ne tarit pas d'éloges à votre sujet…

— Je n'ai rien à faire de ce qu'il pense de moi, l'interrompit Jack en positionnant le stéthoscope à ses oreilles. Tout ce que je veux, c'est aider ce gamin. Il n'est peut-être pas de mon sang, mais…

— Comment ça, pas de votre sang ?

Un sourire amer déforma les traits de Jack.

— On dirait que mon cher frère a omis de vous dire autre chose, remarqua-t-il en plaçant l'embout sur la poitrine de Michael. A présent, si vous voulez bien m'excuser, je préfère être seul avec mon patient. Je vous ferai signe.

— Vous me jetez dehors ? marmonna-t-elle.

— Non, je vous demande simplement de bien vouloir sortir. Il y a trop d'énergie négative, ici, c'est mauvais pour mon neveu.

Cade vit Belle serrer les dents puis elle se pencha pour embrasser tendrement son fils sur la joue.

— Je suis dans le couloir, lui murmura-t-elle. Ton oncle Jack est venu voir où tu as mal. C'est un très bon médecin, et il va bien s'occuper de toi.

Puis elle se releva et quitta la pièce, le menton haut, sans un regard et sans un mot. Mieux valait la suivre en silence aussi, songea Cade. Tous deux prirent place devant la vitre.

— Comment peut-il être ton frère sans être parent avec Michael ? chuchota-telle immédiatement.

— Après son divorce d'avec mon père, ma mère s'est remariée avec Gerald Kenner. Il avait un fils, Jack, que ma mère a adopté, faisant de lui mon demi-frère officiel.

Voyant qu'elle s'apprêtait à rétorquer quelque chose, il poursuivit :

— Je vais te faire la version courte. Ça commence par une mauvaise mère qui rêvait de mener la grande vie sans s'encombrer d'un gamin. Je l'ai entendue le dire. Elle nous a donc quittés, mon père et moi, s'est trouvé un bon parti qu'elle a épousé. Elle nous a troqués contre un fils avec pedigree et un vieux monsieur plein aux as.

— Je suis désolée. Tu ne méritais pas ça, Cade. Mais je ne comprends toujours pas…

Elle regarda Michael. Jack s'était assis à son chevet et lui parlait.

— Il a des enfants ?

— Non, il ne s'est jamais marié, mais il les adore.

— Je vois. Je suis contente que tu l'aies fait venir, dit-elle en se retournant vers lui. Quel que soit le contentieux entre vous, cela m'est égal. Pour l'instant… Mais un beau jour, Cade, il faudra que tu m'expliques tout parce que ça concerne Michael aussi et il a le droit de savoir. J'essaierai d'oublier mon ego.

— J'ai eu tort. J'avais tout faux, Belle…

Sans écouter la suite, elle se leva et entra dans la chambre. Jack vint le rejoindre derrière la vitre.

— Il tient bon, lui annonça-t-il. Ses signes vitaux sont stables, et j'ai bon espoir pour ses reins. J'ai déjà vu ce genre de cas.

— Merci, Jack. Merci pour tout. Après… enfin, après Robbie, je n'étais pas sûr que…

— Comme tu l'as dit, ça n'a rien à voir avec Robbie, répondit-il en balayant le sujet d'un geste de la main. Dis-moi plutôt quel genre d'imbécile laisserait filer cette incroyable doctoresse ? Enfin, la réponse est dans la question, je crois : un imbécile.

Cade eut un petit rire.

— J'aimerais te dire que c'est bon de te voir, Jack, mais ce n'est pas le cas.

Il regarda son frère. Il avait toujours eu cet air dur et assuré, mais aujourd'hui il semblait fatigué, ce qui ne collait pas au souvenir qu'il avait de lui. Ils ne s'étaient pas vus depuis dix ans et, à l'époque, Jack souffrait, entre l'école de médecine et la mort de Robbie. Les gens changeaient. En apparence, le temps avait été clément avec Jack, mais à l'intérieur…

— Tu veux boire une bière ? proposa Cade, faute de mieux à offrir. Il y a un petit pub, en face de l'hôpital. Je pense que Belle serait ravie d'être débarrassée de nous un moment.

— Pourquoi pas ? On pourra se regarder dans le blanc des yeux sans oser aborder les vieux souvenirs. Et, au passage, c'est toi qui paies… Ça t'apprendra à me déranger quand je pêche.

— Toi ? Pêcher ? Laisse-moi rire !

Depuis près d'une heure, il était debout derrière la vitre, les yeux rivés sur Michael et sur Belle à son chevet.

Comment faire pour aller les rejoindre ? Pour faire partie de cette famille ?

— Tu n'entres pas ? demanda Jack en approchant.

— J'en viens. On a décidé d'alterner pour pouvoir se reposer un peu.

— Il recommence à avoir des diurèses, ce qui signifie que ses reins fonctionnent, dit Jack. Il est stable, et s'il est toujours inconscient c'est parce que son organisme lutte contre l'infection. En résumé, il est temps pour moi d'aller faire un tour à Big Badger, histoire de voir ce qui t'attire tant ici. Je ne laisserais pas Michael seul si je n'étais pas persuadé qu'il allait mieux.

Il passa un bras autour des épaules de Cade qui s'étonna de trouver ce geste réconfortant.

— Je vais aller dire à Michael que je m'absente. Si Belle le souhaite, je peux rendre visite à quelques patients pendant que je serai à Big Badger.

— Et moi qui venais de la convaincre que tu étais irrécupérable !

— Pour toi, oui. Mais j'ai un neveu qui a besoin de la présence de ses deux parents, alors… En fait, je vais rester avec lui un moment. Et vous deux, tâchez d'en profiter pour régler ce que vous avez à régler. Pas question que mon neveu se réveille dans cette ambiance.

Cade soupira longuement puis fit un signe de tête.

— Laisse-moi lui parler.

Il entra dans la chambre sans bruit et s'approcha de Belle.

— Tu as besoin d'une pause. Jack veut passer un moment seul avec Michael pour lui parler. On pourrait en profiter pour aller chercher un café ou pour manger quelque chose ?

— Je n'ai pas faim, marmonna-t-elle. Mais j'irais bien me dégourdir les jambes, en effet. Ecoute, toutes ces choses que j'ai dites dans l'hélicoptère…, ajouta-t-elle en levant ses grands yeux fatigués vers lui.

Il secoua la tête avec un sourire triste.

— Je ne me souviens de rien, dit-il en la prenant par les épaules. Tout ce qui compte, c'est Michael.

Pour la première fois depuis des heures, il la sentit se détendre un peu sous ses doigts.

— Comment ça a pu arriver, Cade ? Je fais pourtant attention. Même si tous les tests que j'ai envoyés au labo revenaient négatifs, je lavais tout, et plutôt deux fois qu'une. Et puis…

Sa voix se brisa.

— Il est stable, grâce au médicament que Jack lui a donné.

— Mais ça ne suffit pas, il faut qu'il aille mieux. On lui a fait une dialyse, ses reins fonctionnent, mais que serait-il arrivé si Jack n'avait pas été là pour faire un miracle ? Et qu'est-ce que je vais faire pour les habitants de Big Badger ? Eux aussi, ils ont besoin de moi, mais je ne peux pas abandonner mon fils.

— Chut…, fit-il en lui prenant les mains. Jack se propose de prendre en charge tes patients.

— Il ferait ça ?

— C'est lui qui l'a proposé. Il dit que Michael a besoin de nous à ses côtés.

— Il est gentil. Je ne l'aimais pas trop au début, mais j'ai eu tort. Et toi aussi, si tu le détestes toujours. J'ignore ce qui vous a séparés, mais vous devriez… Jack et toi devriez emmener Michael camper, quand tout cela sera fini. Passer du temps ensemble. Je pense que Jack peut être important pour lui, et vice versa.

— Vous êtes prêts à faire une pause ? demanda Jack depuis le seuil. Parce que Michael et moi on a des choses à se raconter.

Il entra et observa Michael un moment en silence.

— Des tas de choses, n'est-ce pas, Michael ?

— On va à la cafétéria ? demanda Cade en sortant.

— Je préférerais marcher un peu dans le parc, si ça ne t'ennuie pas. Un peu d'air me fera du bien.

Instinctivement, elle passa son bras sous celui de Cade, comme avant, quand ils étaient mariés. A l'époque, elle adorait le toucher, son contact lui était indispensable. Aujourd'hui, bien sûr, c'était différent. Elle avait besoin de soutien. Elle était si épuisée qu'elle ne savait même pas si ses jambes la porteraient.

— En revenant, on pourrait passer par la chambre de Maudie. Apparemment, elle sort demain et elle a fait demander des nouvelles de Michael.

— Oui, elle est très inquiète.

— Tu l'as vue ?

— Très brièvement. Elle m'avait appelé, alors je suis monté la voir à l'étage supérieur. Elle est égale à elle-même : curieuse, pipelette, mais avec un cœur d'or. Ils ont revu son traitement et elle va pouvoir reprendre le travail à temps partiel dès la semaine prochaine. Enfin, si tu veux bien.

— Si je veux ? Mais comment ça ? Je n'ai jamais…

— Elle a dépassé l'âge de la retraite, Belle. C'est pour ça qu'elle ne t'a jamais parlé de ses problèmes de santé. Elle avait peur que tu préfères engager une infirmière plus jeune et en bonne santé.

— Et me priver de son expérience ? Bien sûr que non ! Bon sang, Cade…, soupira-t-elle. Je suis donc un tel tyran ?

— Ce n'est pas toi, Belle. Ce n'est pas facile de parler des choses qui nous font peur ou qui nous font souffrir. Maudie ne travaille pas pour l'argent, mais parce qu'elle a besoin de se sentir utile.

— Mais elle t'en a parlé, à toi. Qu'est-ce qui cloche, chez moi ? Pourquoi est-ce que personne ne me dit rien ? D'abord toi, puis Maudie… Même Michael ne m'a pas dit qu'il était malade.

— Te torturer de la sorte ne sert à rien. Tu pourras bien répéter les choses en boucle, ça ne changera rien.

Ils s'arrêtèrent sous une magnifique pergola tressée de jasmin odorant. Elle ferma les yeux, inspirant le parfum des fleurs à pleins poumons.

— Ce serait bien d'avoir un petit hôpital avec un jardin

comme celui-ci à Big Badger, dit-elle en s'asseyant sur un banc de marbre. Les malades seraient plus proches de leurs familles. Malheureusement, la ville n'a pas les moyens de financer un cabinet médical, alors… Bref, je ferais mieux de me concentrer sur Michael. Il y a peut-être autre chose que je peux faire pour l'aider.

— Tu lui transmets ta force. C'est tout ce que tu peux faire.

— Ah oui ? Et, pourtant, si je ne l'avais pas emmené ici, au Texas, si je n'avais pas essayé d'être un aussi bon médecin que toi, tout cela ne serait jamais arrivé. Mais non, il a fallu que je le déracine de Chicago pour emménager dans un endroit inconnu, ajouta-t-elle en essuyant des larmes de rage. Tu n'as aucune idée de ce que je ressens, Cade. Je me sens…

— Impuissante ? Furieuse ? Terrorisée ? Avec l'envie de détester quelqu'un ou quelque chose, mais sans savoir qui ou quoi ? Partagée entre haine et désespoir, mais surtout ce sentiment de profond mépris de toi pour n'avoir pas su voir, pour n'avoir pas su quoi faire ? C'est comme ça que tu te sens, Belle ?

Elle leva les yeux vers lui.

— Je suis désolée, Cade. Je sais que je ne suis pas la seule…

— On ne dirait pas. Mais tu vas t'en sortir, je le sais, il le faut. Il n'y a pas d'autre choix.

L'amertume qu'elle perçut dans sa voix lui fit presque peur. Il avait peur pour Michael, mais il y avait autre chose, elle le sentait. Quelque chose qui avait à voir avec Jack, avec Cade lui-même, avec la véritable raison pour laquelle il était là. Une histoire qu'elle devinait douloureuse.

— Ce n'est pas Michael, n'est-ce pas ? Parle-moi, Cade, parle-moi je t'en prie.

— Il n'y a rien à dire. Mon fils est en soins intensifs et se bat pour survivre. Je donnerais ma vie pour lui, Belle, crois-moi. S'il avait besoin d'un cœur, je m'ouvrirais la poitrine sur-le-champ pour le lui donner.

— Je sais, dit-elle en l'enveloppant de ses bras. Mais il faut que tu me parles. Pour Michael…

A la mention du prénom de son fils, elle sentit les épaules de Cade s'affaisser.

— C'est Robbie, murmura-t-il enfin. Mon plus jeune frère. Et celui de Jack.

— Le fils que ta mère a eu avec ton beau-père.

Il acquiesça.

— Sa façon à elle de s'assurer qu'il ne la quitterait pas, je suppose. Et puis, c'était une si bonne mère pour les deux qu'elle avait déjà… Sauf que Robbie n'était pas comme Jack ou moi. Il était…

Sa voix se fit murmure lorsqu'il se retourna vers elle.

— Il était autiste, Belle…

Elle s'était imaginé plein de choses, mais pas cela. Elle dut se mordre la lèvre pour réprimer un cri.

— Asperger ? demanda-t-elle avec effort.

Il secoua la tête.

— Non, le syndrome de Kramer. Robbie était dans son monde et ne réagissait pas aux gens. Encore moins à ses parents. Mais c'était un si gentil petit garçon, Belle… Ma mère le haïssait tellement qu'elle l'enfermait dans sa chambre toute la journée, ou bien elle le plaçait dans des institutions, l'envoyait participer à des programmes de toutes sortes…

Enfin elle comprenait.

— C'est pour ça que tu es venu ! Pour m'empêcher d'envoyer Michael en camp. Pourquoi ne m'en avoir rien dit, Cade ?

— Robbie aimait l'ordre et redoutait par-dessus tout le changement, poursuivit-il, comme s'il ne l'avait pas entendue. Et puis… Il aimait que ses grands frères s'occupent de lui.

Il alla s'asseoir sur le banc.

— Il adorait Jack et c'était réciproque. Il lui consacrait beaucoup de temps, se montrait extrêmement patient avec lui. Mais moi… C'est pour ça que je ne t'en ai jamais parlé. J'ai fait des choses dont je ne suis pas fier.

— A Robbie ?

Elle ne savait plus quoi penser, mais elle lui faisait confiance. Elle allait se raccrocher à cela pour l'instant.

Il hocha la tête.

— Oui, à Robbie. Je ne voulais pas voir ma mère, mais mon père insistait pour que je leur rende visite régulièrement. C'était mon devoir de fils, comme il disait… Le pauvre Robbie s'est trouvé pris dans la tourmente. Comme je ne venais pas souvent, il réclamait beaucoup d'attention quand il me voyait, chose que j'étais incapable de lui donner, alors je cherchais des excuses pour l'éviter, pour éviter ma mère. Un Noël, j'avais dix-sept ans et Robbie, treize, était placé dans un centre horrible. Les employés étaient méchants avec lui, les autres enfants le battaient. Mais c'était le seul endroit qui acceptait de le garder car il avait fait de nombreuses fugues, ailleurs. Moi, je devais venir en vacances chez ma mère. J'avais dit à mon père que ce serait la dernière fois, que dès que j'aurais dix-huit ans plus rien ni personne ne m'obligerait à revoir cette femme. J'y suis donc allé dans l'état d'esprit que tu imagines. Je me suis enfermé dans ma chambre, mais ma mère m'a dit d'aller chercher Robbie, de le ramener à la maison pour les vacances. Bien sûr, j'ai refusé. Je savais que Jack irait. Il jouait toujours les héros, les frères parfaits pour Robbie…

— C'était différent, pour lui.

— Tu trouves ? C'est pourtant ma mère qui l'élevait. En fait, il a supporté sa méchanceté bien plus longtemps que moi.

— Mais sans rien attendre d'elle. Ce n'était pas sa mère.

— Ne te sens pas obligée de me défendre, Belle. J'aimais Robbie, mais je ne pense pas qu'il s'en soit rendu compte car j'étais trop préoccupé par mes propres problèmes pour aller vers lui.

Voilà pourquoi il s'en voulait pour Michael.

— Jack est rentré tard, ce soir-là, et il a décidé qu'il irait chercher Robbie le lendemain. Sauf que personne n'a averti Robbie. Il a attendu, attendu… En ne voyant personne arriver, il s'est enfui.

Il essuya une larme.

— En décembre, les nuits peuvent être froides, même au Texas, et Robbie n'était pas habillé en conséquence. Il ne portait même pas de chaussures, ajouta-t-il dans un sanglot. Les autorités l'ont retrouvé deux jours plus tard. Le froid a été désigné comme cause officielle de sa mort, mais moi, je savais que c'était ma colère qui l'avait tué.

Elle s'approcha pour lui prendre la main.

— Je suis tellement désolée, Cade.

— Oui, moi aussi. Ça lui fait une belle jambe, à Robbie.

Enfin, elle savait. Elle voyait Cade sous un jour inédit. Toute sa vie, il avait fui. En s'engageant dans des causes humanitaires, il avait essayé de racheter sa faute. Ce n'était pas elle qu'il fuyait, ni leur mariage, ni Michael, mais lui-même.

— Tu ne peux pas comparer les deux situations, Cade. Tu aimes Michael et tu es un excellent père.

— Au oui ? Quand ça ? demanda-t-il avec amertume. Quand je viens en week-end, je suis en plein décalage horaire, trop fatigué pour lui proposer autre chose que ses jeux vidéo. C'est ça, ta définition du bon père ? Je ne fais que passer du temps avec Michael, rien d'autre.

— Tu es là, maintenant, c'est tout ce qui compte.

— Il est sur un lit d'hôpital, et je ne suis même pas capable de…

— De sauver ton fils ?

Elle laissa enfin couler les larmes qui lui brûlaient les yeux depuis un moment.

— Je ne sais pas comment m'occuper de lui, Belle. Ni de toi, d'ailleurs. Je n'ai jamais su. Toute mon enfance, j'ai appris à me renfermer sur moi-même, à vivre sans les gens ou à m'enfuir quand ils m'approchaient de trop près. Et puis tu es entrée dans ma vie. Quand on n'était que tous les deux, ta force t'a aidée à me supporter, ce qui me permettait de me sentir à peu près normal. Mais quand Michael est né…

— Tu avais peur de nous aimer parce que tu avais peur de ne pas être à la hauteur. Dis-moi, tu savais déjà qu'il avait Asperger avant même qu'il soit diagnostiqué, n'est-ce pas ? Il te rappelait Robbie ?

Très lentement, il sortit son portefeuille et en sortit une photo qu'il lui tendit.

— C'est Robbie à l'âge de Michael.

Elle garda la photo un moment dans sa main sans la regarder puis en trouva enfin la force.

— C'est incroyable…, murmura-t-elle avant d'éclater en sanglots.

Il la prit dans ses bras. Elle aimait cet homme. Plus encore, elle avait besoin de lui.

— Euh… Je…, les interrompit Jack en s'approchant. Je tenais à vous l'annoncer moi-même : l'état de santé de Michael s'est dégradé. Ils l'ont mis sous respirateur artificiel.

8.

— Ta voix me manque, mon ange.

Depuis deux jours, Belle ne cessait de parler à Michael. Son état était stable, et les médecins lui répétaient que le médicament administré par Jack faisait son effet. Mais tout ce qu'elle voyait, c'était qu'il restait sous assistance respiratoire. Inconscient… Cela faisait partie du processus de guérison, lui avaient expliqué Amanda et Jack. Peut-être, mais elle n'en pouvait plus d'attendre. Et elle avait peur. Tout ce que Cade et elle pouvaient faire, c'était être présents au chevet de leur fils, lui parler, le rassurer. Se rassurer l'un l'autre. Et prier. Elle avait dépassé le stade des larmes, et se sentait totalement impuissante, sans aucune énergie.

Elle voulait retrouver sa vie d'avant, retrouver le Michael plein de vie qu'elle connaissait, retrouver son cabinet et ses patients. Et Cade. Quand elle fermait les yeux et imaginait sa vie future, il en faisait partie. Malheureusement, la réalité était tout autre, car il allait rentrer à Chicago, sans elle, à moins qu'elle ne le suive. En cet instant, elle n'en savait rien et se sentait bien incapable de se projeter.

Trois nouveaux cas d'*E. coli* s'étaient déclarés à Big Badger. La veille, Jack avait fait appel à des enquêteurs externes qui n'avaient pour l'instant rien découvert. L'annonce officielle serait faite dans la journée et la population allait paniquer, voire l'accuser d'incompétence. Les troupeaux seraient peut-être même euthanasiés. Le reste était trop horrible à imaginer.

— La dernière fois que nous étions tous les deux à l'hôpital, reprit-elle, je t'avais enveloppé dans une petite couverture bleue — j'en avais acheté une bleue et une rose, n'ayant pas voulu savoir si tu serais une fille ou un garçon — et je m'apprêtais à te ramener à la maison. Tu étais un si beau bébé. Tu ressemblais à ton père.

Et à Robbie. Son cœur se serra en repensant à cette tragédie. Cade avait tant aimé son petit frère qu'il s'était chargé du poids d'une culpabilité qui n'était pas la sienne.

— Il avait peur de te prendre dans ses bras, le pauvre… C'est un chirurgien extraordinaire, ton papa, tu sais. Je ne sais pas si tu t'intéresses à la médecine, mais tu pourrais devenir aussi bon que lui. Tu seras extraordinaire, quel que soit le domaine que tu choisisses.

Elle y croyait dur comme fer. Contrairement à la mère de Cade, elle soutiendrait Michael quoi qu'il lui en coûte. Même si cela impliquait les insectes.

— Tu imagines, le grand chirurgien qui tremblait en prenant son bébé dans ses bras !

Ce souvenir lui arracha un sourire. Trembler, c'était peu dire.

— Il a fini par réussir à te porter jusqu'à la voiture. Mais ce n'était pas gagné car il fallait encore qu'il t'installe dans le siège bébé…

Depuis deux jours, elle lui racontait des histoires. Pour ne pas perdre le contact.

— … et il était planté là, ne sachant pas comment s'y prendre. Alors, j'ai…

L'alarme du respirateur l'interrompit. Le rythme régulier des inspirations et des expirations de la machine se rompit. Belle se redressa, le souffle court. Mais le médecin qu'elle était n'eut rien à faire car Michael la regardait, les yeux écarquillés. Plus précisément, il observait les tubes et autres fils auxquels il était relié, visiblement très intéressé par leur fonctionnement compliqué. Du Michael tout craché.

— Mon chéri…, murmura-t-elle en lui prenant la main, essayant de garder un semblant de calme.

Son second réflexe fut de sortir son portable. Elle envoya un texto à Cade, qui était rentré à Big Badger pour se changer. Deux mots suffirent : « Il est réveillé. » Les deux plus beaux mots qu'elle ait jamais eu à écrire.

— Je vais t'expliquer à quoi servent toutes ces machines, dit-elle en rangeant son téléphone dans sa poche.

En entendant la sonnerie de son portable, Cade retint son souffle car ils ne devaient se contacter qu'en cas d'urgence. Depuis l'autre jour, dans le parc de l'hôpital, où il lui avait tout raconté sur Robbie, ils s'étaient à peine reparlé. Il n'y avait pas grand-chose à ajouter, à vrai dire. Il espérait néanmoins que ce silence n'était pas mauvais signe.

Mais il ne voulait pas y penser pour le moment. Il s'arrêta sur le bas-côté de la route et garda le téléphone serré dans sa main une bonne minute, les yeux rivés sur la petite enveloppe qui indiquait la réception d'un message. Sa vie ne serait peut-être jamais comme avant une fois qu'il aurait ouvert ce message. Enfin, il se décida.

« Il est réveillé. »

Il se laissa aller contre le siège et les larmes se mirent à couler librement. Son fils était réveillé. La vie reprenait.

— Et maintenant ? demanda Cade.

De l'autre côté de la vitre, leur fils était allongé sur son lit, mais il respirait librement, sans tuyaux ni machines. Michael avait même protesté lorsqu'on avait emmené les moniteurs parce qu'il aimait bien les observer fonctionner. Sacré Michael…

Belle s'approcha à son tour, si près de Cade qu'elle percevait les effluves citronnés de son après-rasage. Elle eut soudain envie de poser la tête sur son épaule, ou de glisser sa main dans la sienne pour sentir sa force, sa présence. Mais il s'était refermé comme une huître. Elle se contenta donc de lui répéter ce que les médecins lui avaient expliqué :

— Demain, ils vont le transférer en chambre et, si tout va bien, il pourra rentrer à la maison dans quelques jours. Il m'a déjà dit qu'il voulait qu'on retourne camper tous les week-ends jusqu'à la fin de l'été. Tous les trois : « Moi, toi et papa », je cite, ajouta-t-elle en souriant.

Il avait aussi évoqué son oncle Jack, mais le moment n'était pas forcément bien choisi pour le préciser.

— Dommage que la vie ne soit pas aussi simple…, soupira Cade en se tournant vers elle. J'y ai beaucoup réfléchi, et je pense qu'il est temps pour moi de rentrer à Chicago. Enfin, pas forcément tout de suite, mais dès qu'il aura repris ses habitudes. D'ici là, je vais réduire progressivement le temps que je passe avec lui pour ne pas le perturber. Comme il ne va pas pouvoir venir passer la fin de l'été avec moi comme on l'avait prévu, mieux vaut annuler mes visites et le laisser reprendre le cours normal de sa vie. Je ne suis qu'une gêne, pour lui. Surtout, ne va pas croire que je fuis mes responsabilités, Belle. J'essaie juste de faire ce qu'il y a de mieux pour Michael.

— Et tu ne fais pas partie de ce qu'il y a de mieux pour lui ?

Michael était hors de danger et, quoi qu'il en dise, Cade prenait la fuite. Alors qu'elle commençait à penser que, peut-être, ils avaient un avenir ensemble… Finalement, il n'avait pas changé. Cade Carter faisait toujours ce qu'il voulait.

— Tu ne veux pas perturber sa vie ? reprit-elle comme il ne répondait pas, tout en tâchant de maîtriser son émotion. Juste au moment où il va avoir le plus besoin de toi, tu le laisses tomber ? Je ne comprends pas, Cade. Pourquoi fais-tu une chose pareille ?

— Parce que c'est de toi, dont il a besoin. Pas de moi. Il a besoin de la vie paisible et organisée que tu lui offres, pas de mes allers et venues incessantes.

— Tu sais quels ont été ses premiers mots quand ils l'ont

extubé ? Il a demandé où tu étais. Il avait besoin de toi, Cade ! Et tu voudrais partir, sachant ça ? Ce qui est arrivé à Robbie n'était pas ta faute, mais je ne sais pas combien de fois il faudra que je te le répète pour t'en convaincre, ni même si j'y parviendrai jamais. On parle de ton fils, là… Tu l'aimes et tu m'as dit que tu voulais resserrer les liens avec lui. Voilà que ça risque de se produire, et toi tu lui tournes le dos ?

— Je ne lui tourne pas le dos, Belle. Je lui laisse simplement reprendre une vie normale, c'est tout.

— Tu sais quoi, Cade ? Si tu ne peux pas être ce que Michael attend de toi, ou ce que moi j'attends de toi, peut-être que tu devrais même repartir dès aujourd'hui.

Elle savait déjà qu'elle regretterait la dureté de ces paroles, mais il était trop tard pour les retirer. Elle continua :

— Parce qu'en effet tu le perturbes. Ça lui prend une journée pour s'habituer à toi et, quand tu t'en vas, il lui faut encore une journée pour se remettre. Alors, qu'est-ce que tu vas faire pour ça ? Et moi, tu penses à ce que je ressens ? Parfois, quand je te regarde partir, ça me fait si mal que j'ai du mal à respirer, à reprendre ma vie, et je ne pense qu'à ta prochaine visite, même si la plupart du temps on se parle à peine. Je ne vis que pour ces instants, Cade. Je ne suis sortie avec personne depuis notre séparation car je n'en ai jamais eu envie parce je sais qu'une fois toutes les deux semaines je vais te voir, ne serait-ce qu'une minute ou deux. Mais ça ne peut pas durer. Ça me fait trop de mal, et à Michael aussi. Alors va-t'en, laisse-nous tranquilles. Une bonne fois pour toutes !

— Tu ne m'as jamais laissé entrer dans ta vie, Belle. Dans ta vie avec Michael.

Il désigna le couloir où il se tenait.

— C'est là, ma place. Dehors, à vous regarder par la vitre.

— Parce que c'est là que tu veux être.

Elle regarda Michael qui les observait. Ses grands yeux pleins d'un mélange de tristesse et de surprise lui brisèrent le cœur.

— Même si, désormais, je comprends pourquoi tu as fait ce que tu as fait, tu ne peux pas reporter la faute sur moi, Cade. C'est trop facile, comme excuse. Moi, j'ai toujours voulu que tu te consacres plus à nous, mais tu avais toujours mieux à faire ailleurs : construire une clinique en Afrique, t'engager comme médecin volontaire en Asie… Tu me voyais t'empêcher d'y aller, sans passer pour la pire des égoïstes ? Non, je ne pouvais pas lutter. Je me disais que je n'étais pas assez bien pour te donner envie de rester à la maison. Alors oui, j'ai peut-être reporté mon trop-plein d'affection sur Michael, et tu as cru que je t'excluais de notre relation. Si au moins tu m'avais parlé, si tu m'avais fait confiance…

Michael les observait à présent à travers l'objectif de son appareil photo.

— Il adore ce truc, tu as remarqué ? C'est la deuxième chose qu'il a demandée, après avoir été extubé.

Cade esquissa un sourire.

— Robbie adorait le sien, lui aussi. Je le lui avais offert pour son huitième anniversaire. Il n'arrêtait pas de tout photographier, surtout les insectes, puis il collait ses photos dans des cahiers qu'il regardait pendant des heures. Il ne savait pas les nommer, comme Michael, mais il aimait les regarder, tout simplement, conclut-il en soupirant. Je ne voulais pas te faire souffrir, Belle. Je ne savais pas comment m'y prendre pour revenir vers toi.

— C'est la ressemblance entre Michael et Robbie qui te dérangeait ?

— Ce qui me dérange, c'est que j'étais tellement en souffrance que je n'ai pas pu être le frère dont Robbie avait besoin.

— Tu n'étais qu'un enfant, Cade.

— Robbie aussi. Michael aussi. Et l'histoire se répète : je n'arrive pas à être le père dont il a besoin.

— C'est donc, ça ? Tu pars de peur de n'être pas un bon père pour Michael ? demanda-t-elle doucement.

— Malgré mes bonnes intentions, je suis rattrapé par

mon passé. Je déçois systématiquement les personnes qui comptent pour moi.

Elle lui posa une main sur le bras.

— Si tu le déçois tant, pourquoi est-il en train de te prendre en photo ? Ça fait au moins cinq minutes qu'il te mitraille.

Il se tourna en souriant vers la vitre et agita la main.

— Qu'est-ce que je dois faire, Belle ? Dis-moi. S'il te plaît.

— Sois son père. Aime-le, tout simplement..., répondit-elle en lui glissant une main autour de la taille. Je ne te promets pas que ce sera facile, ni même qu'il se montrera très coopératif, mais vous avez besoin l'un de l'autre.

Il fit volte-face.

— C'est ce que tu veux, Belle ? Je vais te dire une chose, probablement la chose la plus honnête que je t'aie jamais dite : si je n'écoutais que moi, j'emménagerais à Big Badger. Le problème, c'est que tu vis ici, et que je ne me vois pas passer le reste de mes jours à regarder ce que j'ai perdu, sachant que jamais je ne le récupérerai. Parce que je veux te récupérer, Belle. Toi, Michael, notre vie... Celle que je nous ai volée. C'est pour ça que je suis venu, pour voir s'il nous restait un espoir. Mais, tout ce que je vois, ce sont mes échecs, conclut-il en haussant les épaules. Rien que cette expression que tu as, là...

— Cette expression ? murmura-t-elle. Tu sais ce qu'elle signifie, cette expression, Cade ? Que je veux qu'on forme une famille, tous les trois. Voire à quatre ou même cinq.

— J'ai cinq sources possibles pour l'épidémie d'*E. coli*, annonça Jack.

Il tendit l'ordinateur portable à Michael qui était sorti de soins intensifs et transformait peu à peu sa chambre en salle de jeux.

— J'ai fait tous les tests possibles et imaginables, Belle,

et relu les résultats si souvent que je les connais par cœur, poursuivit Jack. La bonne nouvelle, c'est que l'eau de source ne semble pas contaminée, donc cela ne viendrait pas du bétail. La mauvaise, c'est que les habitants de Big Badger nous mettent la pression et veulent des réponses. Pour l'instant, ils se contentent de poser des questions, mais depuis que vous et Cade êtes à l'hôpital on a eu quatre autres cas déclarés.

Belle soupira.

— J'ai l'impression d'être ici depuis mille ans. Il faut que j'y retourne. Michael doit sortir après-demain…

Elle jeta un coup d'œil à Cade, allongé près de Michael, qu'il aidait à transférer ses photos sur le disque dur.

— Ça t'ennuierait beaucoup si je rentrais à Big Badger pour la journée ?

— On se débrouillera très bien, répondit-il avec un clin d'œil.

— Très bien, répéta Michael sur le même ton désinvolte, le clin d'œil en moins.

— J'ai comme l'impression qu'ils n'ont pas besoin de moi, dit-elle à l'intention de Jack.

— Moi oui, en revanche. Entre le cabinet, les ranchs à visiter et mes recherches sur la bactérie… Allez, en voiture, docteur Carter. Je meurs d'impatience de vous rendre les rênes.

— Tu vas revenir ? demanda Michael.

— Je ne sais pas à quelle heure, mais je serai là demain, répondit Belle. Pourquoi ? Tu veux que je te rapporte quelque chose ?

— Ma confiture de fraises, s'il te plaît.

Belle fronça les sourcils. Drôle de requête, d'autant qu'ils n'avaient pas mangé de confiture de fraises depuis bien longtemps. Depuis qu'ils avaient quitté Chicago, sans doute. Mais peu importait. C'était bon signe, si Michael retrouvait l'appétit.

— On n'en a pas, mais je peux passer chez l'épicier pour

t'en acheter, si tu veux. Tu veux du beurre de cacahuètes aussi ?

Il secoua la tête.

— Du pain et de la confiture, c'est tout.

De plus en plus bizarre.

— Très bien, je t'en achèterai.

— Non, pas au magasin. Celle que Mme Ellison fait, et que tout le monde lui achète.

Jack sursauta et tira son téléphone de sa poche.

— Bon sang ! La confiture de fraises de la ferme !

— Vous pensez que ça pourrait être ça ?

Elle n'en revenait pas. Ils avaient imaginé les choses les plus invraisemblables et, pendant tout ce temps, la solution était là, presque sous leurs yeux. Si Jack avait vu juste, elle lui devrait une fière chandelle. Pourvu qu'il reste assez longtemps pour qu'elle puisse lui témoigner sa reconnaissance. Peut-être en l'aidant à renouer les liens avec son frère ? Ou en le laissant passer du temps avec Michael ?

— Les fraises doivent être contaminées, dit Jack. Elle est comment, cette confiture, Michael ? Mme Ellison la sort plutôt de son placard ou de son congélateur ?

— Du congélateur, répondit Michael, visiblement ennuyé par cet interrogatoire.

— De la purée de fraises crues… contaminées. J'ai entendu parler d'un cas similaire dans l'Oregon.

— Voilà pourquoi l'épidémie s'est répandue si lentement, conclut Cade. Seuls les clients de Virginia Ellison sont tombés malades.

Jack appela immédiatement les autorités sanitaires pour leur signaler ce qu'ils avaient découvert. Bientôt, les confitures de Virginia Ellison seraient retirées de la circulation et l'alerte donnée.

— Je crois bien que tu as résolu le mystère, Michael, dit Cade en souriant.

Belle adorait ce sourire, mais Michael, lui, ne réagit pas, trop occupé qu'il était à mettre au point un diaporama de toutes ses photos.

*
* *

— Quatre jours, et pas de nouveau cas.

Allongée sur sa table d'examen, les jambes ballantes, Belle fixait le plafond. La vie reprenait son cours, et elle avait même reçu trois patients aujourd'hui. Des hommes.

— Maudie se remet, Jack s'occupe de Michael quand on travaille. Si j'osais, je dirais que tout va bien. Et j'ai promis à Michael de le remmener camper à *Ruda del Monte*. Avec un peu de chance, Jack restera suffisamment longtemps pour nous accompagner. Et toi, Cade ?

— Je n'aurai pas le choix, maintenant que je possède le terrain.

— Quoi ? s'écria-t-elle en se redressant sur les coudes. Tu as acheté le terrain où on est allés camper ?

Il jeta sa blouse blanche sur le dossier d'une chaise et vint se camper entre ses genoux.

— Tu te rappelles que tu as dit que tu voulais qu'on forme une famille, à trois, voire quatre ou cinq ? dit-il en plongeant son regard brûlant dans le sien. Eh bien, je t'ai prise au mot. Comme ça ne risque pas d'arriver si je reste à Chicago, je me suis renseigné sur ce lopin de terre qui, par chance, était à vendre. J'ai rendez-vous avec un architecte dans quelques semaines à qui je veux soumettre mon idée de maison perchée sur la colline.

— Cade, je… Je ne sais pas quoi dire. J'ai parlé sous le coup de l'émotion. Sous l'effet du stress, il arrive qu'on dise ou qu'on fasse des choses qu'on ne ferait pas en temps normal.

— Comme me convaincre de rester ?

— Non, ça, c'était réfléchi. Je ne veux pas que tu quittes Michael. Il a besoin de toi et il s'habitue enfin à ta présence.

— Et toi, Belle ? demanda-t-il en lui caressant les mollets. Dis-moi ce que tu veux, toi, pour une fois.

Elle frissonna à ce simple contact. Comme avant.

— La solution de facilité, ce serait de dire qu'on se

remet ensemble pour Michael. Mais ce n'est pas ce que je veux, Cade. Quoi qu'on décide, il nous aura, tous les deux.

— Alors, quelle serait l'autre solution ?

— De t'avouer que je te veux… pour moi. Egoïstement… Parce que j'aime quand tu me touches, quand tu me regardes, quand tu me souris. Mais j'ai peur : je sais ce que ça fait de te perdre et je ne veux plus connaître cette souffrance.

— Jamais je n'ai imaginé que je serais à la hauteur, pour Michael. Comme toi, quand il est né, et que je t'ai vue te battre comme une lionne alors que moi, je m'enfuyais… Même si ce merveilleux petit garçon me rappelait un autre merveilleux petit garçon. Toi, tu es forte.

— Toi aussi, Cade. Et Michael a besoin de nos deux forces réunies. Le monde va être dur pour lui, et parfois cela m'effraie. On a tendance à l'oublier, mais il est atteint du syndrome d'Asperger. C'est la première chose que les gens vont voir chez lui.

— J'ai grandi, Belle. Il m'a fallu du temps, mais je sais ce que je veux, à présent : être un aussi bon père que tu es une bonne mère. Mieux encore, je veux être un bon mari.

— Et tu crois pouvoir faire tout ça au Texas ? Je sais que tu as acheté ce terrain pour me faire plaisir, mais si tu exerces à Big Badger tu devras te contenter de médecine générale. Pourras-tu le supporter ?

— Au début, oui, pour ma famille.

Elle sentit un nœud se former dans sa gorge.

— Au début ? Et après ?

— Après, je reprendrai la chirurgie. Peut-être pas dans un aussi grand établissement qu'à Chicago, mais les petits hôpitaux de campagne ont aussi besoin de chirurgiens, non ?

— Mais de quel hôpital parles-tu ? Tu sais bien que…

— En fait, j'envisage plutôt de monter une clinique, pour commencer, mais elle s'agrandira. Michael a déjà accepté de s'occuper du réseau informatique, d'ailleurs. Il m'a dit qu'il avait des tas d'idées pour optimiser son efficacité.

— Tu en as parlé à ton fils avant de m'en parler à moi ? demanda-t-elle, faussement vexée en glissant vers le bout de la table. Tu ne crois pas qu'on ferait mieux d'attendre qu'il ait au moins huit ans avant de lui confier la gestion de notre parc informatique ?

Il se mit à rire.

— On ne le tiendra jamais si longtemps. Il a déjà commencé à dessiner les plans qui prévoient notamment la présence de jeux vidéo dans le service infantile. Et la présence de Jack…

— Dans quel rôle ?

— Je ne sais pas trop. Mais Jack cherche un logement à louer. Il dit qu'il a du temps à rattraper avec son neveu. Il l'adore, tu sais.

— Tu vas supporter de l'avoir dans les parages ?

— Ça va mieux entre nous. Ce n'est pas encore le grand amour, mais on y travaille. Et comme il compte rester un peu, qui sait…

— Il va exercer la médecine aussi ?

— Je l'ignore. C'est quelque chose qu'il doit régler seul, quand le moment sera venu.

Elle referma les jambes sur la taille de Cade et lui passa les bras autour du cou.

— Pour ma part, il y a quelque chose que je veux régler avec toi. Et immédiatement. Cette fois, je ne te laisserai pas partir.

— Et moi, je tiendrai ma promesse, répliqua-t-il en lui déposant un rapide baiser sur les lèvres. Je crois que nous n'avons plus de rendez-vous cet après-midi, n'est-ce pas, docteur ?

Pour toute réponse, elle dégrafa le premier bouton de sa blouse.

— En fait si, docteur, il vous reste une patiente à voir. La pauvre est atteinte d'une maladie incurable, j'en ai peur, et elle a besoin que vous l'auscultiez car son cœur bat anormalement vite, ajouta-t-elle en défaisant les deux boutons suivants. Je crois qu'il a un message pour vous.

Docilement, il fit mine de porter son stéthoscope à la poitrine offerte.

— Mmm, je me demande ce que ce petit cœur veut me dire.

Il écouta un instant puis son visage s'éclaira d'un large sourire.

— Je t'aime aussi, Belle. De tout mon cœur.

— Tout mon cœur, lui répéta-t-elle à l'oreille.

— Voilà, annonça Michael en tapotant sur son clavier. Le « Diaporama de Michael » est prêt.

D'accord, le titre n'était pas des plus originaux, mais Belle était néanmoins extrêmement fière. Ces dernières semaines avaient décidément été riches en émotions de toutes sortes. Mais, au bout du compte, elle n'aurait échangé sa place pour rien au monde.

— Je parie que c'est plein de photos d'insectes, dit-elle en s'installant sur le canapé près de lui.

Cade s'installa de l'autre côté. Une vraie famille.

— Non, il n'y a pas d'insectes, répondit Michael avec le plus grand sérieux. Enfin si, quelques-uns.

— C'est chouette, les insectes, intervint Cade en levant les pouces. Et maintenant, que le spectacle commence ! ajouta-t-il en imitant un roulement de tambour.

Michael pressa un bouton.

Les premiers clichés étaient de Belle : ses mimiques effrayées face à divers insectes lors de leur soirée autour du feu de camp, quelques hurlements et même un sprint effréné suite à sa rencontre avec une mite. Venaient ensuite des photos de Cade riant des réactions de Belle. L'album se terminait par celles où ils étaient tous les deux, en pleine discussion, sourcils froncés ou tout sourire. A travers les yeux de Michael, ils voyaient défiler leurs peurs, leurs joies et leurs peines. Mais, en filigrane, il avait su capter leur bonheur d'être ensemble. Belle était abasourdie.

— C'est magnifique, Michael, murmura-t-elle. Tellement réel et… tellement vrai.

— C'est toi et papa, répliqua-t-il sans s'émouvoir, déjà concentré sur les options de son diaporama — défilement rapide, plus lent, fondu au noir…

Dans tous les cas, les clichés disaient la même chose. Michael avait vu leurs batailles, mais aussi leur évolution, et surtout il avait vu leur amour. La dernière photo, celle où ils s'embrassaient devant la vitre de sa chambre aux soins intensifs, résumait toute leur histoire. Ils étaient de nouveau réunis.

Lorsque le spectacle se termina par une mite en gros plan, Michael se tourna vers son père.

— Tu crois qu'elle va hurler ?

Alors qu'il bondissait déjà vers le porche sans attendre la réponse pour retrouver son oncle Jack qui lui avait promis de l'emmener à la chasse aux insectes, Cade regarda Belle.

— Si je te prends dans mes bras, tu n'auras plus peur des mites ?

— Plus jamais, répondit-elle en se blottissant contre l'homme qu'elle n'avait jamais cessé d'aimer.

LUCY CLARK

Surprise aux urgences

COLLECTION *Blanche*

éditions HARLEQUIN

Cet ouvrage a été publié en langue anglaise
sous le titre :
DIAMOND RING FOR THE ICE QUEEN

Traduction française de
L. BOULANGER-BEAUQUEL

83-85, boulevard Vincent-Auriol, 75646 PARIS CEDEX 13
Tél. : 01 42 16 63 63
Service Lectrices — Tél. : 01 45 82 47 47
www.harlequin.fr

1.

Comme elle quittait son bureau situé au cœur du service des urgences du General Hospital de Canberra, Darla Fairlie eut la désagréable surprise d'entendre, sortant du bureau des infirmières, une cascade de rires espiègles se mêler aux inflexions graves et chaudes d'une voix de baryton. Pinçant les lèvres, déterminée à remettre les choses en ordre, elle se dirigea au pas de charge vers le bureau d'où émanait le bruit. Il y avait toujours à faire dans ce service, les patients étaient la priorité ; on n'était pas là pour rire et plaisanter !

Au bruit qu'elle fit en plaquant sur le comptoir la brassée de dossiers qu'elle rapportait, plusieurs infirmières se retournèrent d'un bond. Aussitôt qu'elles la virent, la gaieté disparut de leurs visages et elles s'empressèrent de s'affairer, qui à ranger des documents, qui à passer des coups de fil, qui à se diriger vers les box afin de surveiller des patients.

Un sentiment de satisfaction envahit alors Darla. Elle n'était pas le genre de supérieur à tolérer le moindre relâchement. La « Dame de Fer » régnait en son château.… C'est comme cela qu'on l'appelait derrière son dos, dans le service, elle le savait. Mais ça ne la gênait pas : en fait, elle appréciait ce surnom car il maintenait la distance professionnelle entre elle et son équipe. De son point de vue, c'était le seul moyen de diriger un département performant. Si elle inspirait la crainte, eh bien tant mieux !

Elle jeta un coup d'œil autour d'elle. La seule personne

qui demeurait parfaitement inoccupée était un grand brun – fort séduisant, elle devait le reconnaître – qui la regardait avec un intérêt non dissimulé, les bras croisés sur sa poitrine. Et elle eut beau jeter sur lui l'un des regards assassins dont elle avait le secret, il ne bougea pas d'un pouce. Bizarre. Qui était-il ? Un médecin, probablement, sinon que ferait-il là ?

— Si vous avez fini de flirter avec les membres féminins de mon équipe, je vous serais reconnaissante de retourner dans votre propre département, lança-t-elle d'une voix glaciale.

Contre toute attente, l'inconnu lui tendit la main. Elle se figea.

— Vous devez être la Dame de Fer, dit-il.

Elle ne lui en imposait pas le moins du monde, c'était évident ! Pour être aussi décontracté en sa présence, sans doute était-il un homme important. Un confrère dépêché par l'administration hospitalière pour l'évaluer ?

Depuis douze mois maintenant, elle occupait les fonctions de chef des urgences et, bien qu'elle ait officiellement postulé pour cet emploi dans l'espoir de l'occuper à titre permanent, le DRH n'avait pas encore pris de décision. Elle savait qu'il attendait le retour du Dr Benedict Goldmark, le titulaire actuel du poste, qui avait pris un congé sabbatique d'un an. Si celui-ci voulait récupérer son job, elle serait obligée d'en chercher un autre, naturellement. Dans le cas contraire, le General Hospital serait idiot de ne pas garder une urgentiste de son envergure pour diriger son service d'urgences.

Pour en finir au plus vite avec l'homme qui avait perturbé son personnel, tout en se montrant d'une politesse parfaite, Darla serra sa main tendue avec décision et fermeté. S'efforçant d'ignorer la chaleur de sa peau, elle s'apprêtait à se dégager quand, se rapprochant d'elle, il emprisonna sa main entre les deux siennes.

— Presque glacées… C'est vrai qu'il peut faire froid, ici, avec l'air conditionné, surtout si on reste assis dans son dames étaient censées être douces et chaleureuses… Alors, docteur Darla Fairlie, comment se fait-il que le personnel de ce département pense que vous avez un cœur de pierre, un regard d'acier et une poigne de fer ?

Elle sentit le rouge lui monter aux joues. Quel toupet de venir dans *son* département la provoquer devant *ses* subordonnés ! Même si elle n'était qu'intérimaire, c'était *son* domaine jusqu'à nouvel ordre.

Elle soutint sans ciller son regard bleu nuit.

— Vous semblez avoir un avantage sur moi, docteur… ?

Le sourire de l'inconnu s'élargit.

— Si je vous révèle mon nom, cela gâchera tout mon plaisir, et je passe un si bon moment.

Derrière elle, Darla entendit des toussotements et des raclements de gorge. Le personnel devait se délecter du spectacle : leur chef — la Dame de Fer — remise à sa place ! Eh bien, ça ne se passerait pas comme ça.

D'un geste brusque, elle retira sa main.

— Pourquoi ne continuerions-nous pas cette conversation dans mon bureau ? dit-elle.

Et sans ajouter un mot elle s'éloigna — non sans percevoir un ou deux rires étouffés. Sans doute avait-il profité qu'elle ait le dos tourné pour se moquer d'elle.

Délibérément, elle ignora la douleur qui lui transperçait soudain la poitrine. Plus que toute autre, elle détestait être prise pour une idiote, elle qui, tant de fois, avait été la risée des autres. Enfant, elle avait souvent dû prendre sur elle pour s'intégrer à l'école — avant de décider, en désespoir de cause, que ses camarades ne valaient pas la peine qu'elle fasse autant d'efforts. Les gens avaient toujours des intentions cachées, avait-elle appris à un âge bien trop tendre. Ils voulaient toujours quelque chose. Rester à l'écart avait été sa seule manière de se protéger et au fil des années elle avait réussi à la perfectionner. A présent, lorsqu'elle se sentait particulièrement mal à l'aise, elle était capable de se détacher émotionnellement de la situation et de considérer les faits en toute logique. Distance, concentration, maîtrise de soi, telle était sa devise.

Perdue dans ses pensées, elle avait rejoint son bureau et ce fut seulement au moment d'y entrer qu'elle regarda par-dessus son épaule pour voir si l'inconnu l'avait suivie. De fait, il lui avait emboîté le pas, mais il semblait prendre son temps. Qu'à cela ne tienne ! Elle laissa la porte se refermer derrière elle. Elle n'allait tout de même pas attendre le bon vouloir de ce monsieur ; il n'aurait qu'à frapper et attendre qu'elle l'invite à entrer.

Pourtant, plusieurs minutes s'écoulèrent sans qu'il ne se passe rien. Où était-il ? Avait-il pris sa porte fermée pour une fin de non-recevoir?

Finalement, elle entendit sa voix grave de l'autre côté du battant. Bien décidée à le faire attendre à son tour, elle décrocha son téléphone et appela les soins intensifs, afin de prendre des nouvelles d'une patiente qui était arrivée en arythmie aux urgences la veille au soir. Pendant que la tonalité résonnait, elle surveilla sa porte du coin de l'œil, s'attendant qu'il frappe, mais rien ne vint.

— Dr Fairlie, annonça-t-elle lorsque la surveillante répondit. J'aimerais savoir comment va Mme…

A cet instant précis, la porte s'ouvrit et l'homme qui occupait ses pensées entra en sifflotant doucement, tenant un pass magnétique de l'hôpital, une flamme amusée au fond des yeux. Elle en resta bouche bée, le fil de ses pensées rompu, le combiné toujours à la main tandis qu'il glissait nonchalamment le pass dans la poche de sa chemise en jean.

Cependant, remarqua-t-elle, dès qu'il s'aperçut qu'elle était au téléphone, il cessa de siffloter.

— Désolé, murmura-t-il, avant de refermer doucement la porte derrière lui.

Puis, embrassant la pièce du regard, il sourit en regardant les toiles banales accrochées au mur et l'unique plante verte postée dans l'angle. Décor minimaliste auquel elle n'avait pas touché quand elle avait pris ses fonctions.

— Allô ? Docteur Fairlie ?

A l'autre bout du fil, la voix de la surveillante tira Darla de sa stupeur.

— Euh… oui, Mme Carey, comment va-t-elle ?

— Son état s'améliore progressivement. Je peux vous envoyer par e-mail son dernier compte rendu d'examen si vous voulez.

— Volontiers. Merci.

Elle raccrocha et se leva brusquement, le regard fixé sur son visiteur importun.

— Qui êtes-vous ? Pourquoi avez-vous la carte magnétique de mon bureau et comment osez-vous me parler devant mon équipe comme vous l'avez fait ? Je ne tolère pas l'indiscipline dans mon département.

— *Votre* département ? Vraiment ?

Et soudain elle comprit. Ce fut comme si un étau de fer se refermait sur sa poitrine. La gorge sèche, elle parvint toutefois à articuler :

— Docteur Goldmark, je présume.

Ecartant largement les bras, il fit un tour complet sur lui-même — ce qui permit à Darla d'apprécier la largeur de ses épaules, son torse musclé, ses jambes immenses…

— En personne. Et à votre service, précisa-t-il avec une révérence exagérée.

Il était séduisant et il le savait, visiblement !

Se rasseyant sur son siège — *son siège à lui, en fait* — elle croisa ses mains devant elle.

— Nous ne vous attendions que demain.

— Eh bien…

Sans qu'elle l'y ait invité il prit place sur l'une des deux chaises destinées aux visiteurs.

— … J'étais aux ressources humaines, occupé à remplir la montagne de formulaires qui me permettront de reprendre le travail demain, quand j'ai décidé de passer dire un petit bonjour aux collègues présents ce matin.

— Dire un petit bonjour ? De là où je me trouvais, on aurait plutôt dit que vous perturbiez l'ambiance de travail, dit-elle d'un ton qu'elle ne réussit pas à rendre aussi léger qu'elle l'aurait voulu.

— Ah, c'est parce que vous n'avez pas entendu l'histoire passionnante que je racontais. Figurez-vous qu'un jour, lors de mon séjour à Tarparnii, j'étais au milieu de nulle part, en train de recoudre un homme qui avait été impliqué dans une… altercation, lorsqu'un énorme singe a surgi et…

— Cela ne m'intéresse pas particulièrement, interrompit Darla. Docteur Goldmark, votre…

— Je vous en prie, appelez-moi Benedict, ou Ben. Comme vous préférez. Je réponds aussi à « hé, vous », à « *ea-wekapla* », ce qui est la version tarparniienne de « hé, vous » et…

— Docteur Goldmark ! interrompit de nouveau Darla d'un ton excédé. Je suis encore le chef de ce service, et dans la mesure où vous ne reprenez officiellement votre travail qu'à 7 heures, demain matin, je vous demanderai de bien vouloir quitter les lieux. Et j'aimerais aussi vous rappeler que, dans un service d'urgences tel que celui-ci, il est bon que les membres du personnel restent en permanence concentrés à cent pour cent sur leur travail. Ce qui ne semble pas possible en votre présence si vous plaisantez avec eux.

Comme s'il était conscient d'y être allé un peu trop fort, Benedict inclina la tête.

— Vous avez raison et je vous présente mes excuses. Après avoir travaillé toute une année dans un environnement plutôt détendu, peut-être ai-je temporairement oublié les protocoles en vigueur à l'hôpital. Soyez assurée que je ne les oublierai plus désormais.

Elle prit une grande inspiration. Enfin, il la prenait au sérieux.

— Toutefois, poursuivit-il, levant vers elle un regard pétillant, je suis sûr que vous conviendrez que durant les accalmies cela fait du bien aux membres de l'équipe de s'arrêter cinq minutes pour souffler et rire ensemble — cela contribue à renforcer les liens à l'intérieur du groupe et, grâce aux précieuses endorphines libérées par le rire, ils se sentent régénérés — avant de reporter toute leur attention sur leur travail.

Exaspérée, Darla se leva d'un bond.

— Décidément, il est difficile de se faire comprendre de vous. Après douze mois d'absence, vous ne pouvez pas faire irruption dans ce département qui est encore *le mien* en jugeant normal de tout chambouler.

— Je n'essayais pas de…

— Silence !

L'injonction fit comprendre à Benedict qu'il avait sans doute dépassé les bornes. Edward, son frère aîné, lui avait souvent dit que son extraordinaire faculté à pousser les gens à bout était son pire défaut. Toutefois, il y avait des années qu'il n'avait pas asticoté quiconque à ce point. Il était un urgentiste compétent et apprécié. Sa propre attitude l'intriguait : pourquoi ne parvenait-il donc pas à s'empêcher de se comporter ainsi avec l'éblouissante Darla Fairlie ?

Durant son année sabbatique, il avait parlé à quelques-uns de ses collègues du General Hospital. Tous respectaient Darla sur le plan professionnel, mais aucun n'avait pu lui dire quoi que ce soit sur sa vie privée.

— C'est une très jolie femme, avait précisé son ami Matt. Une vraie beauté aux cheveux blonds et aux superbes yeux noisette.

Benedict lui avait alors fait remarquer qu'il était marié.

— Et ravi de l'être, mais ça ne m'empêche pas d'apprécier la beauté féminine, avait répliqué Matt. C'est un médecin brillant qui dirige le service à la perfection, sait s'y prendre avec l'administration et arbitre les disputes avec la plus grande impartialité. Mais elle reste très froide et distante. Ça va faire un an qu'elle est là et aucun de nous ne la connaît vraiment.

— Donc l'équipe la respecte mais ne l'aime pas ?

— On peut dire ça.

C'était pour cela qu'il avait décidé de passer aux urgences une fois ses démarches accomplies. Il avait voulu voir de ses yeux la Dame de Fer en action, et il devait admettre qu'il n'était pas déçu. Ce à quoi il n'avait pas été préparé, en revanche, c'était à son extrême féminité. Elle portait un élégant tailleur, à la fois strict et féminin, et il se réjouissait qu'elle ait opté pour une jupe plutôt qu'un pantalon, car ladite jupe dévoilait ses jolies jambes tandis que ses escarpins à talons mettaient en valeur la finesse de ses chevilles.

Il glissa un regard appréciateur sur ses cheveux blonds rassemblés en un chignon serré. Avec son port de tête altier, ses lèvres pincées, ses yeux noisette étincelants de colère et cette coiffure stricte en parfaite harmonie avec son look, elle personnifiait la femme investie d'importantes responsabilités qui savait exactement qui elle était. Mais en avait-elle conscience ? Peut-être ses efforts pour paraître sereine, calme, maîtresse d'elle-même, étaient-ils avant tout destinés à lui procurer la confiance nécessaire pour diriger un service aussi stressant que celui des urgences ?

— Docteur Goldmark…

Ramené au présent, Benedict se força à se concentrer sur les propos de la jeune femme au lieu d'admirer la manière dont ses lèvres pleines, rehaussées d'une légère touche de gloss, formaient les mots.

— … En voilà assez. Vous êtes sans doute de retour ici après votre année sabbatique pour reprendre vos fonctions de chef de service, mais jusqu'à ce qu'à ce que je sois officiellement démise de mes fonctions je dirige toujours les urgences. Rien ne vous autorise à musarder ici, ni à fouler aux pieds les règles nécessaires à la direction d'un tel service. Je vous serais donc reconnaissante de refréner le penchant que vous semblez avoir de nous imposer votre présence importune. Me suis-je bien fait comprendre ?

— Oui. Mais…

— Non. Il n'y a pas de mais, docteur Goldmark.

— Mais j'allais seulement…

— Je ne veux pas le savoir.

Il observa la jeune femme un instant avant d'incliner lentement la tête. Puis, massant pensivement son menton du pouce et de l'index, il se leva.

— Votre remarque concernant les règles était pertinente, docteur Fairlie. Il existe une liste de tous les nouveaux protocoles en vigueur dans le département, j'imagine ?

Devant une capitulation aussi rapide, Darla fronça les sourcils. Et s'il s'agissait d'une ruse ? Et s'il souhaitait voir cette liste afin de savoir précisément quels protocoles révoquer lorsqu'il reprendrait la tête du service ? Un sentiment de panique la traversa. S'était-elle montrée trop autoritaire envers l'homme qui pourrait devenir son patron ?

— Eh bien… Oui, il y en a une.

— Parfait. En ce cas je me réjouis à l'avance d'en discuter avec vous ce soir autour d'un dîner.

Ponctuant cette réplique d'un signe de tête, il se dirigea vers la porte.

— Un dîner ? répéta-t-elle, éberluée.

Il se retourna vers elle, un grand sourire aux lèvres.

— Oui, un dîner de travail, docteur Fairlie. Comme tout le monde, nous avons, vous et moi, besoin de manger. Disons 7 heures ? Au *Delicioso*, de l'autre côté de la rue ?

Et, sans attendre sa réponse, il s'éclipsa.

— Bon sang ! marmonna Darla entre ses dents.

Comme elle aurait aimé l'éconduire ! Il ne lui avait même pas laissé le temps de lui dire qu'elle n'était absolument pas adepte des « dîners de travail ».

Ni qu'il devrait faire celui-ci tout seul.

2.

Trois minutes à peine après le départ de son visiteur, les haut-parleurs annoncèrent l'arrivée imminente de victimes d'un accident aux urgences.

Quittant son bureau en trombe, Darla se précipita vers la zone de soins, aussitôt rejointe par Matrice, la surveillante.

— Deux ambulances vont arriver. D'autres sont en route, expliqua celle-ci.

Puis elle la mit au courant de la situation tandis qu'elles préparaient les box de traumatologie, et qu'au-dehors les hurlements des sirènes se rapprochaient.

— Faites venir du personnel en renfort et prévenez les orthopédistes, ordonna Darla tout en enfilant une blouse par-dessus ses vêtements.

— Qu'est-ce qu'on a ? demanda derrière elle une voix grave familière.

Se retournant, elle vit Benedict Goldmark foncer vers le lavabo pour se laver les mains. Elle lui lança un regard noir, démangée par l'envie de rétorquer qu'ils pouvaient très bien se débrouiller sans lui, mais elle savait que les renforts n'arriveraient pas avant une bonne vingtaine de minutes et qu'elle ne pourrait pas traiter seule les patients dans ce laps de temps. En l'occurrence, elle avait besoin de l'urgentiste confirmé qu'il était, même si, à titre personnel, elle aurait préféré le voir partir à l'autre bout de la planète.

— Collision entre un bus de tourisme et un bus scolaire. Les deux chauffeurs sont grièvement blessés, celui du bus scolaire ayant été éjecté du véhicule. Il reste deux parents et un groupe d'enfants bloqués dans ce dernier, mais d'après la police aucun n'est sévèrement touché.

— Nous les verrons probablement arriver en état de choc dans quelque temps. Quoi d'autre ?

— Plusieurs syndromes cervicaux traumatiques, des lacérations... Heureusement, le bus de tourisme était équipé de ceintures de sécurité — contrairement au bus scolaire.

— A notre époque, c'est honteux !

Les sirènes des ambulances s'étaient tues. Ayant à son tour revêtu une blouse, Benedict enfila des gants.

— Il y a trois enfants — deux de dix ans et un de onze ans, énonça Darla en parcourant la fiche que la surveillante lui avait donnée. Probablement victimes de fractures multiples. Ils sont encore sur place. Les premiers blessés évacués sont les deux chauffeurs. D'après les premières constatations, celui du bus de tourisme est dans un état bien moins préoccupant que son collègue éjecté du bus scolaire. Docteur Goldmark, ajouta-t-elle en levant les yeux vers lui, vous et moi nous occuperons de ce dernier. Ainsi, nous serons plus tôt disponibles pour la deuxième vague de blessés.

L'autre avantage, qu'elle se garda de mentionner, était qu'elle pourrait constater de visu s'il était aussi excellent qu'elle l'avait entendu dire. Tant de gens lui avaient vanté son talent, son attention aux détails, sa capacité à s'adapter à n'importe quelle situation, qu'elle était curieuse de le voir en action.

— Matrice, poursuivit-elle à l'adresse de la surveillante, je compte sur vous et le Dr Carmonti pour gérer les choses en trauma 2.

Quelques secondes plus tard, Benedict vit arriver son premier patient depuis son retour, un certain Carlos. Tandis qu'il introduisait celui-ci dans le box 1 de la zone de traumatologie, Benedict jeta à coup d'œil à Darla. Voulait-elle traiter ce blessé avec lui afin de le tester pour voir s'il méritait de reprendre les rênes ? Lorsqu'il vit qu'elle le laissait prendre la direction des opérations, il comprit qu'il avait deviné juste.

Mais qu'elle se rassure, il n'avait pas perdu ses automatismes. Demander un bilan sanguin. Faire perfuser Carlos de toute urgence afin de contrer sa chute de tension. L'examiner…

— Carlos ? Vous m'entendez ? Vous êtes en sécurité maintenant. Nous allons prendre soin de vous.

— Il revient à lui, observa une infirmière. Il se débat.

— Maintenez-le.

— Carlos ? Je m'appelle Ben. Je suis médecin. Vous êtes à l'hôpital. Détendez-vous, nous nous occupons de vous.

— Je m'appelle Darla. Restez calme et immobile, Carlos, enchaîna Darla, dont la douce voix féminine parut apaiser leur patient. Nous allons vous donner quelque chose contre la douleur.

— Voilà. C'est bien. Ne bougez plus.

Tandis que l'infirmière terminait de découper les vêtements du blessé, Benedict continua l'examen et la situation s'apaisa rapidement.

— Il est aussi stable qu'il peut l'être. Suspicion de fracture du radius et du cubitus droits. Fracture du tibia et du péroné gauches. Possible fracture pelvienne, annonça-t-il.

Il se saisit d'un formulaire de demande de radios. Maintenant qu'il travaillait de nouveau dans un hôpital, il ne devait pas oublier les inévitables paperasses.

— Bien joué, docteur Goldmark, dit Darla d'un ton neutre tandis qu'un brancardier conduisait Carlos en radiologie.

Occupé à retirer ses gants, Benedict prit un air étonné.

— Merci pour ces louanges, docteur Fairlie, répondit-il avec un brin d'ironie. Et maintenant que vous vous êtes fait une opinion positive de mes compétences, j'espère que vous vous voudrez bien m'honorer de votre présence au dîner de ce soir. Du reste, ne croyez-vous pas que passer en revue ces protocoles ensemble soit le meilleur moyen de vous assurer que je connais les nouvelles règles ?

— Vous n'avez plus cinq ans, docteur Goldmark. Je ne vois pas pourquoi j'aurais besoin de vous tenir la main pour vous expliquer le sens de la vie.

Benedict ne put retenir un sourire. La Dame de Fer était vraiment adorable quand ses yeux lançaient des éclairs.

— Je connais déjà le laïus sur le sens de la vie, Darla. Pourquoi ne pas m'expliquer directement le plus agréable : comment naissent les enfants ?

Elle soupira.

— Vous ne vous arrêtez donc jamais ?

— Seulement quand j'obtiens ce que je veux. Je sais que vous projetez de me laisser assis tout seul dans ce restaurant en me faisant passer pour un idiot. Ça n'arrivera pas.

— Vous vous trompez. Je peux quand même vous faire passer pour un idiot.

Darla sentit un petit frisson de plaisir lui courir dans le dos quand Benedict éclata de rire en guise de réponse. Elle l'avait fait rire ! Pour autant qu'elle s'en souvienne, jamais elle n'avait fait rire quiconque auparavant. C'était une sensation agréable, qu'elle s'empressa néanmoins d'ignorer — avant d'avancer qu'elle avait déjà des occupations pour la soirée.

— Vraiment ? Dommage. Demain soir et après-demain soir, je travaillerai et d'ici là… mes mauvaises habitudes risquent de ne pas être aussi faciles à déloger.

Benedict tenta de réprimer un sourire ironique, conscient que c'était un argument tiré par les cheveux, mais il était prêt à tout pour qu'elle accepte de dîner avec lui tant il brûlait de la connaître mieux. De savoir qui elle était vraiment.

— Soit. En ce cas, je tâcherai de me libérer un moment. 7 heures au *Delicioso*. Ne soyez pas en retard, dit-elle.

Puis, désignant le dossier de Carlos, elle ajouta :

— Et rédigez votre compte rendu. Immédiatement.

— A vos ordres, docteur Fairlie !

*
* *

Malgré lui, Benedict surveillait la porte. Darla allait-elle vraiment venir ? Etait-elle femme à tenir parole ? L'avenir le dirait. En attendant, mieux valait qu'il reste prudent.

L'urgence, à l'hôpital, avait bouleversé ses projets, mais cela faisait partie de la vie d'un médecin. Au fil des ans, il avait appris à jongler avec le temps, mangeant et dormant quand il en avait la possibilité. Cependant, au cours de l'année qu'il venait de passer à Tarparnii, il avait aussi appris à mieux apprécier les moments de repos. Dans la jungle, avec l'équipe de l'ONG « Pacific Medical Aid » à laquelle il s'était joint, ils avaient travaillé aussi dur que s'ils s'étaient trouvés dans n'importe quel hôpital, mais ils avaient passé leur temps libre à nager dans l'étang ou à se mêler à la vie du village. A présent, il savait pétrir du pain, tresser des guirlandes de fleurs, grimper pieds nus en haut d'un palmier. La vie, là-bas, lui semblait avoir du sens et, maintenant qu'il était de retour en Australie, il se demandait combien de temps il lui faudrait pour éprouver le même sentiment de tranquille satisfaction.

Dîner avec une jolie femme constituait sans doute un bon début. Même s'il n'avait pas invité Darla en qualité de « belle plante », son honnêteté naturelle l'empêchait de prétendre que sa décision n'avait rien à voir avec la beauté de la jeune femme, son corps de sylphide, ses cheveux blonds comme les blés, ses yeux noisette où brillaient de petits éclats d'or et qui semblaient receler toutes sortes de secrets. Des secrets qu'il tenait à découvrir dans la mesure où ils allaient désormais travailler en étroite collaboration. Ayant appris à ses dépens que « prudence était mère de sûreté », il avait décidé de faire la lumière sur ce que, à son avis, Darla essayait si désespérément de dissimuler. Aussi, au lieu de retourner à la maison qu'il partageait avec ses frères Bartholomew et Hamilton, était-il venu tôt au restaurant, déterminé à observer tous ses faits et gestes.

Situé face à l'hôpital, le *Delicioso* était principalement

fréquenté par le personnel hospitalier, qui s'y délectait d'œufs au bacon, de pizzas ou de pâtes. Tout le monde, au General Hospital, connaissait George, le jovial et amical propriétaire du lieu, et ce dernier connaissait les noms de tous les membres du personnel. Ainsi, malgré sa longue absence, lorsque Benedict avait franchi la porte tout à l'heure, George l'avait-il accueilli avec des cris de joie, comme un vieil ami qu'il avait plaisir à retrouver.

Soudain, une grande tablée de joyeuses infirmières attira l'attention de Benedict — de toute évidence, elles se défoulaient après une journée de travail stressante et bien remplie. Et, au moment où il reporta les yeux sur la porte, il y aperçut son invitée qui venait d'arriver. George, à qui il avait parlé de leur « dîner de travail », s'empressa d'aller à sa rencontre pour lui indiquer la table où il l'attendait.

Sans même prendre la peine de regarder dans sa direction, Darla s'entretint gaiement avec George et lorsqu'elle lui adressa un sourire engageant, désinvolte, qui faisait pétiller ses yeux et éclairait son visage, Benedict sentit son cœur manquer un battement. L'incarnation même de la grâce et la beauté ! Disparue la stricte et exigeante Dame de Fer des urgences. Sans doute était-ce la *véritable* Darla qu'il entrevoyait à cet instant précis. Et il devait admettre qu'elle était… à couper le souffle.

Toujours vêtue de son élégant tailleur et les cheveux retenus en chignon, elle portait un sac à l'épaule et tenait à la main une chemise cartonnée. La voyant plaisanter avec George, Benedict sentit un trouble l'envahir. Souriante et détendue, elle était ravissante ! Comment pourrait-il l'amener à le regarder, lui, d'une manière aussi amicale ? Ce serait en outre le meilleur moyen de percer à jour ce qui se cachait derrière l'image qu'elle tenait à donner d'elle.

Escortée de George, elle progressait sans heurts à travers le restaurant bondé, le port altier, la démarche assurée et gracieuse à la fois.

— Vous voilà arrivée, docteur Fairlie, dit George comme ils parvenaient à hauteur de Benedict.

Se levant d'un bond, il contourna prestement la table pour avancer une chaise à son invitée.

— Prêt ? lui demanda George à mi-voix avec un clin d'œil.

— Oui, merci, répondit Benedict tout en se rasseyant.

Dès que George se fut éclipsé, Darla posa la chemise cartonnée sur la table, déterminée à maintenir leur échange sur un plan strictement professionnel.

— J'ai pris la liberté d'imprimer tous les protocoles en vigueur aux urgences pour que nous les parcourions ensemble afin de rafraîchir votre mémoire.

Ostensiblement, elle consulta sa montre.

— Je n'ai qu'une heure devant moi, alors, si nous pouvions commencer tout de suite, j'apprécierais.

— Etes-vous sûre de ne pas vouloir prendre un verre, d'abord ? Un peu de vin, peut-être ? Ou une bière ?

— Je ne bois pas d'alcool.

— Vraiment ? Un jus de fruits, en ce cas ? Ou de l'eau minérale ?

Tandis que Benedict parlait, un jeune serveur s'était approché d'eux et Darla se surprit à commander un verre d'eau glacée alors qu'elle avait été sur le point de dire qu'elle ne voulait rien boire, préférant s'atteler tout de suite à la tâche afin d'en finir au plus vite.

— Mets-en deux, s'il te plaît, ajouta Benedict, souriant au jeune homme et lui serrant chaleureusement la main. Comment vas-tu, Eamon ? J'ai appris que tu travaillais ici.

— Oui. Ça va. George a été très patient. Il m'a appris plein de choses.

— Super ! Continue à bien travailler.

— Vous connaissez le serveur ? demanda Darla tandis que celui-ci s'éloignait, tout en ouvrant la chemise cartonnée.

— Absolument. Il y a plus d'un an que je ne l'avais pas vu et je suis content de constater qu'il a trouvé un emploi stable.

Ce commentaire intrigua Darla. Les médecins n'accordaient guère de temps aux serveurs d'ordinaire. Ils attendaient simplement d'eux qu'ils remplissent leur rôle le plus discrètement possible. Benedict était décidément un homme déstabilisant !

— Alors, ces protocoles, poursuivit Benedict en désignant la pile de papiers. Quels changements avez-vous apportés au service en mon absence ?

Saisissant la première feuille, elle la lui tendit. Mais, alors qu'il s'apprêtait à la lire, elle l'arrêta.

— Attendez. Vous avez dit *au* service, non *à mon* service.

— Il ne m'appartient pas, Darla. Je ne fais qu'y travailler.

— Mais la plupart des patrons parlent des services qu'ils dirigent en disant… Enfin, je dis *mon* service en parlant des urgences.

— Je sais, répondit Benedict avec un sourire. Et avec raison.

— Pardon ? répliqua Darla, perplexe. Que voulez-vous dire ?

— Ben ? Ben, c'est bien toi ? s'écria alors une voix féminine qui détourna aussitôt l'attention de son interlocuteur. Une jeune femme se dirigeait vers leur table, un grand sourire aux lèvres.

Darla s'efforça de réprimer son impatience. Benedict sous-entendait-il qu'il ne voulait pas reprendre son poste ? Qu'au lieu d'être patronne par intérim elle pourrait l'être à titre permanent ?

— Jordie !

Se levant, Benedict ouvrit grand ses bras.

— C'est bien toi !

L'air ravi, la jeune femme l'étreignit avec chaleur.

— Quand es-tu rentré ?

— Hier. Juste le temps qu'il faut pour se remettre du décalage horaire avant de reprendre le travail.

Un bras passé autour de la taille de son amie, il se tourna vers Darla.

— Darla, voici ma grande amie Jordanne. Jordie, tu connais le Dr Darla Fairlie ? Elle dirige les urgences.

Dirige, non pas *dirigeait,* nota Darla. Pouvait-elle en déduire…

— Non. Nous ne nous connaissons pas.

Se libérant, Jordanne tendit la main à Darla, qui la lui serra machinalement, l'esprit occupé par les questions qui la tourmentaient.

— Jordanne et Alex, son mari, ont travaillé avec moi à Tarparnii durant les premiers mois de mon séjour.

— Je n'en garde que de bons souvenirs, soupira Jordanne. C'est un si bel endroit !

— Ils sont tous les deux chirurgiens orthopédistes consultants au General Hospital, précisa Benedict.

— Vous avez sans doute vu nos noms sur les listes d'interventions chirurgicales, ou été en rapport avec nos assistants… Mais nous sommes si occupés que nous manquons souvent de temps pour faire de nouvelles rencontres, expliqua Jordanne avec un petit rire. Je ferais mieux d'y retourner, d'ailleurs, ajouta-t-elle en désignant sa table du regard. Je revoyais certaines choses avec mon assistant et nos nouveaux internes. Ça a été une joie de te revoir, Ben. Appelle-moi ; nous fixerons une date pour rassembler nos familles autour d'un bon repas, d'accord ?

— Avec grand plaisir ! A bientôt, alors.

Se rasseyant tandis que Jordanne s'éloignait, Benedict saisit la feuille que Darla lui avait tendue un peu plus tôt et qu'il avait reposée sur la table.

— Vous semblez très populaire, dit-elle.

Il haussa les épaules.

— Quand on s'absente toute une année, il y a forcément pas mal de gens avec qui reprendre contact… Alors, regardons un peu ces changements…

Le voyant se plonger dans la lecture attentive du document, Darla aurait dû être satisfaite. Ne voulait-elle pas qu'il soit sérieux, qu'il étudie les modifications qu'elle avait apportées, qu'il les approuve ? Mais, à cet instant précis, elle souhaitait plus que tout connaître les réponses aux questions qui tourbillonnaient dans sa tête.

— Benedict… Vous disiez quelque chose quand Jordanne est arrivée, avança-t-elle, ne sachant trop comment aborder le sujet. Vous avez… plus ou moins… laissé entendre que vous ne vouliez plus…

— Et voici votre eau glacée, l'interrompit Eamon en posant les deux verres sur la table. Ouf ! Je n'ai pas renversé une seule goutte.

Levant les yeux de sa lecture, Benedict sourit à l'adolescent.

— Bravo ! Tu t'es débrouillé comme un chef… Ah, voilà George !

Jetant un coup d'œil par-dessus son épaule, Darla vit George s'avancer vers eux, deux assiettes fumantes et fort bien garnies dans les mains.

— Excellent ! reprit Benedict.

Il reposa la feuille sur la pile qu'il poussa à l'autre bout de la table

— Je meurs de faim.

Darla nageait en pleine confusion. Elle était venue discuter des protocoles avec un confrère, il avait fait des insinuations qu'elle n'était pas certaine d'avoir bien interprétées et maintenant voilà qu'on lui apportait à dîner sans qu'elle ait rien commandé !

— Voici, princesse, annonça George d'une voix suave. *Fettuccine alla panna* pour vous et, pour le Dr Ben, nous avons un délicieux *spirelli caprisio.*

— Mais… je n'ai rien commandé !

Benedict sourit.

— Je me suis dit que vous auriez faim. Il y a eu un flot ininterrompu de patients aux urgences aujourd'hui et vous n'avez probablement même pas eu le temps de remplir toutes vos tâches administratives, dit-il. Alors je me suis permis de commander un repas pour vous et, comme George connaît vos goûts, je l'ai laissé choisir le plat qu'il vous servirait. Et vous avez fait des merveilles, George. Merci !

Celui-ci le remercia d'un signe de tête et s'esquiva. Benedict leva alors son verre pour porter un toast.

— A un dîner gastronomique express, annonça-t-il.

Et, au lieu de trinquer avec elle, il lui décocha un clin d'œil assorti d'un sourire irrésistible.

Une onde chaude parcourut Darla. Parce qu'elle appréciait sa déstabilisante compagnie ou parce qu'elle était furieuse contre lui ? La deuxième hypothèse, bien entendu.

En lançant ces commentaires ambigus sur le service, sans doute la faisait-il marcher dans le but de se moquer d'elle. Eh bien, il ignorait qu'il avait affaire à une spécialiste ! Pour avoir été rabaissée et mise à l'écart durant toute son enfance, tant à l'école qu'en famille, elle savait comment rebondir lorsqu'on cherchait à la ridiculiser.

Elle redressa le dos, s'efforçant d'ignorer les délicieux effluves émanant de son plat. Il était vrai qu'elle avait encore toute une soirée de travail devant elle et qu'elle ne trouverait pas facilement un autre moment pour dîner… Non, elle était capable de résister. Elle avait des questions. L'homme assis en face d'elle possédait les réponses et elle allait les lui arracher, de force s'il le fallait.

— Benedict.

— Oui ? dit-il en portant sa fourchette à ses lèvres.

Les yeux clos, il dégusta sa première bouchée.

— Mmm… J'avais oublié à quel point les spécialités de George sont délicieuses.

— Benedict, répéta Darla sans parvenir à contrôler son impatience.

L'air surpris, il ouvrit les yeux.

— Oui ?

— Avez-vous l'intention de reprendre votre poste de chef de service ?

— Non. J'ai essayé de vous le dire ce matin, mais… disons que les choses ne se passent pas toujours comme prévu. Vous ne mangez pas ? ajouta-t-il avant de reprendre une bouchée de son plat.

— Que dois-je déduire de ce « non », exactement ?

Il termina sa bouchée d'un air pensif.

— Je vous le dirai si vous acceptez de ne pas gâcher le plat savoureux posé devant vous. Je sais que vous avez faim.

— Comment pourriez-vous le savoir ? Vous ne connaissez rien de moi, docteur Goldmark.

— J'ai occupé votre poste pendant près de deux ans, Darla. Je sais la charge de travail qu'il représente. Mangez, s'il vous plaît. Sinon pour moi, faites-le au moins pour George. Regardez-le, il s'inquiète pour vous.

— Il ne devrait pas. Je suis assez grande pour me prendre en charge.

— Personne ne dit le contraire. Mais c'est agréable d'avoir quelqu'un qui s'inquiète pour soi.

— Tant que l'on sait pourquoi, murmura-t-elle pour elle-même avant de saisir sa fourchette à contrecœur et de commencer à manger.

A la première bouchée elle eut le sentiment que tout son corps se détendait. C'était absolument délicieux, comme toujours ici.

— Ah… Parfait. J'ai craint un instant que vous ne me lanciez votre assiette à la figure.

— Et que je gâche ce délice ?

Il sourit.

— Ma mère disait souvent que la bonne nourriture était faite pour être savourée et elle avait raison.

Le fait qu'il ait employé l'imparfait intrigua Darla.

— Votre mère… est décédée ?

— Oui. Quand j'avais treize ans.

— Ça a dû être très dur pour vous.

— Perdre un parent n'est jamais facile… et j'ai perdu les deux miens dans un horrible accident… Par chance, j'ai trois frères plus âgés que moi. L'aîné, Edward, avait vingt-quatre ans quand c'est arrivé, et il a renoncé à ses propres rêves pour reprendre le cabinet médical familial et nous élever, mon petit frère Hamilton et moi.

— Vos parents étaient médecins ?

— Oui. Ils ont été tués par une avalanche alors qu'ils

portaient secours à des blessés, expliqua-t-il d'une voix où perçait une grande tendresse.

C'était terrible, et pourtant il avait de la chance, songea Darla, amère. Au moins, il avait aimé et avait été aimé par ses parents, lui. Chassant d'un mouvement de la tête les souvenirs désagréables qui remontaient à sa mémoire, elle se ressaisit.

— Pour en revenir à votre poste…

— Eh bien, ce matin, j'ai informé le DRH que je n'avais aucune envie de reprendre le poste de chef de service — je déteste trop les montagnes de paperasses qui nous sont imposées. Il m'a offert le poste d'assistant et j'ai accepté. Quelqu'un vous contactera demain, j'imagine, pour vous informer des démarches officielles que vous aurez à faire pour me succéder.

— Vous n'êtes pas en train de me faire marcher ? De vous moquer de moi ?

— Bien sûr que non. Pourquoi ferais-je ça ? répondit-il, l'air surpris par la question.

Elle se détendit quelque peu. Il ne voulait pas le poste ; elle pouvait donc respirer plus librement.

Encore que…

— Pourquoi m'avez-vous demandé de vous rejoindre ici, Benedict ? Je suis quasiment certaine que ça n'était pas pour discuter des protocoles.

— Vous avez raison. J'avais déjà lu les plus récents. Vous avez fait de l'excellent travail.

— Alors pourquoi ?

— Parce que vous m'intriguez, Darla, et que, lorsque je suis intrigué, je veux toujours découvrir pourquoi.

Il ne manquait plus que ça !

Déjà qu'il avait réussi à la taquiner, à l'exaspérer, à lui faire éprouver des sentiments. Elle détestait ça. Les sentiments masquaient les problèmes. Ils n'étaient pas fiables.

Et ils finissaient toujours par vous faire souffrir.

3.

— Tu es bien silencieux, ce soir, remarqua Hamilton, une semaine après le retour de Benedict à Canberra, alors qu'ils étaient tous les deux assis dans le camion de premiers secours, à attendre les patients qui ne manqueraient pas de les solliciter. C'est vrai, quoi ! C'est la première véritable occasion qu'on a de parler tous les deux et, d'habitude, quand tu rentres de Tarparnii, tu es intarissable… Ah, j'ai hâte de retourner là-bas, ajouta-t-il avec un soupir nostalgique. Comment va Nilly ?

— Bien. Elle est en pleine forme. Et toujours aussi rayonnante, répondit Benedict à son frère, souriant au souvenir de leur chère amie, chef du village où ils installaient habituellement leur « bivouac médical » lorsqu'ils séjournaient à Tarparnii.

Se sentir chez lui, être ancré dans le quotidien, s'entourer de gens qu'il aimait, telle était l'idée qu'il se faisait du bonheur. Il avait une famille fantastique, ce qui constituait une immense chance, jamais il ne devait l'oublier — surtout après ce qui s'était passé avec Carolina.

Il ferma les yeux tandis que l'image de celle-ci s'imposait à lui. Cheveux noirs, yeux noirs et… cœur noir. Cela, il ne l'avait pas su d'emblée, naturellement ; elle avait pris grand soin de dissimuler ses véritables intentions. Quel idiot il était d'être tombé dans le panneau !

Chassant ces souvenirs de sa mémoire, il ouvrit les yeux et consulta sa montre. Il était encore tôt. 23 h 50.

En général, c'était vers 2 heures du matin que les gens commençaient à venir leur demander de l'aide. Il avait prévu de dormir un peu avant d'entamer sa garde bénévole, mais des blessés étaient arrivés aux urgences du General Hospital juste comme il s'apprêtait à finir son service, et comme Matt était en congé maladie il avait décidé de rester afin de donner un coup de main à ses collègues. Il avait aussi espéré apercevoir Darla, pourquoi ne pas l'admettre ?

La belle, l'intelligente et compétente Darla qui l'intriguait de plus en plus. Matt n'avait pas menti quand il lui avait dit qu'elle ne se mêlait pas aux autres membres de l'équipe. A l'inverse de Jordanne, elle ne semblait pas encline à s'attabler au *Delicioso* avec ses collègues. Il est vrai que Jordanne était une personne particulièrement sociable, comme sa propre belle-sœur, Honey — et comme lui, il devait le reconnaître. Il aimait la compagnie des gens ; il aimait les épauler de toutes les manières possibles.

« Quand tu viens en aide aux autres, tu cesses de penser à tes propres problèmes », lui répétait sa mère, autrefois. Devenu adulte il avait compris ce qu'elle voulait dire et à quel point elle avait raison. En particulier après le fiasco de son histoire avec Carolina, lorsqu'il était allé offrir ses compétences médicales aux habitants de Tarparnii. C'était aussi dans cette optique qu'il continuait à proposer ses services dans le cadre d'Act Now.

Cela faisait aussi des années que son frère Bartholomew — Bart pour les intimes — prenait part aux activités de cette association, basée à Canberra, qui s'était donné pour mission de fournir une assistance de proximité à ceux qui en avaient besoin. Toutes les nuits, un binôme, composé d'un camion de premiers secours et d'une camionnette offrant café, plats chauds et même des vêtements, était posté à trois endroits de la ville. A leur bord, œuvraient des bénévoles — avocats, soignants, policiers, aumôniers et volontaires de tous bords — présents au moins une fois par semaine.

En ce moment, Bart était dehors, en grande conversation

avec un groupe d'adolescents qui préféraient rester là en attendant le moment où ils pourraient rentrer chez eux sans encombre.

— Une fois que mon vieux est ivre mort, je peux me glisser jusqu'à ma chambre et dormir dans mon lit, disait l'un d'eux. Mais, si je rentre trop tôt, je lui sers de punching-ball.

— Pauvres gamins, grommela Hamilton, qui avait entendu. En comparaison nous avons eu une vie drôlement facile, même après le décès de papa et maman.

Benedict acquiesça.

— Tu redonnes ce que tu as reçu en aidant les autres, Ham, dit-il. Tu leur apportes quelque chose. Concentre-toi là-dessus.

Regardant son frère, il sourit. Assis là, ensemble dans le camion, ils retrouvaient leur complicité d'autrefois, quand ils faisaient les quatre cents coups. Inséparables, les deux plus jeunes de la fratrie Goldmark.

Devenus orphelins, les cinq garçons étaient restés dans la maison familiale où, les aînés épaulant les plus jeunes et avec le soutien de leurs amis BJ et Lorelai Rainbow, ils avaient peu à peu surmonté leur chagrin. Leurs parents avaient été tellement heureux ensemble dans cette maison, qu'ils avaient emplie de cinq garçons chahuteurs et de tonnes d'amour et de rires. Une vie familiale qu'il avait toujours eu envie de reproduire à son tour, même après ce qui s'était passé avec Carolina. Seulement… serait-il jamais capable de faire de nouveau confiance à une femme ? Sans qu'il sache pourquoi, la gracieuse silhouette de Darla Fairlie s'infiltra à ce moment dans son esprit. Se reprenant, il secoua la tête.

N'était-ce pas ainsi que les choses avaient commencé avec Carolina ? Il avait vu où cela l'avait mené. N'avait-il donc tiré aucune leçon du passé ?

Depuis qu'il travaillait avec Darla, il avait à plusieurs reprises fait l'effort de lui parler de sujets qui n'avaient rien à voir avec l'hôpital, comme lui demander où elle habitait, si elle avait des hobbies, de la famille… mais sans succès. Tout ce qu'il avait appris d'elle était… qu'elle n'aimait pas répondre aux questions personnelles.

Pourtant, la plupart des gens aimaient parler d'eux, partager des anecdotes, raconter des blagues, rire ensemble. Cela faisait partie de la nature humaine, et le fait que Darla n'aime rien de tout cela, qu'elle soit distante, secrète, solitaire, entretenait sa suspicion — tout en renforçant son désir de découvrir ce qu'elle dissimulait.

Carolina, à l'inverse, avait été ouverte, pétillante et pleine d'entrain. Mais ce n'était qu'une façade ; elle n'avait en réalité qu'un seul but : mettre le grappin sur un homme « qui avait réussi », et l'épouser. De fait, elle n'avait commencé à lui prêter véritablement attention que lorsqu'il avait accepté le poste de chef de service.

Elle avait réussi à le berner pendant un certain temps, et quand il avait finalement découvert le pot aux roses, il l'avait vue sous son vrai jour : une femme manipulatrice, menteuse et malhonnête, qui ne l'avait jamais réellement aimé.

Pourquoi les gens ne pouvaient-ils se montrer simplement tels qu'ils étaient ? Ses parents l'avaient élevé pour qu'il soit fidèle à lui-même, honnête, serviable. Pourquoi ne pouvait-il trouver une femme attachée aux mêmes valeurs, une femme qui n'ait ni intention cachée ni arrière-pensées ? Il avait toujours été d'une grande tolérance, prêt à accorder aux gens le bénéfice du doute — mais c'était avant que sa confiance ne soit trahie. Maintenant, il devait rester très prudent pour éviter de souffrir de nouveau. Il n'aimait pas ça, mais comment faire autrement ?

— Ham, tu penses encore beaucoup à papa et maman ?

— Oui. Presque tous les jours. Je me rappelle les bons moments passés avec eux. Et, surtout, je regrette qu'ils ne soient plus là pour parler avec moi. Pas nécessairement pour me conseiller, juste pour parler. Tu vois ce que je veux dire ?

Benedict hochait la tête quand Bart frappa à la paroi du camion.

— Vous êtes là ? demanda-t-il.

Se levant d'un bond, Benedict s'empressa d'ouvrir la porte qu'ils avaient fermée pour se protéger de la fraîcheur de cette nuit d'avril.

— Bonsoir, dit-il en souriant à la jeune femme qu'escortait Yvonne, l'une de leurs bénévoles. Je m'appelle Benedict. Et voici Hamilton. Entrez. Il fait chaud à l'intérieur.

Yvonne entra à la suite de leur visiteuse, car il était de rigueur qu'une femme soit toujours présente si la personne qui venait demander secours était de sexe féminin.

— Voici Paloma, dit-elle. Et voici son bébé Frankie, ajouta-t-elle quand la maman eut déboutonné son manteau usagé, révélant un bébé d'environ six mois endormi dans l'écharpe qu'elle portait autour du buste.

— Il est magnifique ! s'écria Benedict.

Puis il attendit que Paloma explique les raisons de sa venue, mais comme beaucoup de leurs « clients » elle garda le silence.

Hamilton proposa alors d'aller chercher de la soupe. Paloma déclina l'invitation — mais Benedict échangea un regard entendu avec Yvonne et son frère. De toute évidence, la jeune maman était frigorifiée et affamée, mais elle était trop embarrassée pour accepter.

— Paloma nous est envoyée par l'*ange,* précisa Yvonne avec le plus grand sérieux après le départ d'Hamilton.

— L'ange ? répéta Benedict, interloqué.

— C'est une femme. Elle vient au parc et dans les endroits où elle sait que nous vivons, expliqua rapidement Paloma, comme si elle ne supportait pas l'ignorance de Benedict en la matière. Je ne sais pas comment elle s'y prend, mais elle nous trouve. Elle nous parle, elle nous recommande de chercher de l'aide, de renoncer à la drogue, de penser à nos enfants. Elle a du feu dans la voix comme si elle savait ce que c'est que de ne pas pouvoir s'en sortir et de s'enfoncer toujours plus, ajouta-t-elle d'une voix enrouée par l'émotion, tout en caressant la tête du bébé. Elle n'arrête pas de répéter « Pensez aux enfants ». Tout à l'heure, elle m'a dit « Vous devriez aller voir les gens d'Act Now ». Je lui ai répondu « Ils vont me prendre mon Frankie ». Elle a dit que vous ne le feriez pas. Que vous pourriez me sortir de la drogue sans m'enlever mon bébé.

Une larme roulant sur sa joue, elle déposa un baiser sur la tête du petit Frankie.

— Je veux devenir clean. Je veux que Frankie soit clean aussi. Je veux être une bonne mère, poursuivit-elle d'un ton implorant. Les anges ne mentent pas, n'est-ce pas ?

— Non, confirma Benedict. Le vôtre a tout à fait raison. Act Now a développé des programmes pour aider les mamans à se désintoxiquer puis à rester clean tout en gardant leurs enfants avec elles. Nous jugeons important que les petits soient présents car cela leur permet de constater que les choses vont vraiment changer, que leur mère fait de gros efforts *pour eux*, pour leur avenir autant que pour le sien. Dans le cas de Frankie, cependant, il va devoir être désintoxiqué lui aussi et, pour cela, il devra être suivi de près.

— Mais vous n'allez pas me l'enlever ?

— Bien sûr que non. Vous êtes sa maman, Paloma. Il a besoin de vous, de votre amour, de vos caresses. Vous le nourrissez encore ?

La jeune femme inclina la tête et le désespoir, dans cette attitude, serra le cœur de Benedict. Lui adressant un sourire chaleureux, il pressa sa main en un geste de réconfort.

— Vous êtes très courageuse. Venir ici n'a pas dû être facile mais vous l'avez fait. Votre *ange* serait fier de vous.

Libérant sa main, il tira son téléphone de sa poche.

— Avant tout, occupons-nous de vous loger pour cette nuit. Nous disposons d'un foyer réservé aux mamans allaitantes en cours de désintoxication, mais nous ne pourrons pas vous y installer avant demain. Néanmoins…

Il composa un numéro.

— … Nous allons trouver une solution, promit-il.

Une heure plus tard, Yvonne conduisait Paloma et son fils dans le centre d'hébergement temporaire géré par la paroisse. Benedict avait également pu leur assurer une place pour les six prochains mois dans le foyer d'Act Now.

Il avait aussi examiné la maman et le bébé, et lorsque son frère était revenu avec de la soupe et des petits pains chauds il avait été soulagé de voir Paloma accepter de se restaurer.

— Ce que je ne comprends pas, c'est cette histoire d'ange, dit-il à Bart un peu plus tard. Paloma était certaine d'avoir été « visitée » par un ange qui lui aurait recommandé de venir ici. C'est bizarre, non ?

— Pas du tout. Ce n'est pas une vision, Ben. L'« ange » en question est une personne bien réelle.

— Ah bon ? Elle travaille pour Act Now ?

— Non. Nous ne l'avons jamais rencontrée, et nous ignorons qui elle est, mais, ces douze derniers mois, nous avons constaté un afflux de mamans célibataires. Elles viennent toutes avec la même histoire : une femme blonde aux yeux marron leur rend visite. Elle sait où les trouver, disent-elles. Elle entre en relation avec elles, gagne leur confiance et nous les envoie. C'est comme si elle leur donnait le coup de pouce qui leur manque pour les sortir de leur détresse. Toutes ces femmes ne sont pas des droguées. Certaines sont engluées dans des relations violentes et cette femme leur offre le moyen d'en sortir. D'autres sont à la rue avec leurs enfants parce que les structures d'hébergement de la ville sont surpeuplées.

— Ces douze derniers mois ? répéta Benedict, pensif.

— Oui. Nous n'avons pas la moindre idée de son identité, ni d'où elle vient, mais peu importe, c'est son action qui compte. Pour moi, elle est bel et bien *angélique* et elle mérite notre respect et notre soutien si jamais elle avait besoin de nous.

— Je me demande…

Quelque chose titillait Benedict, quelque chose d'évident et qui cependant restait flou dans son esprit. Toutefois, il n'eut pas le temps d'approfondir la question car un furieux éclat de voix masculine leur parvint du dehors. Hamilton qui somnolait sur son siège se redressa dans un sursaut et, après un rapide regard échangé entre frères, Benedict et Bart saisirent leurs vestes, leurs sacs de premiers secours et quittèrent le camion en trombe, laissant Hamilton assurer la permanence.

Le bruit qu'ils avaient entendu provenait d'une rixe entre deux bandes rivales armées de couteaux. Benedict et son frère ne virent pas le temps passer tant ils furent occupés à soigner des blessés : le jour se levait lorsqu'ils purent enfin souffler.

— Tu t'es bien débrouillé pour un gars habitué à lézarder au soleil de Tarparnii, sirotant du lait de coco et se contentant d'appliquer un sparadrap de temps à autre sur un genou écorché, plaisanta Bart en donnant à Benedict une bourrade affectueuse dans le dos.

Celui-ci rit de la description de son frère. Ils savaient tous les deux que la réalité était tout autre là-bas.

— Merci, frangin. Maintenant, j'aimerais dormir quelques heures avant de reprendre mon service à l'hôpital. Ham, je peux t'emprunter ta voiture ?

— Bien sûr, répondit celui-ci en lui lançant les clés. Je terminerai la garde avec Bart.

Puis il lui indiqua l'endroit où il s'était garé.

— Et n'érafle pas ma merveille. Il me reste encore quelques années avant d'avoir fini de la payer.

— Pauvre petit étudiant fauché, répliqua Benedict en riant, avant de quitter ses frères sur un petit signe de la main.

Après avoir contourné deux pâtés de maisons, il s'engageait dans la rue où Hamilton avait garé sa rutilante décapotable lorsque, à sa plus grande stupéfaction, il vit sur le trottoir d'en face une femme mince, vêtue d'un jean et d'un sweat dont la capuche lui couvrait la tête, s'avancer dans sa direction. Sortant des clés de sa poche, elle actionna une télécommande et les phares de la voiture stationnée devant celle d'Hamilton s'éclairèrent brièvement. Personne ne semblait l'accompagner, aussi s'inquiéta-t-il instantanément pour sa sécurité. Dehors, seule, à cette heure tardive, elle risquait de faire une mauvaise rencontre.

Elle marchait en regardant le sol, comme perdue dans ses pensées. Ce fut seulement au moment où elle traversa la rue qu'elle releva la tête et l'aperçut. Une fraction de seconde, son pas se fit hésitant puis, s'arrêtant au milieu de la chaussée, elle le regarda. Craignait-elle qu'il ne s'en prît à elle ?

— N'ayez crainte. Je ne vous veux aucun mal, dit-il, déverrouillant la décapotable à distance. Je suis juste garé là.

— Je sais que vous ne me ferez aucun mal, évidemment, répliqua-t-elle.

C'est alors qu'il reconnut sa voix.

— Darla !

C'était bien la dernière personne qu'il s'attendait à voir arpenter cette rue au petit matin, et elle paraissait aussi surprise que lui de cette rencontre.

— Que faites-vous ici, docteur Goldmark ?

— Euh… Je pourrais vous poser la même question.

— Alors allez-y, répondit Darla tout en rejoignant son véhicule.

— En ce cas…

S'éclaircissant la gorge, Benedict se rapprocha d'elle.

— … Docteur Fairlie, que faites-vous ici, dans cette rue déserte, alors que le soleil n'est même pas encore levé ?

Ouvrant la portière de sa voiture, elle haussa les épaules.

— J'avais une course à faire.

— A 5 heures du matin ?

— Et alors ? Il y a pas mal de gens qui travaillent déjà à cette heure.

— Ah oui ? Donnez-m'en trois exemples.

— O.K. Les boulangers, les éboueurs, les présentateurs radio. Satisfait ?

Elle introduisit sa clé de contact avant de se tourner de nouveau vers lui.

— Il faut que j'y aille, ajouta-t-elle tandis que le silence les enveloppait, à peine troublé par les gazouillis des oiseaux dans les arbres et quelques bruits de moteur au loin.

Alors qu'un instant plus tôt il avait l'impression d'être mort de fatigue, Benedict se sentait à présent frais et dispos. Etrange comme quelques petites minutes en compagnie de Darla Fairlie avaient suffi à le revigorer.

— Puisque nous sommes tous les deux levés, ça vous dirait de vous joindre à moi pour le petit déjeuner ?

— Qui vous dit que je n'ai pas encore pris le mien ?

— C'est le cas ?

— Manger semble être une obsession pour vous, rétorqua Darla en secouant la tête, ce qui fit glisser sa capuche et libéra ses cheveux.

Devant la ravissante cascade de boucles blondes auréolant le fin visage, Benedict faillit rester bouche bée. Dans la lumière rosée du soleil levant, elle le regardait comme si elle espérait qu'il allait tourner les talons, mais il ne pouvait s'empêcher d'admirer son époustouflante beauté.

— C'est effectivement un besoin vital que j'ai la faiblesse de satisfaire trois fois par jour, pour des raisons biologiques. Comme la majorité des gens de la planète, vous savez ? Mais le fait que vous vous prépariez à vous en aller m'incite à penser que vous rejetez ma généreuse proposition, bien que j'aie déjà prouvé que j'étais un compagnon de table parfait.

Darla s'efforça de ne pas sourire de sa boutade. Ne se laissait-il donc jamais rebuter par une réponse négative ? Elle avait pour règle de ne pas mêler sphère professionnelle et sphère privée. Elle avait son travail à l'hôpital, ensuite son travail dans les rues. Tous deux étaient d'une importance capitale à ses yeux et rien ne devait l'en détourner. La dernière fois qu'elle avait dérogé à ce principe, elle l'avait payé très cher. Plus jamais elle ne sacrifierait quoi que ce soit pour un homme.

— Peut-être une autre fois, murmura-t-elle tout en étouffant un bâillement avant de se glisser sur le siège du conducteur.

Maintenant sa portière ouverte, Benedict se pencha vers elle.

— Je ne manquerai pas de vous le rappeler.

— Si vous voulez, répondit Darla, troublée par la subite proximité de leurs corps.

— Sérieusement, Darla, c'est dangereux pour une femme d'être seule dans les rues à cette heure matinale.

— Je sais me défendre.

— Contre un seul homme peut-être, éventuellement deux, mais pas très loin d'ici il y a eu une bagarre entre gangs. Ça n'était pas beau à voir, ni surtout sans danger. Par chance les blessés n'ont pas été trop grièvement touchés, à part quelques-uns qui ont dû être envoyés à l'hôpital.

Elle n'était qu'à demi surprise. Ce genre de rixe, elle connaissait. Il lui était même arrivé de séparer des combattants. Mais elle savait aussi quand s'enfuir en courant. La vie ne lui avait pas laissé le choix ; elle était devenue experte dans l'art de se protéger.

— Vous passiez par là quand cette bagarre est survenue et vous vous êtes arrêté pour donner un coup de main ? Vous rentriez d'une soirée entre amis ?

— J'étais avec mes frères.

— Après une telle nuit, vous devez être épuisé. Je vous attendrai à 13 h 30 en forme et prêt à travailler, docteur Goldmark. Aucune excuse ne sera acceptée.

— Vous avez tout à fait raison.

Comme Benedict se redressait, quelque chose de brillant accroché au rétroviseur attira son regard. Un petit ange en cristal qui réfléchissait joliment la lumière…

Il sentit ses yeux s'écarquiller tandis que l'évidence s'imposait à lui dans toute sa clarté.

— Ça alors…

— Quoi ? Qu’y a-t-il ? demanda Darla.

Il la dévisagea, incrédule.

— L’*ange,* c’est donc vous !

4.

— Pardon ?

Darla n'en revenait pas. Comment avait-il pu découvrir ça ? C'étaient ses protégées qui lui avaient donné ce surnom et, malgré ses tentatives, elle n'avait jamais réussi à le leur faire abandonner. A dire vrai, une partie d'elle-même en était flattée et, lorsqu'elle avait vu le petit ange de cristal dans une boutique, elle n'avait pu résister et l'avait acheté.

C'était une sensation agréable que de se sentir utile. Elle savait ce que ces femmes ressentaient, ce qu'elles et leurs enfants traversaient, et c'était un vrai bienfait pour elle de pouvoir les aider, à sa modeste manière, en les encourageant à chercher de l'aide.

Ses pensées filaient à toute vitesse tandis qu'elle regardait Benedict Goldmark bouche bée. Comment avait-il fait aussi vite le lien entre elle et…. Enfin, comment connaissait-il l'existence de l'*ange ?* A moins que…

— Vous travaillez pour Act Now ?

— Oui.

— Et vous avez fait ce… genre de travail auparavant ?

— En effet. Cependant, d'après mes frères qui sont aussi bénévoles, nous accueillons beaucoup plus de femmes depuis un an. En d'autres termes, depuis votre arrivée à Canberra, chère Darla. D'ailleurs, cette nuit même, une jeune maman, Paloma, est venue nous voir avec son bébé.

S'il avait encore douté qu'elle soit l'*ange,* le soulagement qui se peignit sur le visage de la jeune femme l'aurait convaincu. Ainsi, tel était probablement son secret : elle arpentait les rues, la nuit, pour venir en aide aux femmes dépendantes de la drogue ou désespérées pour d'autres raisons et leur venait en aide. C'était tout simplement admirable.

Cependant, cela n'expliquait pas pourquoi elle restait tellement sur sa réserve à l'hôpital... Pensait-elle que les gens ne comprendraient pas sa démarche ? Ou qu'ils la verraient comme une sorte de Mère Teresa ? Et pourquoi n'avait-elle pas choisi d'œuvrer dans le cadre d'une association, comme Act Now par exemple ? En tout cas, il était heureux de constater que ses motivations étaient bien réelles, sincères et altruistes. Il avait vu de ses yeux l'effet salutaire de son action... Et les actions en disent souvent bien plus long que les mots.

— Paloma et Frankie sont en sécurité, poursuivit-il. Ils ont passé la nuit dans un refuge et ils seront conduits aujourd'hui dans un petit foyer. Paloma sera accueillie dans une communauté de femmes qui sont dans la même situation qu'elle et aussi déterminées à se battre pour offrir un meilleur avenir à leurs enfants. Et tout cela, c'est grâce à vous, Darla. Vous êtes un véritable ange gardien.

Il lui sourit. Une question lui brûlait les lèvres et il demanda, presque malgré lui.

— Pourquoi ne vous joignez-vous pas aux bénévoles d'Act Now ? Pourquoi accomplissez-vous vos bonnes actions en solitaire ?

— La question n'est pas là.

— Où est-elle, alors ?

Darla resta un instant silencieuse Jamais elle ne lui avouerait que sauver toutes ces femmes était un besoin pour elle, une pénitence librement consentie pour avoir été incapable de sauver sa propre mère.

Elle redressa les épaules, puis, le regardant droit dans les yeux, elle répliqua :

— Il faut vraiment que je m'en aille maintenant. Et vous aussi.

Par chance, il n'insista pas.

— O.K. Vous marquez un point. Nous avons tous les deux besoin de sommeil.

A ce moment-là, l'estomac de Darla se fit entendre — à sa plus grande honte.

— Vous êtes sûre que je ne peux pas vous offrir un petit déjeuner ? Je connais un endroit sympa, pas très loin d'ici, où l'on se régale. Muffins au chocolat. Café bien chaud. Mmm…

Le voyant afficher une mimique gourmande, Darla ne put retenir un éclat de rire.

— Vous êtes à la fois têtu et drôle, docteur Goldmark, dit-elle en secouant la tête, effarée de sa réaction, qui ne faisait que conforter ce qu'elle savait déjà : la proximité de cet homme était dangereuse.

— Je suis épuisée, reprit-elle, et j'ai besoin de dormir avant de reprendre le travail. Je n'ai pas le temps de manger, alors s'il vous plaît, rentrez chez vous. Je n'ai pas l'énergie de me disputer avec vous.

Il sourit.

— Je prends note. Darla Fairlie. Possède une identité secrète. Médecin le jour, ange gardien la nuit. Ne boit pas d'alcool. Et n'a pas l'énergie de discuter quand la faim se fait sentir, énuméra-t-il en comptant sur ses doigts. Vous voyez ? Je commence à vous connaître.

Darla avala sa salive avec difficulté, quelque peu effrayée. Il se souvenait de tous les détails qu'elle avait laissé échapper. Pourquoi s'intéressait-il tant à elle ? Il lui faudrait redoubler de prudence, désormais.

— Cela dit, vous avez raison, docteur Fairlie, ajouta Benedict après une brève pause. Allez vite vous coucher.

Il s'écarta de la voiture et referma la portière.

— Et n'oubliez pas de conduire prudemment, lança-il.

Puis il rejoignit la décapotable de son frère en sifflotant. Tandis que Darla s'éloignait, il lui adressa un signe de la main. S'il avait insisté un peu plus, elle aurait accepté son invitation, il en était certain. Et, comme il avait beaucoup apprécié de dîner avec elle, il espérait pouvoir bientôt en faire de nouveau l'expérience.

Tout en démarrant à son tour, il s'interrogea sur les raisons qui la retenaient de travailler avec Act Now. C'était une association humanitaire bien structurée et disposant de ressources importantes. Darla, elle, arpentait seule les rues des quartiers défavorisés. C'était dangereux. D'ailleurs, dans le cadre d'Act Now, personne n'était autorisé à intervenir seul dans ces quartiers. Même les camions des bénévoles se déplaçaient par deux. Imaginer la jeune femme seule dans ces rues, toutes les nuits, le fit frissonner d'inquiétude. Pourquoi ne voulait-elle pas s'occuper de ses protégées en compagnie d'une autre personne qui veillerait à sa sécurité ?

Il lui poserait la question, se promit-il. Pour l'heure, il ferait bien de se dépêcher de rentrer chez lui. Sauf qu'il mourait de faim. Peut-être pourrait-il s'arrêter à sa boulangerie favorite. Même si elle était encore fermée, il était certain de pouvoir persuader son ami Tom, le boulanger, de l'ouvrir pour lui donner des viennoiseries tout juste sorties du four.

— Vous ne savez pas ce que vous manquez, Darla, murmura-t-il un instant plus tard quand, s'étant garé à proximité, il rejoignit la boulangerie à pied, savourant la bonne odeur de pain chaud qui flottait déjà dans l'air.

A côté de la boulangerie, le marchand de fruits installait son étalage. A le voir, une idée germa dans son esprit.

— Si le Dr Fairlie ne veut pas aller petit déjeuner…

Laissant la phrase en suspens, il eut un sourire jusqu'aux oreilles. Elle était excellente, son idée !

Il y avait des nuits difficiles, improductives, qui laissaient à Darla un goût d'inachevé, et d'autres, bien plus fructueuses, au cours desquelles elle parvenait à faire passer son message et dont elle revenait avec la gratifiante sensation d'avoir été vraiment utile.

laisser attirer par cet homme, certes doux et très séduisant, mais dont elle ne savait quasiment rien.

— Sinon qu'il veut tout le temps me nourrir, murmura-t-elle et, tirant la Thermos du panier, elle la déboucha, soupirant presque d'aise tandis qu'une délicieuse odeur de café se répandait autour d'elle.

La minute suivante, elle sirotait le breuvage brûlant et savourait un muffin au chocolat. C'est alors que son téléphone sonna. Reposant le gobelet, elle répondit.

— Dr Fairlie.

— Je vous souhaite le bonjour — de nouveau, dit la voix chaude de Benedict. Comment avez-vous dormi ?

— Très bien, répondit-elle, plus sèchement qu'elle n'aurait voulu.

Mais elle n'y pouvait rien, il la déstabilisait et elle détestait cela.

— Le panier est-il arrivé ?

— Oui… Merci, Benedict, se força-t-elle à ajouter après une pause. Vous n'auriez pas dû, mais… Merci !

— Croyez-moi, Darla, ce fut un plaisir. Bon, je ne vous retiens pas davantage. J'imagine que les plannings n'ont pas changé et que la réunion des chefs de service a toujours lieu le mercredi matin.

— En effet.

— Parfait. Je voulais vous joindre auparavant. J'avais envie de vérifier si tout était allé comme prévu.

— Et qu'aviez-vous prévu ?

— De faire en sorte que vous vous nourrissiez avec plus de régularité. Voyez-vous, docteur Fairlie, je pense qu'il est de mon devoir, en tant que chef adjoint, de m'instituer votre auxiliaire de vie, et je tenais à vous en informer. Je sais à quel point votre job est stressant. Je sais aussi que vous ne prenez pas beaucoup de temps pour vous-même, préférant consacrer vos loisirs à aider les autres. D'ailleurs, j'ai bien l'intention de veiller sur votre santé, bien que vous ayez platement refusé de me faire le plaisir de vous joindre à moi pour le petit déjeuner…

Son ton était devenu théâtral et Darla sentait déjà qu'elle esquissait l'amorce d'un sourire.

— … Et que vous m'ayez brisé le cœur en me laissant choir comme une vieille…

Il s'interrompit.

— Attendez, reprit-il de sa voix normale. C'est la seule chose que vous n'avez pas faite.

— Jusqu'ici, ajouta-t-elle — ce qui le fit rire.

— Bref, poursuivit-il, et les inflexions de sa belle voix grave troublèrent Darla, j'ai craint que vous ne trouviez pas le temps de manger. C'est tout. Ne voyez rien de déplacé dans mon geste. Je voulais juste vous donner la possibilité d'apaiser votre estomac afin qu'il ne crie pas famine durant toute votre réunion. Bon appétit et à plus tard.

Son appel laissa Darla fort troublée. A quoi jouait-il ? Tous les hommes n'avaient-ils pas des buts inavoués ? Tous les hommes ne manipulaient-ils pas les femmes à leur seul profit ? Benedict Goldmark ne faisait pas exception à la règle… et elle ferait bien de s'en souvenir parce que, à cet instant précis, elle se rendait bien compte qu'elle voulait désespérément croire qu'il était différent.

— Benedict ! Trauma 2, annonça la surveillante lorsqu'il retourna en fin de journée au poste des infirmières.

Il prit juste le temps d'y déposer le dossier de son précédent patient avant de rejoindre le box 2 de la zone de traumatologie. A sa grande surprise, Darla s'y trouvait déjà, en train d'enfiler la blouse et les gants stériles de rigueur.

— Que faites-vous encore ici ? Il est presque 18 heures, Darla. Vous devriez être partie depuis au moins une demi-heure, fit-il remarquer à mi-voix tout en s'empressant de se laver les mains.

— Vous n'êtes plus en charge du service, docteur Golmark. Veuillez vous en souvenir, rétorqua-t-elle.

Et elle se détourna pour parler aux infirmières.

— Qu'est-ce qu'on a ? demanda-t-il.

— Lydia Galgonthon, répondit Darla. Elle a vingt et un ans. Les secours ont été appelés depuis l'université. Il paraît qu'elle est restée assise un moment les yeux dans le vague après la fin de son cours, puis elle s'est évanouie. Elle a brièvement repris conscience mais reste toujours désorientée. D'après les ambulanciers, une amie de fac de Lydia a mentionné qu'elle avait été victime d'un accident de voiture il y a quatre mois.

— Avons-nous son dossier d'hospitalisation ?

— Nous l'attendons.

Darla examina les yeux de leur patiente.

— Pupilles symétriques et réactives à la lumière.

— Bien. On demande un ECG, un EEG et on la perfuse, ajouta-t-il à l'adresse de l'infirmière la plus proche de lui. Et on fait un bilan sanguin complet pour commencer.

Tandis qu'Heather, l'autre infirmière, fixait le brassard du tensiomètre au bras de Lydia, celle-ci fut prise de tremblements et de mouvements convulsifs d'intensité croissante.

— Elle convulse, dit Darla. Benedict, vérifiez ses voies aériennes.

Les infirmières aidèrent à protéger les bras et les jambes de Lydia afin qu'elle ne se blesse pas, et desserrèrent ses vêtements.

— Voies aériennes dégagées pour l'instant, précisa Benedict aussitôt qu'il s'en fut assuré.

— Préparez-vous à intuber si nécessaire.

— Emission de selles, annonça Heather.

— Noté.

— Deux cents milligrammes de phénytoïne en IV, immédiatement, ordonna Benedict.

Une fois l'injection administrée, Lydia commença à se calmer, son corps continuant toutefois à alterner phases de rigidité et phases de relaxation.

— Crise tonico-clonique. D'abord contractures musculaires, puis spasmes et secousses désordonnées, remarqua Benedict tandis que Darla examinait de nouveau Lydia.

— Voies aériennes dégagées et pupilles toujours symétriques et réactives à la lumière. Lydia ? appela-t-elle. Lydia, vous m'entendez ?

La patiente commença à tousser.

— Détendez-vous, Lydia, dit gentiment Benedict. Vous êtes au General Hospital. Vous vous êtes évanouie après l'un de vos cours. Vous vous souvenez ?

Lydia ouvrit les yeux, mais son regard resta vague.

— Tout va bien, Lydia. Je m'appelle Benedict. Voici Darla et, avec l'aide de nos extraordinaires infirmières, nous prenons soin de vous. Vous allez bien maintenant.

Tandis qu'il parlait, la jeune femme essaya de s'asseoir, mais Darla interrompit son geste pour l'aider à s'allonger.

— Détendez-vous. Tout est en bonne voie. Vous devez juste vous reposer. Vous vous sentez un peu étourdie ?

— Oui.

— Fermez les yeux un moment. Nous attendons qu'on nous apporte le dossier de votre précédente hospitalisation. Il y a juste quelques petites choses que nous avons besoin de vérifier.

— Ceci est un masque à oxygène, Lydia, ajouta Benedict tandis qu'il posait le masque sur le nez et la bouche de la jeune femme. Il est nécessaire parce que votre taux d'oxygène est un peu bas.

Darla demanda alors à Lydia de serrer sa main, ce qu'elle réussit à faire.

— Vous étiez-vous déjà évanouie auparavant ? demanda Benedict après avoir ôté le masque.

— Non.

— Avez-vous déjà eu une crise de ce type ?

— Non…

Lydia ouvrit des yeux paniqués.

— … Pas que je sache. Comment je le saurais ?

— Calmez-vous. Il n'y a aucune raison de vous inquiéter. Nous nous renseignons, c'est tout.

— Glasgow à 13, murmura Darla à l'adresse de Heather

qui nota l'information. Lydia, y a-t-il quelqu'un que vous souhaitez prévenir de votre présence ici ?

— Ma... ma mère.

— Votre mère ? Oui, bien sûr. Connaissez-vous son numéro de téléphone ?

Visiblement épuisée par sa crise, Lydia soupira.

— Dans mon sac à dos.

Seulement, où se trouvait le sac en question ?

— O.K., lâcha Darla en posant une main réconfortante sur son épaule. Nous allons nous en occuper. Reposez-vous.

Gagnant le poste des infirmières, elle chercha dans l'annuaire le numéro de l'université et saisissait le téléphone, quand Benedict, qui l'avait suivie, lui prit l'appareil des mains.

— Que faites-vous ? J'ai besoin d'obtenir les coordonnées de la mère de Lydia.

— Respirez, docteur Fairlie. Réfléchissez. Des amis de Lydia ont dû l'accompagner. Ecoutez...

Irritée, elle lui arracha le combiné.

— Sa mère doit être mise au courant.

Il mit sa main en cornet à son oreille.

— Qu'est ce que j'entends ? Serait-ce des voix de jeunes personnes inquiètes ? Oui, je crois bien...

Sur ce, il lui adressa un clin d'œil et prit la direction de la salle d'attente. A regret, elle le suivit... et dut bientôt se rendre à l'évidence : il y avait bien cinq jeunes gens dans la pièce — quatre filles et un garçon — qui bavardaient tout en pianotant sur leurs téléphones, leurs sacs à dos abandonnés sur le sol autour de leurs chaises.

— Etes-vous des amis de Lydia ? demanda-t-elle.

Les bavardages cessèrent ; cinq paires d'yeux se tournèrent vers elle. Après un acquiescement collectif, les questions fusèrent en même temps.

— Excusez-moi, dit calmement Benedict, et sa voix profonde imposa le silence. Quelqu'un a-t-il appelé la maman de Lydia ?

— Oui, répondit une jeune fille. Elle est en route.

Comme ils reprenaient leurs questions dans un brouhaha indescriptible, Darla décida de laisser Benedict leur répondre. Après tout, puisqu'il n'arrêtait pas de montrer sa compétence, qui était-elle pour lui refuser une telle occasion d'utiliser ses talents innés ?

5.

Tandis que Darla prenait connaissance du résultat de l'EEG de Lydia, Benedict vint se planter derrière elle.

— Ce n'est pas juste de me laisser me débrouiller tout seul, lui murmura-t-il. Quelle sorte de boss êtes-vous ?

— Je suis la Dame de Fer, vous vous rappelez ?

Elle tourna la tête pour le regarder par-dessus son épaule et le regretta aussitôt. Même si elle avait perçu la chaleur de son corps, cette chaleur qui répandait en elle une sensation de protection qu'elle n'avait jamais éprouvée auparavant, elle avait en revanche sous-évalué la distance qui les séparait.

Leurs yeux se croisèrent, s'accrochèrent, tandis que l'atmosphère autour d'eux se chargeait d'électricité. Le regard de Benedict glissa jusqu'à sa bouche avant de remonter vers son visage. Il déglutit et elle ne put s'empêcher de suivre le mouvement de sa pomme d'Adam, son propre regard s'attardant dans l'échancrure du col ouvert de sa chemise.

— Que disiez-vous ? balbutia-t-il.

Revenant brutalement à la réalité du moment, Darla s'éclaircit la gorge.

— Je suis sûre, docteur Goldmark, que vous êtes tout à fait apte à gérer un petit groupe d'étudiants, surtout après avoir, ce matin même, mis fin à une guerre des gangs.

— Oh ! ce n'était pas une guerre, juste une simple bagarre. Sinon, comment se présente l'EEG de Lydia ?

Darla lui tendit le compte rendu, puis s'éloigna pour

saisir le dossier de leur patiente, ce qui lui fournit l'excuse idéale pour mettre un peu de distance entre eux.

— J'y ai déjà jeté un coup d'œil, il n'y a rien d'anormal, déclara-t-elle.

Benedict leva les yeux du compte rendu et la regarda. Elle semblait quelque peu nerveuse, nota-t-il. Parce qu'elle était fatiguée ? Ou parce qu'elle avait perçu l'atmosphère électrique qui les entourait un instant plus tôt ? A regret, il détourna son regard pour interroger Heather, l'infirmière qui suivait la patiente, et dut faire un effort pour se concentrer.

— Avons-nous déjà les résultats du bilan sanguin ?

— Pas encore, répondit Heather.

— Voulez-vous faire un scanner ou une IRM ? demanda-t-il, se tournant de nouveau vers Darla.

Elle avait l'air épuisée, et pourtant elle réussissait à rester élégante et maîtresse d'elle-même. Lui, de son côté, avait pu faire une courte nuit avant de commencer son service, mais qui sait combien de temps elle s'était reposée ? Depuis qu'il avait découvert quelle femme admirable elle était, il lui avait été difficile de la chasser de ses pensées. Oui, une femme admirable, aux antipodes de Carolina, et qui tenait à garder ses bonnes actions secrètes — ce qui ne laissait pas d'aiguiser sa curiosité. Bref, une femme qu'il mourait d'envie à présent de mieux connaître. Certes, elle le tenait toujours à distance, mais le fait qu'il connaissait son secret et avait bien l'intention de le respecter pourrait peut-être l'aider à créer de nouveaux liens entre eux.

Elle lui parlait à présent, elle répondait à sa question et, au lieu d'admirer ses lèvres pleines, il ferait mieux de l'écouter, se sermonna-t-il.

— Cela dépendra des résultats du bilan sanguin et du bilan urinaire. J'ai bipé le neurologue. En ce moment, il est au bloc, mais il a demandé que nous organisions le transfert de Lydia dans l'unité de soins intensifs. Tenez, ajouta Darla en lui tendant l'enveloppe cartonnée qu'elle tenait à la main. Voici le dossier consécutif à son accident de la route. Il y a quatre mois, Lydia a subi un traumatisme crânien.

— En ce cas, ça pourrait bien être la cause de la crise convulsive, suggéra Benedict tout en parcourant le dossier.

— Tout à fait. Nous allons la surveiller en gardant cela à l'esprit. Pour l'instant, l'important est de la laisser prendre du repos.

— A propos de repos…

Refermant le dossier, il leva les yeux vers Darla.

— … Il est temps que vous rentriez chez vous, docteur Fairlie.

— Je ne crois pas avoir besoin que vous…

— Comment comptez-vous continuer à diriger le département, accomplir les tâches administratives et soigner les patients si vous êtes épuisée ? En tant que votre adjoint, je suis là pour prendre le relais et faire ce qui doit être fait. Vos autres subordonnés vous craignent peut-être, mais pas moi. Rentrez chez vous, Darla, sinon je demande à un infirmier costaud de vous expulser.

— Vous n'oseriez pas !

Il sourit.

— Non, évidemment. Il n'empêche, ajouta-t-il en posant une main sur son épaule. Soyez raisonnable. Allez vous coucher, vous avez besoin d'une bonne nuit de sommeil. Il y avait une note bienveillante dans sa voix, et l'espace d'une seconde Darla se laissa aller à croire qu'il y avait là un homme honnête qui se souciait sincèrement d'elle, plutôt que de ce qu'il pouvait obtenir d'elle. Etait-ce vraiment le cas ? Benedict était-il un homme de valeur ? Un homme d'honneur ? Un homme à qui elle pourrait faire confiance ?

La gorge nouée par un élan d'émotion inattendu, Darla acquiesça d'un signe de tête et quitta la pièce sans ajouter un seul mot.

*
* *

Deux nuits plus tard, Benedict assurait une nouvelle garde pour Act Now — en compagnie de Bart et Jordanne cette fois.

Comme les heures s'enchaînaient sans qu'il participe vraiment à leurs conversations, ces derniers finirent par s'inquiéter de son mutisme.

— J'ai pas mal de choses à quoi penser, rétorqua-t-il.

Jordanne l'observa un moment avec une vive attention avant qu'un grand sourire ne se dessine sur ses lèvres.

— Il y a une femme là-dessous, n'est-ce pas ? Tu en as rencontré une et elle commence à te faire tourner la tête. Je connais ça. Quand on s'est rencontrés, Alex et moi, mon cerveau a littéralement disjoncté. Alors… qui est cette veinarde ?

— C'est vraiment une femme qui te perturbe, frangin ? s'enquit Bart, amusé. Encore un Goldmark qui mord à l'hameçon, alors ?

— Ce n'est pas parce que tu as juré de rester célibataire que tes frères doivent t'imiter, répliqua Benedict.

— Ah Ah ! s'exclama Jordanne, triomphante. Ainsi donc c'est bien une femme qui te met dans tous tes états. Eh bien, je suis contente pour toi, Ben.

— J'espère seulement qu'il ne s'agit pas encore de Carolina, dit Bart, son sourire remplacé par une expression inquiète.

— Mais non, avança Jordanne sans laisser Benedict placer un mot. Ce n'est pas possible. Ben n'est pas idiot à ce point. N'est-ce pas, Ben, qu'il ne s'agit pas de Carolina ?

— Bien sûr que non. Une fois m'a suffi pour me faire avoir. Au moins, j'ai appris à me méfier.

— Elle était si douce, si gentille, si charmante alors qu'en réalité elle tissait sa toile pour se faire épouser.

Benedict soupira.

— Eh oui. Il s'en est fallu de peu. Vous vous rendez compte, j'étais à deux doigts de la demander en mariage, de signer les papiers pour l'ouverture d'un compte joint et nous avions même commencé à chercher une maison. Qu'est-ce que j'ai pu être idiot !

— Hé ! ça t'a servi de leçon, non ? Alors qui est l'heureuse élue qui monopolise tes pensées ? Elle doit être vraiment spéciale, à en juger par ton air préoccupé.

— Je ne suis *pas* préoccupé.

— Tu as versé du jus d'orange dans ton bol de céréales, tout à l'heure, souligna Bart, éclatant de rire avec Jordanne.

Benedict baissa les yeux. Il ne fallait pas qu'ils devinent l'identité de celle qui occupait ses pensées ! Vite, trouver une excuse, changer de sujet de conversation.

— Je suis fatigué, c'est tout. Travailler à l'hôpital, ensuite ici… J'ai perdu l'habitude de faire des doubles gardes. A Tarparnii, même si nos journées sont épuisantes, il nous reste en général du temps pour nous reposer et nous détendre. En plus, le décor est paradisiaque, avec le sable blanc, l'eau turquoise et…

Le soupir que poussa Jordanne l'interrompit.

— Continue, dit-elle, le menton dans les mains. J'adore cet endroit. Avec Alex et les enfants, nous y retournerons dans six mois. Pour des vacances, cette fois.

Benedict s'affaira à remettre de l'ordre dans le camion de premiers secours. Sentant le regard de son frère dans son dos, il souhaitait presque que survienne une urgence. Il avait réussi à distraire Jordanne, mais Bart ?

— C'est bien une femme, j'en suis sûr ! s'écria celui-ci. Il essaie de détourner la conversation. Je t'ai percé à jour, frangin !

Décidément, son frère le connaissait trop bien !

— Je vais me chercher un café, marmonna-t-il, se dépêchant de sortir avant que Bart ne lui soutire la vérité.

La vérité étant qu'il lui était impossible de chasser Darla de ses pensées. Trop de questions sans réponses lui occupaient l'esprit. Pourquoi se montrait-elle aussi sèche et dominatrice aux urgences, toujours en tailleur et les cheveux relevés en chignon strict ? Alors que c'était tout le contraire la nuit, lorsqu'elle proposait son aide aux femmes démunies, en simple jean et sweat, ses magnifiques cheveux blonds lâchés librement sur les épaules.

Et pourquoi gardait-elle ses distances vis-à-vis du personnel des urgences ? Pourquoi ne semblait-elle pas tentée non plus de rejoindre l'équipe d'Act Now ?

Après avoir demandé un café aux bénévoles de l'autre camion, Benedict resta dehors. Et tandis qu'il le sirotait, insensible à la fraîcheur déjà automnale du petit matin, il s'avoua enfin à quel point il était irrésistiblement attiré par sa chef.

Fermant les paupières un instant, il se raisonna. Il fallait se reprendre, rester professionnel, et mettre de la distance entre elle et lui. Néanmoins, comment pourrait-il ne pas s'inquiéter en la sachant seule dans les rues, la nuit ?

Les mâchoires serrées, il se sentit soudain envahi par un intense, un irrésistible besoin de la protéger, et ouvrit les yeux. En ce moment-même elle ne dormait pas paisiblement dans son lit, elle était dehors, il le savait. Il le sentait. Il pouvait presque percevoir sa proximité, comme il l'avait perçue l'autre jour, lorsqu'il s'était tenu derrière elle et qu'elle avait tourné la tête pour le regarder. S'il avait incliné son visage vers le sien, leurs lèvres se seraient rencontrées. Que se serait-il passé, alors ?

— Elle t'aurait sans doute flanqué une gifle, murmura-t-il.

Sans doute, mais cela ne l'empêchait pas de s'inquiéter pour elle. Les rues pouvaient être dangereuses, à cette heure. Et, dans l'une d'elles, quelque part, Darla était en train de parler à une femme, de lui recommander de chercher de l'aide. Pourquoi était-elle animée d'un tel altruisme ? Et pourquoi seulement à l'égard des femmes ? Peut-être avait-elle vécu une mauvaise expérience dans son enfance… Sa détermination était évidente, il l'avait vue sur son visage, mais qu'est-ce qui l'avait suscitée ?

Pour sa part, c'était la mort de ses parents qui avait été l'élément déclencheur de son besoin d'aider les autres. Lorelai et son père BJ, ainsi que tous les habitants d'Oodnaminaby les avaient tellement soutenus, ses frères et lui, durant leur deuil. En toute amitié, ils leur avaient offert soutien et conseils, et cela avait contribué à rendre plus supportable cette période tragique.

Ayant eu la chance d'être entouré de personnes aimantes durant les moments les plus sombres de sa vie — plus tard, lorsque les choses avaient mal tourné avec Carolina, il était retourné dans la maison familiale, où il avait été accueilli à bras ouverts — il avait voulu donner aux autres ce qu'il avait reçu. Si grâce à son engagement auprès d'Act Now il pouvait aider ne serait-ce qu'un seul adolescent à éprouver le même sentiment de sécurité que lui autrefois, à l'assurer qu'il n'était ni seul au monde ni inutile, à l'aider à voir que la vie n'était pas aussi injuste qu'il le croyait, alors lui, Benedict Goldmark, il serait satisfait.

Il comprenait le besoin de faire du bien de Darla — même s'il n'en connaissait pas la cause — et, soudain, il se demanda si elle avait jamais pu suivre le parcours des femmes qu'elle avait encouragées à chercher de l'aide. Lui arrivait-il de les voir une fois qu'elles avaient entamé les programmes qui leur permettraient de changer de vie ?

En tant que médecin attaché à Act Now, Benedict avait la possibilité de savoir ce que devenaient les gens qu'il avait rencontrés durant ses nuits de garde. Au fil des années, il s'était d'ailleurs lié d'amitié avec un certain nombre d'entre eux, comme Eamon — jeune SDF, toxicomane et alcoolique — qui était venu le solliciter deux ans plus tôt, et qui était à présent clean, sobre et employé au *Delicioso*. Ou Keith qui, à quinze ans, était venu le voir après avoir été cruellement battu par son père et qui aujourd'hui, trois ans après, travaillait dans le cadre d'Act Now à aider les adolescents qui se retrouvaient dans une situation similaire.

Même Paloma et son bébé allaient le mieux possible. Bien que sa désintoxication soit mentalement, émotionnellement et physiquement douloureuse, Paloma paraissait déterminée à la mener à bien et hier matin, lorsqu'il lui avait rendu visite au foyer, elle lui avait confié son désir d'aider à son tour les autres femmes lorsqu'elle irait mieux.

Il avait eu hâte de partager cette nouvelle avec Darla, mais hélas elle avait passé toute la journée en réunions et il n'avait pas pu la joindre.

Alors qu'il finissait son café, il entendit un bruit en provenance de l'extrémité de la rue, plongée dans la pénombre. Prêt à réagir, il tendit l'oreille, se demandant qui venait vers eux. Patients ou assaillants potentiels ? Lorsqu'il reconnut des pleurs d'enfants, il s'empressa de jeter son gobelet et de frapper à la porte du camion de premiers secours.

— On a besoin de nous ! cria-t-il.

— Je vais tenir la soupe au chaud, s'écria Keith depuis l'autre camionnette.

Jordanne sortit en trombe.

— Où ça ? demanda-t-elle avant de tourner les yeux vers le petit groupe qu'il lui désignait. On dirait une jeune maman avec trois enfants.

— Je vois que notre mystérieux ange a encore bien travaillé cette nuit, remarqua Bart en les rejoignant. J'aimerais vraiment savoir qui est cette femme, pour pouvoir au moins la remercier.

— Je ne pense pas qu'elle veuille être remerciée, murmura Benedict tandis que Jordanne s'avançait pour accueillir les arrivants. Elle veut simplement aider ses protégées à changer de vie.

Et lui, lors de son prochain rendez-vous avec Darla, il lui montrerait les bienfaits de ses actions, et l'amènerait au foyer d'Act Now, décida-t-il. Bien sûr, il s'abstiendrait de parler de « rendez-vous », sinon elle risquait de le fusiller du regard avant de tourner les talons, le dos bien droit et le menton relevé.

— C'est l'*ange* qui m'envoie, annonça la jeune maman, comme pour justifier sa venue.

— C'est ce que font les anges gardiens, ils vous indiquent le chemin à suivre, répondit-il en souriant.

Et, son projet bien ancré dans un coin de son esprit, il

concentra toute son attention sur la jeune femme que Darla avait orientée vers eux.

Ce fut seulement le vendredi suivant que Benedict fut en mesure de mettre son plan à exécution. Jusque-là leurs emplois du temps respectifs ne coïncidaient pas, mais ce jour-là, avait-il noté, ils terminaient tous les deux leur service à 18 heures. Un timing parfait ! Ayant vérifié auprès de la responsable du foyer qu'il pouvait amener une collègue, il se réjouissait de voir le visage heureux de Darla lorsqu'elle reconnaîtrait toutes ces femmes qu'elle avait aidées.

A l'heure dite, il se rendit dans ses quartiers, où il la trouva en train de finir de ranger ses affaires.

— Ah ! C'est donc bien un bureau de bois, remarqua-t-il, impressionné. Quand j'occupais cette pièce, je n'ai jamais réussi à savoir s'il était de bois, de plastique ou de verre, parce qu'il était encombré de tellement de paperasses que je ne le voyais pas.

— Le travail administratif, ce n'est pas si terrible, Benedict, répondit Darla en esquissant un sourire.

Malgré ce qu'il en disait, il avait rempli à la perfection sa fonction de chef de service, et elle était bien placée pour le savoir : lorsqu'elle était entrée en poste, elle avait trouvé tous les dossiers du service à jour et impeccablement organisés. C'était aussi un excellent médecin qui se souciait de ses patients et savait les mettre à l'aise. Et son altruisme ne se limitait pas au cadre de son travail : il se préoccupait des êtres malmenés par la vie, payant régulièrement de sa personne pour leur apporter son aide.

Devant autant de qualités, elle n'avait pu s'empêcher de s'interroger sur les raisons de son célibat. Comment se faisait-il qu'un homme comme lui ne soit toujours pas marié ? Elle avait même lu son dossier personnel afin de vérifier sa « situation de famille », mais n'avait rien découvert de plus. Sa propre curiosité à l'égard de Benedict l'avait surprise ; après tout, il n'était qu'un simple collègue, n'est-ce pas ? Pourquoi n'arrivait-elle pas à le chasser de ses pensées ? Et d'ailleurs, pourquoi était-il encore là alors qu'il avait terminé sa garde ?

— Que voulez-vous ? demanda-t-elle tout en commençant à glisser quelques épais dossiers dans son sac.

— Vous ne savez toujours pas si vous êtes confirmée chef de service ?

— Non. J'ai passé hier mon entretien « officiel », mais je n'ai toujours pas la réponse définitive. Ne voient-ils pas que je suis la personne idéale pour ce job ? répondit-elle. Pourquoi tout est si compliqué chaque fois ? murmura-t-elle pour elle-même, mais Benedict l'entendit.

— Chaque fois ?

Ignorant la question, elle le regarda en face.

— Que voulez-vous, Benedict ?

Sans répondre, il lui désigna les dossiers qu'elle était en train de glisser dans son sac.

— Un peu de lecture distrayante pour ce soir ?

— Oui. Ne changez pas de sujet, s'il vous plaît. Il faut que je parte le plus vite possible.

— Ah ? Vous avez un rendez-vous galant ?

— Non, mais…

— Eh bien, vous en avez un maintenant, avança Benedict.

Se figeant, elle lui lança un regard noir.

— Pardon ?

— Allez, terminez de remplir ce sac, je dois vous emmener quelque part. Ce ne sera pas long et je promets même de vous nourrir, mais seulement si vous êtes sage.

Il plaça les dossiers restants dans le sac, qu'il saisit d'autorité.

— Benedict. Non, je suis fatiguée. J'ai eu une semaine chargée et…

Il la réduisit au silence en posant l'index sur ses lèvres. Puis, se penchant vers elle, il plongea son regard dans le sien.

— Je sais que vous êtes fatiguée et que vous avez

besoin de dormir. Je le comprends. Mais ça ne prendra pas longtemps et c'est important, dit-il.

Comme son regard s'abaissait malgré lui jusqu'à la bouche de la jeune femme, il s'empressa de laisser retomber sa main. Qu'y avait-il de particulier chez elle qui le captivait autant ? Décidément, elle avait le pouvoir de lui faire oublier le monde autour d'eux, surtout à cet instant, où leurs corps étaient si proches.

Darla baissa les yeux, troublée. En temps normal, elle aurait fort mal pris un comportement aussi autoritaire que celui de Benedict. Mais, étrangement, l'insistance de ce dernier pour qu'elle l'accompagne ne lui déplaisait pas tant que ça… Et sa fatigue était telle qu'elle jugea plus simple de suivre le mouvement. Plus tôt elle accéderait à sa demande, plus tôt elle pourrait rentrer chez elle.

— Très bien, acquiesça-t-elle avec un soupir, saisissant ses clés et s'écartant de lui. Je vous suivrai dans ma voiture.

— En fait, je n'ai pas encore de voiture. J'ai bien l'intention d'en acheter une, mais je n'en ai pas encore eu le temps. Il faudra que vous nous conduisiez.

— Et la…

— Décapotable ? Elle est à mon frère.

— Ah… Bartholomew, c'est ça ? Je l'ai rencontré à la réunion des chefs de service.

— Non. La décapotable appartient à Hamilton, mon petit frère. Il termine ses études de médecine.

— Comment a-t-il pu s'offrir une telle voiture ?

— Il a économisé. Il se débrouille plutôt bien.

Tout en parlant, ils étaient sortis du bureau.

— Vous êtes fier de lui ? demanda-t-elle tandis qu'ils quittaient l'hôpital et gagnaient le parking du personnel.

— Oui, très fier. Ham est le plus jeune de nous cinq. Edward est l'aîné ; Peter et Bart sont jumeaux et ont sept ans de plus que moi. Si bien que ce sont eux trois qui se sont occupés de nous à la mort de nos parents.

— Ça a dû être une période difficile pour vous.

— Je le croyais à l'époque mais, quand je vois ce que

certains adolescents qui viennent nous voir à Act Now endurent de la part de leurs parents, je me rends compte que je n'étais finalement pas si mal loti, et surtout entouré d'amour, expliqua Benedict.

Darla soupira.

— Tant mieux pour vous, murmura-t-elle.

Ils s'installèrent dans sa Toyota et, tout en quittant le parking, elle lui demanda de lui en dire plus sur son enfance, curieuse d'en savoir plus sur lui. Avec une simplicité, une facilité qui la stupéfièrent, il lui raconta divers souvenirs d'enfance, s'étendant en particulier sur la dernière excursion qu'il avait faite avec son père sur le mont Kosciusko. Avec humour, il lui fit aussi le récit des incidents les plus loufoques survenus lors de son dernier séjour à Tarparnii — où il s'était rendu maintes fois, apparemment, la première remontant à l'époque où il était encore étudiant.

— Nous avons... une « famille élargie » là-bas, dirons-nous. Mon beau-frère, Woody, avait épousé une Tarparniienne qui, malheureusement, est tombée malade et ne s'en est pas remise. Depuis son décès, Woody étant Woody, il assume la responsabilité du reste de la famille de cette dame, de sorte que la mère et les sœurs de celle-ci ne soient pas montrées du doigt. On pourrait parler de liens forts entre nous, mais nous nous considérons mutuellement comme étant « parents ». Vous tournerez à droite au prochain feu.

— Attendez, une chose m'échappe. Si vous n'avez que des frères, comment pouvez-vous avoir un beau-frère ?

— Woody ? En secondes noces, il a épousé Lorelai, notre « sœur de cœur ». La mère de celle-ci est morte quand elle était petite et notre propre mère l'a remplacée. Après la disparition de ma mère, Lorelai a été la seule présence féminine constante dans ma vie... du moins, jusqu'à ce que mon frère Peter épouse Annabelle. Et j'allais oublier : la sœur de Woody, Honeysuckle, est mariée à mon frère Edward, précisa Benedict avec un petit rire. J'avoue que tout cela est un peu compliqué... Comme dans toutes les familles recomposées, j'imagine.

Darla ralentit et se prépara à tourner à droite. Bizarrement, les explications de Benedict faisaient naître en elle l'envie d'avoir une famille comme la sienne, nombreuse et joyeuse. Jamais elle n'avait pu goûter au bonheur familial, et il lui semblait que ce ne serait jamais le cas.

— Ça doit être agréable, murmura-t-elle sans parvenir à repousser la vague d'envie qui la balaya.

Puis, comme le feu passait au vert, elle poursuivit sa route.

— Ralentissez et tournez à gauche. Ce sera la troisième maison de la rue.

Darla s'exécuta et bientôt elle se gara devant la maison en question, entourée d'un petit jardin fleuri.

— Alors, où sommes-nous et pourquoi ?

— Vous le saurez bientôt, répondit Benedict avec un sourire.

Il sortit rapidement de la voiture, contourna le capot et ouvrit la portière côté conducteur.

— Que faites-vous ? demanda Darla, surprise.

— Eh bien, je suis galant, je vous aide à descendre.

— Je n'ai pas besoin d'aide, j'ai besoin de sommeil, grommela-t-elle. Vous m'avez amenée de force ici, alors que tout ce que je voulais, c'était rentrer chez moi pour dormir quelques heures avant d'al…

— Vous ressortez cette nuit ? Vous allez *toutes* les nuits dans ces endroits dangereux ?

— Il le faut. Et si c'était cette nuit, justement, qu'une femme se sentait prête à remettre sa vie sur les bons rails ? Je ne peux pas me permettre de laisser passer une telle opportunité.

S'avançant d'un pas lourd sur le trottoir, Darla désigna la maison.

— Alors, dites-moi tout, de quoi s'agit-il ?

Pour toute réponse, Benedict lui prit la main et l'entraîna dans l'allée d'accès.

— Benedict ! protesta-t-elle.

— Faites-moi confiance, répliqua-t-il.

Elle secoua la tête, une immense tristesse l'envahissant soudain.

— Non. Je ne fais confiance à personne.

Parvenus sur le seuil, ils s'immobilisèrent. Prenant alors son visage en coupe dans sa main libre, il sécha délicatement du pouce la larme qu'elle essayait de retenir au coin de ses cils.

— Je suis vraiment désolé d'entendre ça, murmura-t-il.

6.

Benedict s'empressa de laisser retomber sa main. La porte s'était ouverte avant même qu'il ait pu frapper, interrompant cet instant de tendresse inattendu.

— Elle est là ! Elle est là ! Oh ! docteur Ben, merci infiniment d'avoir amené notre *ange* ici ! s'écria Paloma.

Elle serra chaleureusement Darla dans ses bras.

— Vous êtes vraiment un ange, reprit-elle. Merci. Vous m'avez sauvé la vie.

— Paloma !

La surprise que manifestait Darla ne se révélait ni aussi joyeuse, ni aussi heureuse qu'il l'avait espéré. Reculant d'un pas, il regarda les six autres pensionnaires du foyer s'avancer pour la saluer. A tour de rôle, elles l'étreignirent, la remercièrent de tout ce qu'elle avait fait pour elles ; mais plus elles la remerciaient, plus Darla semblait s'écarter subrepticement, un sourire forcé plaqué sur ses lèvres.

— Ainsi voilà l'insaisissable ange gardien, dit Wanda, la responsable du foyer.

— Euh… oui, admit Darla du bout des lèvres.

C'est alors que Benedict se rendit compte de son erreur : il avait éventé son secret. Après tout, si elle avait voulu que les bénévoles d'Act Now sachent qui elle était, elle se serait fait connaître d'eux depuis longtemps.

— Il vaudrait mieux que vous gardiez ça pour vous, dit-il en aparté à Wanda. Du moins pour le moment.

— Pas de problème. Si elle veut continuer à apporter son

secours sans se faire connaître, ça me va. Le plus important, ce sont les femmes à la dérive qui ont besoin d'aide.

Benedict la remercia d'un signe de tête. Se retournant, il éprouva une pointe de soulagement en voyant Darla s'accroupir pour parler à l'un des enfants. Elle souriait, mais seulement du bout des lèvres, et son impression d'avoir eu tort de l'amener ici se renforça.

— Oh ! docteur Ben, c'est merveilleux ! s'écria Paloma en le rejoignant. Ma protectrice est fière de moi, et elle est heureuse que j'aille aussi bien et que Frankie paraisse en meilleure santé, elle me l'a dit. Je lui ai promis que nous allions continuer, même si c'est très dur parfois. Nous allons nous en sortir, mon fils et moi, et Frankie aura une vie meilleure.

Les paroles de la jeune femme estompèrent les doutes de Benedict. Même si Darla se sentait mal à l'aise ici, sa présence contribuait à raffermir la volonté de ces femmes courageuses, elle leur montrait qu'il y avait des gens, en ce monde, prêts à les soutenir dans leurs luttes quotidiennes, et à les féliciter de leurs progrès.

Grâce à elle, non seulement bébé Frankie allait devenir un petit garçon bien portant, mais il aurait une mère déterminée à lui construire un avenir meilleur. Cela devait lui mettre du baume au cœur, non ?

Ils restèrent au foyer environ un quart d'heure, à bavarder avec les pensionnaires, et à jouer avec les enfants. Mais plus il regardait Darla, plus Benedict sentait que quelque chose clochait. Lorsqu'elle donna le signal du départ, arguant du travail qui l'attendait, elle se contenta de saluer le groupe d'un bref signe de la main avant de se précipiter au-dehors.

Après un rapide au revoir à la ronde, Benedict s'empressa de la rattraper.

— Darla ? Qu'est-ce qui ne va pas ?

— Pourquoi quelque chose n'irait pas ? rétorqua-t-elle, au bord des larmes.

Elle voulut tirer ses clés de voiture de sa poche, mais elles y restèrent coincées. S'immobilisant, elle cacha son visage entre ses mains. Elle ne voulait pas craquer. Elle avait fait de son mieux pour rester calme, détachée, pour soutenir ses protégées, mais ses souvenirs l'avaient submergée à la seconde où elle avait posé le pied dans le foyer.

Benedict la prit par les épaules — et elle ne put lui cacher qu'elle tremblait.

— Darla, qu'est-ce qui se passe ?

Se dégageant aussitôt, elle fit quelques pas en direction de sa voiture.

— Laissez-moi seule, murmura-t-elle, le visage dans les mains.

— Pardon ?

Il vit la colère, l'irritation, l'angoisse, lorsque Darla ôta ses mains de son visage.

— J'ai dit, laissez-moi seule. Comment osez-vous me faire ça ?

— Vous faire quoi, exactement ? Vous amener auprès de quelques femmes qui souhaitaient ardemment vous remercier pour tout ce que vous avez fait pour elles ?

— Je ne veux pas de leurs remerciements.

— Mais vous souhaitiez voir comment elles allaient, non ? Quand je vous ai appris que Paloma était venue nous solliciter et que nous avions pu l'inclure dans un programme de désintoxication, j'ai vu que vous étiez heureuse de connaître le résultat de votre démarche.

— Ce n'est pas le fait de *voir* ces femmes qui me perturbe. Oui, je suis heureuse qu'elles aient accepté de l'aide. Oui, je suis heureuse qu'elles aillent pour le mieux, mais il ne s'agit pas de cela.

— Alors de quoi s'agit-il ? demanda Benedict, l'air perplexe.

Lui lançant un regard triste, Darla secoua la tête. Il ne comprendrait pas.

— Oubliez-ça, dit-elle et elle rejoignit sa voiture.

Benedict la suivit.

— Bien sûr que non. Il est évident que j'ai fait quelque

chose de mal et, si vous ne me dites pas ce que c'est, comment pourrai-je éviter de recommencer ?

Se forçant à prendre une longue inspiration, Darla enfonça la main dans sa poche et, cette fois, réussit à en tirer ses clés. Elle était pressée de s'en aller. Avoir vu ces femmes, les enfants… Posant une main sur la carrosserie, elle ferma les yeux pour chasser ces images.

— Trop de souvenirs, balbutia-t-elle.

— Quels souvenirs ?

Ses yeux s'ouvrirent. Surprise de trouver Benedict tout près d'elle, elle recula d'un pas et d'une pression sur la télécommande déverrouilla sa berline.

— Ce n'est rien.

— Darla…

— Ecartez-vous de mon chemin, voulez-vous ?

— Darla. Parlez-moi.

— Pourquoi vous mettez-vous toujours en travers de mon chemin ?

Comme elle tendait une main pour ouvrir sa portière, Benedict nota qu'elle tremblait toujours. Il était hors de question de lui laisser prendre le volant alors qu'elle était encore aussi manifestement bouleversée.

— Vous n'êtes pas en état de conduire, dit-il.

— En ce cas, conduisez, répliqua-t-elle et, lui lançant les clés, elle rejoignit le côté passager, s'installa sur le siège et referma la portière sans ajouter un mot.

Benedict se mit donc au volant. Il allait démarrer le moteur, mais se ravisa et se tourna vers elle.

— Darla, écoutez. Il est évident que j'ai fait quelque chose de mal, quelque chose qui vous a bouleversée, et croyez bien que j'en suis profondément désolé. Je voudrais vous promettre de ne pas recommencer, mais comment m'en assurer si je ne sais pas ce que c'est ?

— Pourquoi vous intéressez-vous autant à moi ? répondit Darla. Depuis notre première rencontre, c'est comme si vous m'aviez suivie à la trace. Pourquoi ? Que voulez-vous de moi ?

— Un peu de votre temps, avoua Benedict. C'est quelque chose que je ne comprends pas moi-même, mais, dès l'instant où nous nous sommes rencontrés, j'ai éprouvé le besoin de passer du temps avec vous.

— Mais pourquoi ?

— Je n'en sais rien. Je vous apprécie. Je vous trouve drôle. Fascinante. Incroyablement belle et talentueuse. Parfaite avec vos patients et brillante dans votre fonction de chef. Vous êtes unique. Et j'aime ce qui est unique.

— Vous me trouvez drôle ?

— De toutes les qualités que je viens de citer, vous n'avez retenu que « drôle » ? s'étonna Benedict.

— Personne ne m'a jamais dit que j'étais drôle. Vous entendez ça au sens de « bizarre » ?

— Absolument pas ! protesta-t-il avec un grand sourire. Vous me faites rire, Darla. Votre humour n'est pas primaire, il est fin.

Refermant une main sur la sienne, il fut heureux de constater qu'elle tremblait moins fort.

— Vous dirigez les urgences avec fermeté et impartialité, mieux que je ne l'ai jamais fait. Vous méritez ce job. Et je ne dis pas ça pour être poli. Je le pense sincèrement.

Darla secoua la tête, comme s'il lui paraissait de plus en plus difficile d'accepter ses louanges. Elle semblait contrariée par le moindre témoignage de gentillesse qu'il lui offrait, et embarrassée par ses paroles élogieuses. Pourquoi ? C'était vraiment étrange.

— Darla, combien de personnes vous ont-elles fait des compliments jusqu'ici ?

— Je ne crois pas aux compliments.

— Ce n'est pas ce que je vous demande. Je vois que vous êtes mal à l'aise quand je vous fais des remarques élogieuses. Des remarques élogieuses que vous *méritez*, d'ailleurs.

A peine avait-il prononcé ces mots que la lumière se fit dans son esprit.

— Ah ! C'est pour ça que vous étiez bouleversée. Pour ça que vous vous êtes repliée sur vous-même en voyant ces femmes. Leur gratitude vous embarrasse… Vous leur venez en aide parce que vous en éprouvez le besoin, mais vous ne voulez pas être remerciée. C'est sans doute aussi la raison qui vous a poussée à devenir urgentiste, non ? Les patients vont et viennent aux urgences ; comme nous ne les traitons pas à long terme, ils n'ont pas l'occasion de nous témoigner leur reconnaissance.

Darla s'aperçut que Benedict la regardait comme s'il avait enfin réussi à poser une nouvelle pièce du puzzle que constituait sa vie. Pourquoi s'intéressait-il autant à elle ? Ne pouvait-il la laisser tranquille comme le faisaient leurs autres collègues ? Elle s'était donné du mal pour tenir ses distances et ériger des barrières autour d'elle, et lui les renversait, une à une, sans répit !

— Pourquoi préférez-vous rester à l'écart, Darla ? poursuivit-il, ses yeux plongés dans les siens, comme s'il voulait voir au plus profond d'elle-même. Pourquoi travaillez-vous deux fois plus que quiconque ? Vous vous épuisez à la tâche, et vous n'avez même pas l'air de vous soucier des conséquences catastrophiques que cela pourrait avoir pour votre santé. Pourquoi ?

S'interrompant, il se pencha vers elle quelques secondes, plongeant son regard encore plus profondément en elle, avant de reprendre sa position, mais sans lâcher sa main.

— Et pourquoi avez-vous l'air si effrayé, tout à coup ? Comme si j'étais un prédateur cherchant à vous capturer…

— Ce n'est pas le cas ?

— Bien sûr que non…

Benedict porta la main de la jeune femme à ses lèvres et y déposa un léger baiser.

— Je ne cherche pas à vous capturer, Darla. Je veux simplement vous connaître mieux. Votre passé ne m'intéresse pas, mais quelque chose me dit que ce que vous avez éprouvé au foyer y est lié. Ce n'est pas une certitude, juste une intuition. Si vous voulez en parler, si vous voulez vous décharger de ce fardeau, je serai là pour vous. Je vous écouterai.

Sentant des larmes d'émotion lui monter aux yeux, Darla cilla, tentant de les repousser.

— Et si je ne veux pas parler ? Et si je préfère continuer à transporter mon fardeau toute seule ?

— Eh bien, je vous louerai un charriot à bagages pour que vous n'ayez pas à porter tout ce poids à bout de bras, répondit-il avec un sourire. Sérieusement, Darla, votre passé ne constitue qu'une petite partie de vous. C'est la personne que vous êtes aujourd'hui qui m'intéresse. C'est celle que je souhaite connaître.

Darla, émue, ne pouvait ignorer qu'il lui caressait doucement la main tout en parlant. Il lui avait demandé un peu de son temps et il voulait en savoir plus sur elle. Elle avait conscience de s'aventurer sur une corde raide, mais elle avait un filet de sécurité. Rien ne deviendrait jamais sérieux entre elle et un homme comme Benedict Goldmark, car elle ne permettrait pas que cela arrive. Elle resterait maîtresse de la situation, ainsi qu'elle l'avait toujours fait. Alors elle pouvait bien profiter d'un moment de simple amitié avec un collègue, après tout.

— Vingt-cinq A, West Fullarton Way, déclara-t-elle.

— Pardon ?

— C'est mon adresse.

— Oh !

Benedict sourit. Elle voulait qu'il la reconduise chez elle. Elle le laissait faire quelque chose pour elle ! Il libéra doucement sa main et mit le moteur en marche.

— En route pour chez vous, alors.

— Et j'ai faim, ajouta Darla tandis qu'ils bouclaient leurs ceintures. Vous allez être content : je vous autorise à m'offrir un repas.

*
* *

Une demi-heure plus tard, ils dînaient d'une pizza, assis à même le sol du duplex de Darla. Position qui ne se révélait pas des plus confortables pour les grandes jambes de Benedict.

— Pourquoi avez-vous aussi peu de meubles ? finit-il par demander.

— Je n'ai pas besoin d'en avoir davantage. La plupart du temps, je ne suis ici que pour dormir. En plus, je suis toujours *intérimaire* à l'hôpital. Si quelqu'un d'autre est embauché en qualité de chef des urgences, je devrais déménager. Encore une fois.

— Vous avez beaucoup bougé ?

— Euh… Un peu. Melbourne. Sydney. Ici.

— Ce n'est pas trop mal. Pour ma part, j'ai vécu dans la maison familiale jusqu'à ce que je vienne à Canberra poursuivre mes études, et maintenant encore je vis ici avec mes frères.

— Vous n'avez pas envie d'avoir un endroit bien à vous ?

— J'avais commencé à chercher une maison… il y a quelque temps… avant mon séjour à Tarparnii.

— Et pourquoi êtes-vous resté là-bas si longtemps ? Vous occupiez un poste prestigieux et vous avez tout plaqué pour une île perdue au milieu du Pacifique ? Il a dû se passer quelque chose.

Changeant de position, Benedict s'assit en tailleur.

— Auriez-vous épluché mon dossier, docteur Fairlie ?

Darla soutint son regard. Elle n'avait aucune raison de se sentir coupable de s'être renseignée sur lui, ni de le lui cacher.

— Bien sûr que j'ai lu votre dossier. Vous êtes le nouvel assistant, répondit-elle avec assurance.

Benedict l'observa un instant puis il sourit.

— Excellente réponse.

— Alors ? Pourquoi êtes-vous parti ?

— Ce n'est pas très original, je le crains : à cause d'une femme.

— Une femme ? Vraiment ?

— Elle m'a dupé, détruit puis rejeté avec mépris. Elle a brisé mon cœur en mille morceaux — juste pour le plaisir. Il fallait que je parte.

— Vous vous êtes enfui ?

— Oui, je l'admets. J'avais besoin d'espace. J'avais besoin d'être avec des gens qui m'aimaient et à qui je pouvais faire confiance. Tarparnii a été le meilleur endroit où aller, parce que là-bas je pouvais à la fois réfléchir, entouré par des personnes avisées et merveilleuses, et continuer à me rendre utile, soignant ceux qui en ont besoin.

— A vous entendre, c'est un endroit fantastique.

— Ça l'est, oui. Vous devriez y aller, ne serait-ce que pour une courte mission, avec l'organisation Pacific Medical Aid par exemple. Vous adoreriez.

— J'ai du travail, ici. Et une mission importante : secourir les femmes à la rue. Les aider à prendre conscience qu'elles peuvent avoir une vie meilleure, qu'elles n'ont pas à se contenter d'une vie de seconde zone.

— Je comprends, dit doucement Benedict. Mais votre travail ne devrait pas vous définir. Etre médecin, c'est juste un job, Darla. Un job important, sans nul doute, mais pas plus que celui des balayeurs ou celui des enseignants, ou celui de la mère qui veut ce qu'il y a de mieux pour son enfant.

Comme il parlait, Benedict vit les lèvres de Darla se pincer jusqu'à ne plus former qu'une ligne mince, et il sut que ses paroles lui avaient profondément déplu.

— Je sais que vous ne voulez pas entendre ça. Je sais que vous êtes habituée à ce que tout le monde tremble devant la Dame de Fer et vous obéisse au doigt et à l'œil… Mais comme vous avez pu le constater, ça ne marche pas avec moi. Mais ne vous méprenez pas, je ne suis pas en train d'essayer de vous dire ce que vous devez faire…

— Oh ! vraiment ?

— … Ni ce que vous devez penser, ni comment mener votre barque…

— Vous me rassurez !

— … Mais, au contraire, de vous aider à voir qu'il y a autre chose dans votre existence que vos fonctions de médecin et d'ange gardien.

— Non, il n'y a rien d'autre.

— Vous travaillez sans relâche. Mais où vivez-vous ?

Elle ouvrit largement les bras pour désigner la pièce. Benedict esquissa un sourire triste.

— Ça, c'est juste des briques et du mortier. Où est votre cœur, Darla ? Pourquoi l'avez-vous enfermé au fond d'un cachot ?

— C'est… Ça n'a rien à… voir…

— Qui vous a blessée ?

— Trop de gens. D'accord ?

Darla se leva brusquement, et, croisant les bras, elle s'approcha de la fenêtre. Les yeux plongés dans la nuit sombre et solitaire, elle soupira. C'était ainsi qu'elle se sentait depuis toujours : sombre et solitaire. C'était ainsi qu'elle avait toujours pensé qu'elle se sentirait, au point qu'elle avait enfin commencé à s'y habituer…

Et maintenant Benedict était là qui la questionnait, qui fouillait dans sa vie, dans son passé, bien qu'il ait prétendu que celui-ci ne l'intéressait pas. Une vague de colère et de chagrin mêlés, plus forte qu'elle ne l'aurait cru possible, la submergea. Il lui avait menti. Elle ne devrait pas en être surprise, tout le monde mentait. Pourquoi l'avait-elle cru différent ? Pourquoi avait-elle envisagé de pouvoir lui faire confiance ?

— C'est bien vous qui ne vouliez pas fouiller dans mon passé ? lança-t-elle sans se retourner, s'efforçant désespérément de reprendre le contrôle de ses émotions.

— J'ai dit que votre passé m'indifférait. Le passé est le passé. On ne peut pas revenir en arrière pour le changer, mais on ne peut pas non plus y vivre, répondit Benedict, se levant à son tour. C'est vrai, je l'admets, je suis curieux de vous connaître, mais la seule raison qui me pousse ce soir à enquêter sur votre passé c'est votre réaction, tout à l'heure, au foyer. A peine étiez–vous entrée, que je vous ai sentie vous raidir, presque instantanément. Ensuite la gratitude des résidentes ne vous a pas seulement embarrassée, elle vous a bouleversée. Darla, quelque chose que vous avez vécu dans le passé a refait surface ce soir, je l'ai bien vu. Et c'est ce quelque chose qui me préoccupe, parce qu'il vous affecte encore aujourd'hui, c'est évident.

— Et donc vous voulez que je m'ouvre à vous, que je vous raconte mon passé ? demanda Darla, se retournant vers lui, mais les bras toujours croisés, comme pour se protéger de ses questions, s'aperçut-elle.

— Vous semblez vivre selon une règle de silence que vous vous êtes imposée à vous-même. Peut-être est-il temps, ce soir, de rompre ce silence. De parler enfin de votre passé, de sorte que lorsque quelqu'un vous remerciera, et cela arrivera forcément, vous ne serez plus au supplice.

Une partie d'elle-même incitait Darla à lui dire ce qui lui pesait tant, à lui faire confiance, à se décharger du fardeau de cette honte secrète qui pesait sur elle.

Mais le pouvait-elle ? Etait-il vraiment sincère ? Le fait qu'il n'avait pas peur d'elle, qu'il lui faisait voir la vérité en face parlait en sa faveur. Juste pour cette fois, elle pourrait rompre sa règle de silence, non ? Elle sentit son cœur se mettre à cogner dans sa poitrine, le sang pulser à ses tempes, ses mains devenir moites. La vraie question était là : était-elle encore capable d'accorder sa confiance à un homme ?

Elle avait essayé — à trois reprises — et chaque fois cela s'était mal terminé. Qu'elle ait été une adolescente naïve, une étudiante en médecine ou une urgentiste qualifiée ne faisait aucune différence, les hommes à qui elle s'était fiée l'avaient laissée tomber, lui brisant le cœur, et la forçant à se refermer toujours plus sur elle-même.

A présent Benedict se tenait devant elle. Silencieux, comme s'il craignait de l'effrayer. Il était patient, gentil, honnête, fidèle à lui-même. Cela ne montrait-il pas qu'il était digne de confiance ?

« Ma mère était toxicomane. Ma mère était toxicomane. » Les mots tournoyaient dans sa tête, encore et encore. Elle n'aurait pas à en dire plus. Intelligent comme il l'était, Benedict comprendrait vite tout ce que cette phrase impliquait. « Ma mère était toxicomane. Allez, Darla, dis-le ! »

S'approchant d'elle sans un mot, il posa une main sur son bras. La douceur de son contact, la chaleur qui émanait de sa peau, la rassérénèrent. C'était un geste gentil, réconfortant ; le geste qu'un homme normal faisait pour une femme normale qui avait capté son intérêt.

Pouvait-elle se laisser aller ? Pouvait-elle dire la vérité à l'homme qui la trouvait drôle, belle, fascinante ? Etait-elle en mesure de se libérer des chaînes qui l'entravaient depuis trop longtemps ?

« Ma mère était toxicomane. Ma mère était toxicomane… »

— Ma mère était toxicomane.

Voilà ! C'était dit. Darla soupira de soulagement. La peur, la tension, la honte qui accompagnaient une telle déclaration l'abandonnèrent d'un seul coup.

— Merci de me faire confiance, Darla. Ça n'a pas dû être facile à dire, murmura Benedict avec douceur.

D'un geste tendre, il ramena derrière son oreille une mèche échappée de son chignon. Son regard glissa jusqu'à sa bouche avant de remonter vers ses yeux.

— J'imagine à peine ce que vous avez dû traverser… ajouta-t-il en secouant la tête.

— Ces enfants… tout à l'heure… dans cette maison…

Prenant une grande inspiration, Darla se força à mettre des mots sur ce qu'elle ressentait et qui la bouleversait.

— Je me suis retrouvée en eux. Pendant mon enfance, j'ai été placée plusieurs fois en famille d'accueil pendant que ma mère se faisait désintoxiquer. A l'issue de sa cure, je retournais avec elle. J'étais la gamine qui portait toujours des vêtements d'occasion, qui ne pouvait pas comprendre pourquoi les autres enfants ne voulaient pas jouer avec elle. J'étais celle qui souffrait. Celle qui était ballotée d'un endroit à un autre, qui était enfermée à clé, mise à l'écart… abandonnée.

Sa voix se brisa sur ce dernier mot. Pire, alors qu'elle fermait les yeux, une larme qu'elle ne parvint pas à retenir glissa sur sa joue.

Benedict l'essuya tendrement du pouce et, lorsqu'elle croisa son regard, elle s'aperçut — avec quelle stupéfaction ! — que ses yeux brillaient. Il était ému aux larmes… pour elle.

— Oh ! Darla. Quel enfer vous avez dû vivre…

Le cœur de Darla battait à un rythme effréné. Parce qu'elle avait ouvertement parlé de son passé ? Ou à cause de la proximité de Benedict ? C'était un homme vraiment exceptionnel. Si humain. Si tolérant — du moins était-ce l'impression qu'il donnait.

Elle lui avait révélé la vérité à propos de sa mère et il était toujours là, la regardant comme si elle était la plus belle femme de la terre. Etait-elle réellement si belle que ça ? Si fascinante que ça ? Si drôle que ça ?

Elle voulait l'être à ses yeux en tout cas. Et tandis qu'il continuait à lui caresser doucement la joue, le contact de ses doigts envoyant une onde de plaisir à travers tout son corps, elle ne put réprimer le désir ardent qui s'emparait d'elle de se laisser aller. Juste pour une fois, elle voulait être incontrôlable, perdre sa maîtrise d'elle-même, oublier son passé, son présent, son futur. Elle voulait éprouver des sensations. Savoir quel effet cela lui ferait de sentir les lèvres d'un homme séduisant sur les siennes. Un homme qui n'essayait pas de la brusquer, qui semblait prêt à attendre, prêt à lui permettre de prendre son temps, d'apprendre à avoir confiance.

Mais le pouvait-elle ?

Abaissant son regard des beaux yeux bleu nuit aux

lèvres sensuelles de Benedict, elle comprit qu'il lui fallait *agir* au lieu de réfléchir.

Alors, sans réfléchir plus longtemps, elle se haussa sur la pointe des pieds et pressa doucement sa bouche sur celle de Benedict.

7.

Benedict n'aurait su expliquer pourquoi et comment c'était arrivé, mais c'était arrivé : Darla était en train de devenir *importante* pour lui.

Elle était vraiment exceptionnelle, et plus il en apprenait sur elle, plus il lui était difficile de contrôler l'étrange et irrésistible attirance qu'il ressentait pour elle. A ce moment précis où ses lèvres douces faisaient monter en lui des bouffées de sensualité brûlante, il lui paraissait encore plus difficile de ne pas l'embrasser passionnément — mais il sentait qu'il ne devait rien précipiter. A la lumière des confidences qu'elle lui avait faites, et même s'il ne savait pas tout, il imaginait trop bien à quel point elle avait dû souffrir, et combien le fait de s'ouvrir à lui était nouveau pour elle.

Luttant une fois encore contre ce besoin qui l'envahissait de la serrer plus fougueusement contre lui, il fit doucement glisser ses lèvres sur sa joue pour y déposer une pluie de baisers légers et tendres.

Darla aurait voulu arrêter le temps. Plus rien ne lui semblait exister à part eux, et son seul souhait à cet instant était de se laisser immerger dans ce fragment d'éternité, durant lequel aucun mal ne pouvait lui arriver.

Paupières closes, elle inclina la tête afin de dégager son cou. Doux, caressants, légers comme des ailes de papillons les baisers de Benedict la ravissaient, tout en faisant monter en elle le désir de caresses plus audacieuses. Cependant elle ne pouvait empêcher le tourbillon d'interrogations de se bousculer dans son esprit : comment se faisait-il qu'il n'ait pas hésité à l'embrasser ? Pourquoi n'avait-il pas été rebuté par ses révélations et pris ses jambes à son cou ? Pourquoi était-il encore là, à bouleverser son équilibre ?

Avait-elle finalement pris la bonne décision ? S'était-elle confiée à la bonne personne ? Il avait dit que son passé n'avait pas d'importance, et peut-être le pensait-il puisqu'il n'avait pas fui… Oh ! après tout, peu importait ! Tout ce qui comptait à cet instant était de sentir de nouveau sa bouche épouser pleinement la sienne, au lieu d'endurer le supplice que lui infligeaient ses délicieux petits baisers.

Glissant les doigts dans ses épais cheveux sombres, elle lui fit relever la tête avant de presser fermement ses lèvres sur les siennes. La sensation d'être unique et sexy qu'il instillait en elle lui donnait l'impression de tomber indéfiniment, sans savoir si un filet de sécurité était tendu en dessous d'elle. Il fallait qu'elle prenne les choses en main, qu'elle maîtrise ce qui se passait entre eux afin de s'éviter la chute. Oui, elle était attirée par Benedict. Oui, il se révélait être un homme de valeur dont elle pourrait se rapprocher sans crainte, et oui, elle risquait de relâcher ses défenses. Et le désir qu'elle avait de l'embrasser passionnément se faisait plus impérieux encore ; elle ne pouvait plus y résister, mais répondrait-il à son baiser ?

Entrouvrant ses lèvres, elle taquina celles de Benedict du bout de la langue, et sa réaction fut à la hauteur de ses espérances. Avec un gémissement, il l'étreignit étroitement tandis que sa bouche mettait tous ses sens en émoi, au point qu'elle ne savait plus très bien qui guidait l'autre.

Mais alors qu'elle se serrait encore plus contre lui, impatiente d'explorer plus avant ce déchaînement d'émotions qu'elle n'avait jamais éprouvé auparavant, elle fut stupéfaite de constater qu'il s'écartait imperceptiblement d'elle.

— Darla, murmura-t-il tout contre ses lèvres.

Il lui donna un autre baiser, puis un autre, mais elle le sentit s'éloigner, ses mains glissant le long de son dos pour se poser sur sa taille.

— Doucement. Nous avons tout notre temps, ma chérie.

Elle eut un mouvement de recul, agacée et furieuse qu'il l'ait ramenée dans le monde réel. Elle était si bien dans sa bulle.

— Je ne suis pas votre *chérie.* Je ne suis la chérie de personne. Je ne l'ai jamais été et je ne le serai jamais, lança-t-elle, d'un ton plus amer qu'elle n'aurait voulu.

Elle se dégagea vivement de son étreinte pour se diriger vers la fenêtre, s'enveloppant de ses bras tandis que les bruits du monde alentour parvenaient de nouveau à ses oreilles. Le cœur battant à tout rompre, elle ferma les yeux. Comment osait-il lui faire ça ! Comment osait-il l'embrasser avec une telle intensité, un tel abandon, et puis tout interrompre brusquement, comme s'il savait mieux ce qui était bien pour elle.

— Darla…

— Non ! Je ne veux pas entendre de platitudes, ni d'explications, ni quoi que ce soit. D'accord ?

Se gardant de s'approcher d'elle, Benedict enfonça les mains dans ses poches

— D'accord, acquiesça-t-il.

Essayait-elle de le repousser ? De te tenir à distance ? Etait-il allé trop loin ? Lorsqu'elle s'était serrée contre lui, cherchant à approfondir leur baiser, il n'aurait pas demandé mieux que de la suivre dans cette voie, mais l'idée qu'elle essayait peut-être de se perdre dans une étreinte temporaire lui était brusquement venue à l'esprit… et soudain il s'était rendu compte qu'il n'avait pas envie d'une étreinte éphémère avec elle.

Il se souciait d'elle. Même à cet instant, alors qu'elle lui tournait le dos et que son attitude semblait lui crier de la laisser seule, il se rendait compte qu'elle était entrée dans sa vie. Il était étonné de n'en être pas effrayé. Certes, elle ne ressemblait en rien à Carolina, mais elle avait un lourd passé, dont elle portait encore le poids. Etait-il vraiment prêt à partager ce fardeau avec elle ? A l'aider à avancer vers une vie nouvelle ? Nul doute qu'il s'inquiétait pour elle, qu'il voulait la protéger, mais était-il paré pour cela ? Elle avait un caractère impétueux et passait souvent d'un sentiment à l'autre. Pourrait-il supporter ses changements d'humeur ? Quel bien cela ferait-il à l'un comme à l'autre ? Lui qui venait seulement de réussir à tirer les leçons de son propre passé, était-il prêt à la soutenir ? A s'impliquer totalement, sans crainte, même si elle était imprévisible ?

Il prit une grande inspiration, tentant de chasser ce tourbillon de questions. Comme il ramassait les restes de pizza pour les emporter dans la cuisine, il vit Darla se retourner vers lui.

— Laissez ça, cria-t-elle, pressée de le voir partir.

Honteuse de s'être jetée à la tête de cet homme, et blessée qu'il n'ait pas répondu à ses avances, tout ce qu'elle voulait maintenant, c'était rester seule.

— Ça ne me dérange pas, répliqua-t-il. Voulez-vous un thé ?

— Non. Merci.

— Ça vous ennuie si je m'en fais un ?

— Oui. Il vaut mieux que vous vous en alliez. Je suis fatiguée et je voudrais pouvoir dormir au moins quelques heures avant de ressortir.

Il hocha la tête.

— A quelle heure comptez-vous partir ?

— Vers 2 heures du matin.

Acquiesçant de nouveau, il ajouta :

— C'est entre 2 et 5 que les plus gros problèmes semblent se produire.

— En effet.

— C'était aussi le cas quand vous étiez enfant ? demanda-t-il d'une voix douce.

Elle le fusilla des yeux. De quoi se mêlait-il ? Pourquoi cherchait-il toujours à la pousser dans ses retranchements ?

— Oui, rétorqua-t-elle sans dissimuler son énervement.

Benedict s'avança lentement vers elle.

— Cela a dû être tellement difficile, tellement déstabilisant, tellement douloureux pour vous.

Elle ne répondit pas, se contentant de le fusiller de nouveau d'un regard qu'elle voulut le plus noir possible ; mais, à l'inverse des autres hommes qu'elle avait connus, il paraissait insensible à ses signaux. Et, lorsqu'il la prit par les épaules, elle sentit sa colère et sa frustration l'abandonner soudain.

— Je suis très têtu, Darla. D'après mes frères, c'est à la fois l'un des pires traits de mon caractère et l'un des meilleurs. Quand j'ai quelque chose en tête…

S'interrompant, il se pencha vers elle et, capturant sa bouche, mordilla doucement sa lèvre inférieure. Avec un frémissement de plaisir, Darla leva son regard vers le sien tandis qu'il se redressait.

— … je n'abandonne pas. Je vous apprécie énormément, Darla. Je vous respecte aussi, en tant que médecin et en tant que femme. J'ignore quelle sorte de relation vous avez eue avec les hommes dans le passé, mais je tiens à vous dire que je suis différent… Il se passe quelque chose entre nous, ajouta-t-il en lui caressant la joue. Je ne sais pas quoi exactement et c'est un peu effrayant mais c'est une réalité, que cela nous plaise ou non.

Il marqua une pause, son souffle caressant le visage de Darla. Ainsi il avait peur, lui aussi… Il avait également été blessé, et s'était réfugié à Tarpanii après sa douloureuse rupture, se rappela-t-elle, troublée au plus profond d'elle-même. Elle déglutit, incapable de bouger, incapable de détourner les yeux, incapable de s'empêcher de le désirer.

— Aller de l'avant, surtout en terrain inconnu, c'est un grand pas, poursuivit Benedict. Et je ne veux pas rester sur place, Darla. Je ne veux pas laisser passer ce qui pourrait être la chance de ma vie parce que j'aurais trop peur de tenter l'expérience. Je veux tenter l'expérience, je suis prêt…

Comme il se penchait vers elle, Darla crut qu'il allait

l'embrasser de nouveau, mais il approcha ses lèvres de son oreille pour lui murmurer d'une voix douce :

— Et j'espère que vous l'êtes aussi.

Il se redressa et se dirigea vers la porte.

— Dormez bien, mon ange, et ne commettez pas d'imprudences, ajouta-t-il, lui décochant l'un de ces sourires qui la faisaient fondre.

Et, sur un clin d'œil, il s'éclipsa, laissant Darla clouée sur place, les jambes en coton et complètement déboussolée. Où était passé son univers net et bien ordonné ? Elle avait l'impression qu'un ouragan l'avait traversé, balayant tout sur son passage.

Quand elle ferma les yeux, ce fut l'image de Benedict qui lui apparut, et elle ne put s'empêcher de se remémorer la manière dont il l'avait embrassée, étreinte, regardée comme si elle était totalement unique. Ouvrant les paupières, elle secoua la tête. Comment pourrait-elle trouver le sommeil maintenant ?

— Arrivée imminente d'une ambulance, annonça Heather à Benedict en reposant le téléphone du poste des infirmières où il terminait de compléter des dossiers.

— Qu'est-ce qu'on a à bord ?

— Darla Fairlie.

Oh ! mon Dieu ! Il releva brusquement la tête.

— *Darla ?* Ma Darla ? Que s'est-il passé ? Qu'est-ce qu'elle a ? demanda-t-il dans un souffle, s'efforçant d'ignorer les battements frénétiques de son cœur, alors qu'une foule de scénarios plus horribles les uns que les autres lui traversaient l'esprit.

— « *Ma* Darla » ? répéta Heather avec un sourire malicieux. Voilà qui est fort révélateur, Ben.

D'un coup d'œil circulaire, il s'assura que personne d'autre n'avait pu entendre la remarque. Heureusement, comme il n'était même pas encore 5 heures du matin, l'équipe était plus restreinte que dans la journée.

— Ne vous inquiétez pas, poursuivit Heather, ayant manifestement vu son coup d'œil. Je ne ferai aucun commentaire, sinon que je suis contente de voir que vous avez tourné la page après Car…

Il l'interrompit d'un regard.

— Euh… Bref… C'est Darla qui a appelé. Elle est dans l'ambulance avec une patiente. Femme d'une trentaine d'années. Suspicion d'overdose d'amphétamines.

— Ça ne va pas être facile pour elle, murmura-t-il pour lui-même.

— Pardon ?

Il secoua la tête.

— Rien. Heure d'arrivée prévue ?

Heather tendit l'oreille. Des hurlements de sirène d'intensité croissante arrivaient justement de l'extérieur.

— Ah ! On dirait que votre Darla est là, ex-patron, lança-t-elle.

— Très drôle, dit-il comme ils gagnaient ensemble d'un pas rapide l'aire d'accueil des ambulances.

— D'ailleurs, comment ça se passe ?

De quoi parlait-elle au juste ? Il ne voulait pas lâcher une quelconque information susceptible de contrarier Darla. Ils n'avaient partagé que quelques baisers et, même si celle-ci occupait toutes ses pensées depuis lors, il ne tenait absolument pas à alimenter les commérages du personnel.

— Quoi donc ?

— De ne plus être le patron ? Vous dirigiez le service, et maintenant vous êtes assistant… Ça ne doit pas être facile de rendre des comptes à quelqu'un quand on n'en a pas l'habitude.

— Darla est une bonne administratrice. Je suis très content qu'elle occupe ce poste.

— … D'autant que c'est *votre* Darla ?

Ils attendaient l'ambulance, à présent, debout côte à côte sur le seuil. Benedict laissa échapper un soupir.

— Heather, s'il vous plaît, ne…

— Ne vous inquiétez pas, coupa-t-elle en souriant. Je ne dirai rien. Je ne peux pas vous promettre de ne pas vous taquiner de temps à autre, mais…

Elle fit mine de verrouiller sa bouche.

— … Motus et bouche cousue, dit-elle comme l'ambulance se garait.

— Merci.

— Benedict ? dit Darla au moment où elle ouvrit les portes arrière. Que faites-vous ici ?

— Matt m'a demandé d'échanger nos gardes, répondit-il, tandis qu'ils accompagnaient les ambulanciers poussant le brancard jusque dans l'un des box de réanimation. Qu'est-ce qu'on a ?

— Tina. Femme de trente-sept ans. Elle a ingéré des substances inconnues et a été trouvée inconsciente.. Ses constantes sont préoccupantes.

Pendant que Darla poursuivait son compte rendu, ils transférèrent la patiente du brancard sur le lit du box. Benedict, aidé de Darla, s'affaira à la stabiliser, tout en gardant un œil sur sa patronne. Il percevait sa nervosité dans sa voix, mêlée d'inquiétude et de frustration.

— La tension chute, annonça-t-elle tout à coup.

— Préparez-vous à l'intuber.

— Elle s'enfonce. Préparez le défibrillateur ! lança Darla.

Ils poursuivirent leurs efforts dans une atmosphère de plus en plus sombre, et Benedict sentit un frisson glacé lui parcourir le dos. C'était une sensation qu'il avait éprouvée à maintes occasions dans l'exercice de ses fonctions ; il savait ce que cela signifiait. Voyant Darla se raidir, il comprit qu'elle la ressentait elle aussi.

C'est alors que le moniteur cardiaque bipa.

— Fibrillation ventriculaire, annonça Heather.

Aussitôt Darla saisit les électrodes du défibrillateur.

— Chargez à cent soixante.

— En charge, répondit Heather.

— Dégagez !

Darla déclencha le choc électrique. En vain.

— Chargez à cent quatre-vingts.

Sur l'écran du moniteur, la ligne témoin de l'activité électrique du cœur de Tina continua à dessiner des zigzags rapprochés.

— Toujours aucun effet, dit Benedict, portant son regard vers Darla.

— Chargez à deux cents.

A la suite de ce nouveau choc, la ligne devint totalement plate, et ne bougea plus.

— Darla, je suis désolé, murmura Benedict.

— Non. Adrénaline. Préparez…

Il ne la laissa pas finir.

— Non, dit-il en lui prenant les électrodes des mains. Les pupilles sont fixes et dilatées. Elle est partie.

— Non. Non. Elle ne peut pas mourir. Elle ne peut pas être partie, bredouilla Darla tout en démarrant les manœuvres de réanimation. Je suis censée la sauver… Je suis censée faire ça… Elle ne peut pas mourir !

Benedict s'empressa de tendre les électrodes à Heather pour saisir Darla par les épaules, mais elle se dégagea, tout en continuant ses compressions.

— Oxygène. Tout de suite ! ordonna-t-elle.

— Darla, insista Benedict.

— Non. Ça ne peut pas recommencer. Allez, Tina. Revenez.

Benedict n'hésita pas. Elle ne lui laissait pas le choix ; nouant les bras autour de la taille de Darla, il la souleva et l'écarta de leur patiente.

— C'est fini, Darla.

— Non !

Elle se débattit ; comme il resserrait son étreinte, elle se mit à marteler son torse, répétant son dernier mot.

— Heure du décès : 5 h 32, annonça Benedict.

Darla baissa les poings, l'air brisé. Deserrant son étreinte, il lui passa la main dans le dos.

— Vous avez fait tout ce que vous pouviez.

— Non. Je n'ai pas fait tout ce que je pouvais, répondit-elle d'une voix étranglée.

Et, se libérant de ses bras, elle quitta le box sans se retourner.

— Ben ? interrogea Heather après avoir échangé un regard perplexe avec l'autre infirmière venue leur prêter main-forte.

— Est-ce que ça ira ? Pouvez-vous vous débrouiller seules, ici ?

— Euh… oui. Mais…

— Merci.

A son tour, il quitta la pièce en trombe, pour rattraper Darla au plus vite. Parvenu dans le hall principal, toutefois, il ne la vit pas. Où avait-elle bien pu aller ? Il entendit alors le bruit d'une porte se refermer. Gagnant alors ses anciens quartiers, il utilisa son passe pour pénétrer dans le bureau de Syd où il s'immobilisa, tendant l'oreille. Lorsqu'il entendit des sons étouffés en provenance du bureau de Darla, son cœur se serra.

Sans hésiter, il entra doucement dans la pièce éclairée par la seule lumière du jour, encore timide à cette heure, qui entrait par la fenêtre.

Dès qu'il l'aperçut, assise à même le sol, la tête enfouie dans ses genoux et le corps secoué de sanglots, il se précipita vers elle.

— Oh ! Darla, murmura-t-il, mais ce fut seulement lorsqu'il lui toucha l'épaule qu'elle parut s'apercevoir de sa présence.

— Laissez-moi seule !

S'asseyant à côté d'elle, il lui caressa doucement le dos.

— Vous ne pensez pas ce que vous dites.

— Si. Allez-vous-en.

— Non. Ce n'est pas le moment que vous restiez seule, Darla. Vous pouvez vous appuyer sur moi.

Les larmes coulant toujours, elle secoua la tête.

— Non. Je ne m'appuie sur personne. Je ne compte sur personne. Je ne me fie à personne. Seulement à moi.

— Plus maintenant. Je suis là. Je ne vais nulle part ailleurs.

Darla ne répondit pas, surprise. De fait, il ne partit pas. Il continua à lui frotter le dos dans un geste de réconfort. Contrairement à ce à quoi elle s'attendait, il ne lui dit pas d'arrêter de pleurer. Ni qu'elle réagissait de façon excessive. Il resta simplement assis à côté d'elle pendant qu'elle versait toutes les larmes de son corps et, même si elle ne comprenait pas pourquoi il restait là, Darla ne pouvait nier que sa présence l'aidait à se sentir mieux.

— Je n'ai pas pu la sauver, dit-elle lorsque ses larmes commencèrent à se tarir.

— Vous avez essayé.

— Je n'en ai pas fait assez.

— Vous avez fait tout ce que vous pouviez.

— J'aurais dû faire davantage, rétorqua Darla.

La colère, la frustration qu'il percevait dans sa voix intriguèrent Benedict. Pourquoi se sentait-elle responsable de ce qui était arrivé à Tina ? Avec une mère toxicomane, elle avait forcément été témoin…

Sans y prendre garde, il avait immobilisé sa main dans son dos. Elle releva la tête vers lui et ce fut au moment où il croisa son regard qu'il comprit que ce n'était pas Tina qu'elle avait à l'esprit.

En réalité, elle parlait de sa mère.

8.

— Darla ?

— Je n'ai pas pu la sauver, répéta-t-elle, les yeux dans le vague, comme plongée dans son passé.

Benedict attendit la suite sans oser faire un geste.

— Je l'avais déjà trouvée mal en point mais j'avais toujours réussi à appeler les secours à temps. Pas cette fois… Ce jour-là, après les cours, j'étais allée étudier à la bibliothèque. J'avais travaillé dur, déterminée à me sortir du cloaque qu'était ma vie. Je savais qu'aucune aide ne me tomberait du ciel et que je ne devais compter que sur moi-même.

Elle soupira et ferma les yeux.

— Quand je suis rentrée à la maison, dès que j'ai ouvert la porte j'ai su… J'ai *senti* quelque chose de différent dans l'atmosphère. Une sorte de présence impalpable…

Les paupières closes, elle secoua la tête, comme pour chasser ce souvenir de son esprit une fois pour toutes.

— La mort. Je ne l'avais jamais perçue auparavant, mais ce jour-là elle s'est abattue sur moi comme une chape de plomb. La peur au ventre, j'ai commencé à parcourir l'appartement à la recherche de ma mère…

Une larme glissa sur sa joue. Mais Benedict s'interdit de l'essuyer. Il ne voulait pas risquer de briser cet instant, où elle extériorisait enfin cet épisode traumatisant de son passé.

— … Elle gisait sur le sol de la salle de bains. L'aiguille encore dans le bras. Les yeux ouverts. Les pupilles dilatées.

Je me suis précipitée vers elle. Je l'ai appelée. *Maman ! Maman !*

Benedict, ému, sentit sa gorge se serrer.

— J'ai tâté son pouls au niveau du cou. Il était faible mais présent. Après avoir ôté l'aiguille de son bras, j'ai couru décrocher le téléphone. Et là, j'ai constaté que la ligne avait été coupée. Une fois de plus, elle n'avait pas payé la facture. Alors je suis allée demander à notre vieille voisine, Mme Fowl, d'appeler les secours, puis je suis retournée auprès de ma mère. Je l'ai appelée, je l'ai giflée, j'ai trempé une serviette dans l'eau froide et je l'ai appliquée sur son visage. Je l'ai aussi mise en position latérale de sécurité, pour qu'elle ne s'étouffe pas si elle vomissait. J'ai fait tout ce que je pouvais. *Tout ce que je pouvais !...* Mais ça n'a pas suffi.

Elle ouvrit les yeux et ses larmes débordèrent.

— Son cœur s'est arrêté dans l'ambulance. Les secouristes ont réussi à la réanimer... mais pas pour longtemps. Aux urgences de l'hôpital, je suis restée dans un petit coin du box où je l'avais accompagnée. Personne ne m'a vue. Les médecins et les infirmières étaient trop occupés à essayer de la sauver.

Elle battit des paupières comme pour refouler ses pleurs, et croisa le regard de Benedict pour la première fois depuis qu'elle avait commencé à parler.

— Tout s'est déroulé exactement comme pour Tina, reprit-elle. La fibrillation ventriculaire, les pupilles fixes... J'avais seize ans, j'étais dans ce box et j'ai regardé ma mère mourir.

Sa voix était emplie d'une telle tristesse, d'un tel désespoir, que Benedict ne put se retenir plus longtemps. Changeant de position, il s'adossa au mur, et la fit assoir sur ses jambes, avant de l'envelopper de ses bras. Nouant alors ses propres bras autour de son cou, elle s'agrippa à lui.

Ils demeurèrent ainsi un moment. Puis Darla, touchée par la tendresse de Benedict, se laissa enfin aller et posa son visage contre son torse, les battements réguliers de son cœur résonnant comme une musique apaisante à son oreille. Etre assise là, emmitouflée dans le chaud cocon de ses bras, était une sensation absolument merveilleuse. Jamais elle ne s'était sentie aussi à l'abri, en sécurité. L'envie de tout dire, d'enfin partager pleinement le fardeau qu'elle portait depuis tant d'années, la submergea.

— Maman me disait toujours que j'empiétais inutilement sur son espace vital, reprit-elle alors lentement. Une fois, alors qu'elle était ivre, elle m'a appris qu'elle avait essayé d'avorter.

Elle s'éclaircit la gorge et prit une voix haut perchée pour rapporter les paroles à jamais gravées dans sa mémoire :

— « Ton père était un perdant. Je suis une perdante et tu es une perdante. Je ne voulais pas d'enfant et Runsie connaissait un médecin capable, d'après lui, de faire disparaître les indésirables. Mais cet imbécile s'y est mal pris et tu es toujours là. Depuis le jour de ta naissance, tu n'es qu'un parasite. »

Benedict faillit s'étouffer de rage. Incapable de parler, incapable de consoler Darla tant il était furieux contre sa mère, il ne put que resserrer son étreinte afin de l'assurer qu'elle était en sécurité avec lui.

— Elle ne m'a gardée que pour percevoir les allocations versées par le gouvernement, pour acheter ses doses. Comment j'ai traversé les premières années de ma vie, ballotée entre elle et les familles d'accueil où j'étais régulièrement envoyée, je n'en sais rien. Dès que j'ai eu sept ans, elle m'a envoyée acheter ses drogues et, lorsqu'il y avait une descente de police dans notre quartier, elle les cachait dans mon vieil ours en peluche et m'obligeait à le tenir serré contre moi. « Si les flics essaient de te le prendre, tu hurles », m'ordonnait-elle. Le stratagème fonctionnait chaque fois, et si je ne criais pas assez fort à son goût elle me pinçait en douce.

— Darla, murmura Benedict, la gorge serrée. Je suis tellement désolé. J'aimerais tellement vous aider. Je voudrais pouvoir vous protéger pour que vous ne souffriez plus jamais.

Relevant la tête, Darla le regarda.

— Vous ne pouvez pas me protéger, Benedict. Je suis seule à pouvoir le faire.

— Ne dites pas ça.

— Pourquoi ? C'est la vérité. J'ai dû apprendre à m'en sortir seule, à travailler dur, à tracer mon propre chemin. A l'âge de seize ans, je me suis retrouvée seule au monde. Sans parents, ni frères et sœurs, ni même d'amis. Pourtant j'ai réussi à éviter de me retrouver de nouveau en famille d'accueil, et je me suis débrouillée seule. J'ai étudié d'arrache-pied avec pour objectif la fac de médecine ; j'ai fait toutes sortes de petits boulots ; j'ai emprunté pour payer mes études. J'ai fait tout ça toute seule. Sans l'aide de personne, ajouta-t-elle fièrement.

Les larmes et les émotions qui l'avaient submergée un peu plus tôt s'étaient apaisées, et à présent réapparaissait la jeune femme forte et déterminée qui était en train de prendre une place si importante dans sa vie. La sentant bouger, il desserra son étreinte. Un instant, elle resta blottie contre lui, comme si elle avait du mal à s'arracher à ses bras. Au terme d'une lutte contre elle-même qu'il lut sur son visage, elle se leva et s'approcha de son bureau.

— Euh… merci.

— De quoi ? demanda Benedict, se relevant à son tour et s'étirant pour réveiller ses membres engourdis.

Darla se retourna pour lui répondre, mais eut le souffle coupé. Benedict avait les bras tendus au-dessus de la tête, et son geste avait fait remonter sa chemise, dévoilant ses abdominaux bien dessinés. Fascinée, elle ne put en détacher son regard. S'il ne soupçonnait peut-être pas encore l'effet qu'il produisait sur elle lorsqu'il l'étreignait tendrement, il lui était impossible de lui cacher ce que déclenchait en elle la vue de son corps musclé.

N'obtenant pas de réponse à sa question, Benedict tourna les yeux vers Darla. Il la surprit alors, avec un plaisir non dissimulé, en train de le regarder fixement. N'était-ce pas là un signe encourageant, surtout après les baisers qu'ils avaient échangés la veille au soir ? Il l'intéressait toujours, apparemment — du moins l'espérait-il.

— Euh... de... euh... ... votre soutien, balbutia nerveusement Darla.

Le sourire de Benedict s'élargit.

— A votre service.

— Non. Ne faites pas ça, Benedict.

— Quoi donc ?

— Ne me regardez pas comme ça.

— Comme quoi ?

— Comme si j'étais une femme admirable, en particulier quand je suis embarrassée.

— Embarrassée de quoi ? D'avoir pleuré ? D'avoir été bouleversée ? De vous être confiée ? Ne le soyez pas.

— Il le faut.

— Pourquoi ?

— N'avez-vous aucune idée de l'impact que vous avez sur moi ? Là où j'ai grandi, les hommes ne voulaient qu'une seule chose des femmes, et ils ne se gênaient pas pour l'obtenir sans attendre qu'elle leur soit donnée.

Les yeux de Benedict s'élargirent.

— Darla, est-ce qu'un homme a...

— Non, coupa-t-elle. Enfin... il s'en est fallu de peu. Une fois. Mais, heureusement, ma mère l'a assommé d'un coup de poêle.

— Quel âge aviez-vous ?

— Treize ans, répondit Darla en s'enveloppant de ses bras.

Benedict brûlait de l'étreindre, mais il se contint, sentant qu'elle préférait garder ses distances en un tel moment.

— A la suite de ça, ma mère s'est mise à m'enfermer dans ma chambre, en particulier quand un homme venait chez nous. Pour me protéger, disait-elle, et ensuite elle cachait la clé. Une fois je suis même restée enfermée deux jours parce qu'elle était tellement shootée qu'elle avait oublié de me libérer. Ça a été la goutte d'eau qui a fait déborder le vase. Lorsque je l'ai vue de nouveau inconsciente, j'ai cherché la clé de ma chambre et j'en ai fait faire un double, après lui avoir volé l'argent nécessaire.

— C'était plutôt malin !

— Oui… J'ai dû apprendre à ruser. Je chipais toute la monnaie que je trouvais abandonnée ici ou là pour assurer les dépenses courantes. C'est moi qui ai fini par m'occuper des courses et du ménage. J'ai grandi très vite. Je devais me blinder si je voulais survivre, et c'est ce que j'ai fait. Je n'ai peut-être pas eu une mère qui m'aimait mais, grâce à elle — ou plutôt à cause d'elle — j'ai appris à me défendre et à être plus forte que les autres.

Elle se tut un instant avant d'ajouter :

— Je dois tout de même avouer que le jour où j'ai vraiment compris que ma mère ne m'aimait pas a sans doute été le pire de ma vie. Tous les enfants veulent être aimés de leurs parents, et au début c'est la raison pour laquelle je faisais tout ce qu'elle me disait : je voulais gagner son approbation. Et puis, environ six mois après l'incident de la poêle, j'ai commencé à comprendre qu'elle n'avait pas assommé ce type pour me protéger mais, qu'elle l'avait fait parce qu'elle était jalouse de moi. Je commençais à avoir des formes, j'avais un corps ferme, jeune, intact, à l'inverse d'elle. Elle m'enfermait parce qu'elle ne pouvait pas supporter l'idée que ses amants me convoitent *moi* au lieu de la convoiter elle.

Elle fit une pause, les yeux brillant de larmes.

— Elle ne m'a jamais aimée. Elle me tolérait uniquement pour les avantages que je lui procurais. C'était quelqu'un de profondément égoïste, et quand j'en ai pris conscience le choc a été rude. J'ai alors dressé des remparts autour de moi pour me protéger des attaques de l'extérieur. J'étais en sécurité tant que je comptais sur moi et sur personne d'autre. C'est pourquoi je suis médecin urgentiste, pourquoi je parcours les rues : je veux aider les gens comme je ne l'ai jamais été. Pour qu'ils aient au moins quelqu'un à qui se raccrocher. Moi, je n'avais personne.

— Ce n'est plus le cas maintenant.

— Pardon ?

— Vous avez quelqu'un : moi.

S'approchant ensuite du bureau derrière lequel elle se trouvait, il reprit avec douceur :

— Je crois en vous, Darla. Je crois au travail que vous faites, ici comme dans les rues. Vous êtes une femme remarquable et je vous admire infiniment, mais, s'il vous plaît, ne pensez pas une seconde de plus que vous êtes seule. Vous ne l'êtes plus. Vous m'avez séduit, vous savez. Par votre charme, votre intelligence, votre bonté. J'ai bien essayé de combattre cette attirance, mais je n'y parviens plus. Je sais, vous allez peut-être penser que ce sont des paroles creuses, qu'un joli visage me tourne facilement la tête, que je suis bien un homme comme tous les autres, mais c'est faux. Je ne cherchais pas à être séduit ; la dernière chose que je voulais, c'était avoir une histoire avec qui que ce soit. Mais le fait est là : vous m'attirez. A un point tel qu'il m'est impossible de l'ignorer.

Afin de convaincre Darla de sa sincérité, Benedict plongea le regard dans ses grands yeux noisette.

— Mais je veux que vous sachiez que vous n'avez rien à craindre de moi. Je veux que vous me considériez comme quelqu'un à qui vous pouvez faire confiance. Je ne vous brusquerai pas, Darla. Je veux passer du temps avec vous pour que nous continuions à nous découvrir l'un l'autre, en étant ouverts et honnêtes. Je saurai vous respecter, Darla. Je vous le promets.

Darla lutta contre la joie qui l'envahissait. De tout son cœur elle ne demandait qu'à le croire. Mais sa raison, comme toujours, l'incitait à la méfiance.

— Ne le promettez pas, Benedict. Prouvez-le.

— J'en ai bien l'intention, répondit-il avec un sourire qui la fit fondre.

Dans le regard intense qui retenait le sien, Darla vit qu'il était sincère, et un tel flot d'émotions l'envahit qu'elle se sentit plus exposée et vulnérable qu'elle l'avait jamais été en sa présence. Elle détestait cette sensation ! Et pourtant elle ne pouvait nier que la seule chose à laquelle elle aspirait à cet instant était de retrouver la chaleur de ses bras. Pourquoi lui avait-elle répondu ?

Détachant son regard de celui de Benedict, elle baissa les yeux vers son bureau, et remarqua de nouveaux dossiers, sans doute déposés par Syd la veille. Comme elle avançait la main pour les saisir, elle remarqua le point lumineux rouge clignotant sur son téléphone. Quelqu'un lui avait laissé un message vocal ? Bizarre. On était samedi matin, et en cas d'urgence, d'ordinaire, on l'appelait sur son portable.

— Laissez ces dossiers ici, dit Benedict qui avait suivi son geste. Vous êtes en congé aujourd'hui, l'avez-vous oublié ? De plus, vous avez eu une nuit épuisante, sans parler de la pile de dossiers que vous avez déjà emportée chez vous.

— J'ai un message, déclara Darla en désignant le téléphone, qu'elle s'empressa de décrocher pour écouter son répondeur.

— Très bien, mais après ça je vous emmène…

Benedict ne put finir. Darla avait levé la main pour l'interrompre, et il vit ses yeux s'élargir tandis qu'elle écoutait son correspondant. Puis, reposant le combiné, elle s'assit sur son siège. Sans un mot.

— Eh bien ? demanda-t-il.

Comme elle restait muette, il s'approcha d'elle.

— Que se passe-t-il, Darla ?

— J'ai le poste.

— C'est fantastique ! J'ai toujours su que vous l'obtiendriez. Félicitations !

— J'ai le poste, répéta-t-elle comme si elle n'en revenait pas. Cette fois, j'ai réussi. J'ai vraiment réussi.

— Cette fois ? demanda Benedict en se penchant vers elle.

— Il se trouve qu'avant de venir ici je travaillais aux urgences du General Hospital de Sydney. J'étais dans la même situation, chef de service en remplacement, mais j'avais de très bonnes chances d'être titularisée. L'un de mes collègues, Colin, a aussi postulé pour le poste. Nous travaillions ensemble depuis des années, nous avions développé une saine compétition et je le prenais pour quelqu'un à qui je pourrais peut-être un jour accorder ma confiance — je veux dire, l'accorder *vraiment.*

— Comme vous me l'accordez ? dit-il avec un clin d'œil enjoué.

Elle ne put empêcher le sourire de monter à ses lèvres.

— Taisez-vous, répliqua-t-elle gentiment.

Se levant, elle se dirigea vers la plante verte, et en caressa distraitement les feuilles.

— Bref, après avoir travaillé et passé notre temps libre ensemble pendant des années, après qu'il eut déclaré qu'il voulait que notre amitié évolue en une relation romantique…

Laissant retomber sa main, elle se retourna vers Benedict.

— … Il m'a pour ainsi dire poignardée dans le dos, lâcha-t-elle.

— Que s'est-il passé ?

— Eh bien, le fait que nous ayons tous deux postulé pour le même job commençait tout de même à causer des tensions entre nous. Colin a suggéré que nous nous retirions pour permettre à quelqu'un d'autre d'être nommé, et régler ainsi notre problème. Il se trouve qu'un urgentiste de l'hôpital de Brisbane avait aussi posé sa candidature, et après en avoir discuté nous avons décidé de lui laisser le champ libre, notre relation étant plus importante à nos yeux que ce travail.

— Laissez-moi deviner : Colin ne s'est pas retiré de la course ?

— Bien vu. Et par la suite il n'a pas compris pourquoi je ne voulais plus rien avoir à faire avec lui.

— Il vous avait menti.

— Comme tous les autres hommes de ma vie, soupira-t-elle. Pères des familles d'accueil, assistants sociaux, dealers, camarades d'école, étudiants en médecine, collègues. Ils veulent toujours quelque chose, Benedict. Toujours. Environ un an avant la mort de ma mère, un nouvel élève est arrivé au lycée et nous nous sommes tout de suite bien entendus. Pendant la pause de midi, nous nous cachions à la bibliothèque pour étudier, lire, rester au calme. J'étais jeune, naïve et je pensais avoir trouvé mon alter ego, mais au bout de quelque temps il a espacé nos rencontres à la bibliothèque. Il a commencé à changer, à se fondre dans la masse et, avant la fin de l'année, il m'ignorait complètement.

— Les adolescents sont souvent ainsi, Darla. On est facilement influençable à cet âge. Vous ne devriez pas prendre ça à titre personnel.

— Vraiment ? Quand je lui ai demandé pourquoi il ne semblait plus vouloir être mon ami, il m'a répondu qu'il ne traînait pas avec les drogués.

— Non…

— Si. Il avait écouté les rumeurs qui couraient sur moi au lieu de venir me poser directement la question. Ce fut la leçon numéro un. La suivante est arrivée bien plus tard, pendant ma dernière année de médecine, alors que je sortais avec un garçon de ma promotion. Je m'étais dit que j'avais changé — ma mère était morte depuis des années, à force de travail j'avais pu entrer à la fac de médecine, et j'y réussissais bien. J'étais une autre personne et il n'y avait aucune raison pour que je reste seule ; je voulais être comme les autres. Mais ce garçon était un charmeur. A tel point qu'il a fini par sortir avec trois filles à la fois. Quand les deux autres l'ont appris, ça n'a pas eu l'air de les affecter beaucoup, mais moi…

— Il avait trahi votre confiance.

— Il m'avait menti et utilisée. Comme tous les autres. Alors vous comprenez, Benedict, pourquoi je ne peux pas vous croire sur parole. Pourquoi j'ai besoin que vous me prouviez que je peux vous faire confiance.

— En d'autres termes, vous voulez que je répare les erreurs des autres…

— On peut dire ça comme ça.

— Eh bien, j'accepte ce défi, ma Darla. Et nous allons même commencer tout de suite.

La rejoignant, il la prit par la main.

— Venez.

— Attendez, dit-elle en se libérant. Que faites-vous ?

— Je vous emmène. Vous venez d'obtenir le poste de vos rêves, ça mérite d'être célébré dignement.

— Vous avez une idée en tête, j'imagine.

— La meilleure célébration qui soit, lui dit-il à l'oreille, son souffle tiède lui effleurant la joue. Tarte aux pommes.

— Pardon ? Est-ce le nouveau surnom que vous m'avez trouvé ou… ?

Benedict éclata d'un rire gai, ce qui réchauffa le cœur de Darla.

— Darla, on ne s'ennuie jamais avec vous. Non, je veux dire : allons fêter votre succès avec la plus délicieuse tarte aux pommes que vous n'ayez jamais mangée.

Cette fois, il lui tendit la main et attendit qu'elle la saisisse.

— Vous le méritez. C'est une nouvelle mémorable qui requiert une célébration mémorable.

— Une tarte aux pommes, c'est une célébration mémorable ?

Pour toute réponse, il inclina lentement la tête.

— Venez, insista-t-il. Il faut bien que nous commencions quelque part.

Nous… Etait-il conscient de ce qu'il suggérait ? Darla n'aurait su le dire. En tout cas, elle n'était pas seule à prendre un risque si elle acceptait l'aventure qu'il lui proposait de vivre avec lui. Après la mauvaise expérience qu'il avait vécue, Benedict aussi en prenait un. Etait-elle en mesure de lui prouver qu'il pouvait lui faire confiance ? Qu'il pouvait de nouveau ouvrir son cœur ?

Après une dernière hésitation, elle prit sa main tendue, un grand sourire aux lèvres.

— D'accord pour la tarte aux pommes.

9.

Benedict n'ayant toujours pas de voiture, c'est un taxi qui les mena à l'endroit où Darla avait garé la sienne.

— Alors, où se déguste cette sublime tarte ? s'enquit-elle tout en déverrouillant la berline.

— Vous verrez… En attendant, pourquoi n'iriez-vous pas faire un brin de toilette chez vous avant cette « mémorable célébration » ?

— Excellente idée.

Il lui ouvrit galamment sa portière.

— Je passerai vous prendre dans…

Jetant un coup d'œil à sa montre et constatant qu'il était presque 8 heures du matin, Benedict fit un rapide calcul.

— … Environ trois quarts d'heure. Ça vous convient ?

Darla hocha la tête.

— Parfait.

Il lui effleura la joue d'un baiser.

— A tout à l'heure, ma douce Darla, lança-t-il et il referma la portière dès qu'elle fut au volant.

Darla s'empressa de baisser sa vitre.

— Qu'allez-vous faire maintenant ?

— Eh bien… je vais me doucher et me changer, moi aussi.

— Je peux vous déposer chez vous. D'après votre dossier personnel, vous n'habitez pas loin de chez moi.

— C'est gentil, mais j'ai aussi quelques petites choses à régler.

— Comme… ?

— Comme trouver le moyen de surprendre ma petite amie si elle continue à poser des questions, plaisanta Benedict.

Et sur l'un de ces clins d'œil dont il était devenu coutumier, il descendit la rue d'un pas rapide tandis que Darla restait tétanisée sur son siège.

Elle était sa petite *amie ?*

Moins d'une heure plus tard, Darla lui ouvrait sa porte, toute fraîche, en jean et chemisier bleu pâle, sa magnifique chevelure encore humide s'épanouissant sur ses épaules graciles. Si incroyablement belle que Benedict en resta muet d'admiration.

— Entrez, je vous en prie, dit-elle, s'effaçant pour le laisser passer.

— Vous êtes superbe.

Il détourna les yeux une fraction de seconde, dans l'espoir de se cuirasser avant de la regarder de nouveau. Rester un vrai gentleman s'annonçait plus difficile qu'il ne l'avait imaginé.

— Vous n'entrez pas ? demanda Darla, comme il ne bougeait toujours pas.

— Euh… En fait ça ne m'ennuie pas d'attendre dans la voiture. Ce sera peut-être plus sûr, du moins jusqu'à ce que je reprenne le contrôle de mes hormones, dit-il avec un sourire penaud.

Darla sentit ses joues rosir de plaisir. Il la trouvait belle et désirable. Elle le voyait dans ses yeux et cela éveillait en elle le délicieux sentiment d'être unique.

— Très bien. Je vais vous chercher les clés.

— Non. Je parlais de ma voiture.

— Celle d'Hamilton vous voulez dire ?

— Non. La mienne. Je viens d'aller l'acheter.

— Pardon ?

— Je viens d'acheter une voiture. Finissez de vous

préparer, je vais vous y attendre, dit-il, tournant déjà les talons.

Darla le suivit des yeux jusqu'à ce qu'il atteigne la berline blanche garée dans l'allée. Ainsi il était sérieux ! Stupéfaite, elle se hâta de fermer ses fenêtres, de saisir son sac et sa veste et de mettre ses lunettes de soleil avant de sortir.

Benedict s'empressa de sortir lui ouvrir la portière côté passager.

— Merci.

— Galanterie de gentleman, répondit-il avec un nouveau clin d'œil.

Elle lui sourit tout en s'installant sur le siège. Un instant plus tard, il était au volant et ils se mettaient en route.

— Vous vous y connaissez en voitures ? demanda-t-il.

— Pas vraiment, non.

— Moi non plus. Tant qu'elles me permettent de rejoindre ma destination sans tomber en panne, je suis content.

Elle rit.

— Et où se trouve-t-elle d'ailleurs, notre « destination » ?

— Pas tout près, en fait, mais comme ni vous ni moi ne travaillons aujourd'hui et que nous fêtons quelque chose j'ai pensé qu'une promenade en voiture serait agréable ; et puis, la surprise de la destination sera vraiment complète ainsi.

Darla ne fit aucun commentaire.

— … A moins que cela ne vous ennuie. Parce que si c'est le cas, si vous n'appréciez pas les surprises, je peux envisager autre chose.

— Non.

— Euh… Non, vous n'appréciez pas les surprises ou…. ?

— N'envisagez pas autre chose. Cela me fera du bien de… sortir de ma très confortable zone de confort.

Un grand sourire aux lèvres, Benedict prit sa main et la porta à ses lèvres pour y déposer un baiser.

— C'est vraiment la meilleure tarte du monde, vous verrez.

— Alors ma vie et le plaisir de mes papilles sont entre vos mains expertes, déclara Darla, taquine.

Et, s'enfonçant dans son siège, elle soupira d'aise. Jamais elle n'était sentie aussi bien.

Benedict ralentit à l'entrée du bourg de Batlow, où les pommes étaient récoltées, puis utilisées pour la confection des meilleures tartes du pays. Lançant un regard à sa voisine, il sourit à la vue de la belle endormie. Ils avaient rejoint l'autoroute et pris la direction de Talmut, la petite ville où il était allé à l'école, avant que l'épuisement n'ait raison d'elle. Elle dormait depuis plus d'une heure maintenant et c'est seulement au moment où il se gara au bord de la route qu'elle commença à bouger.

— Bonjour, murmura-t-il.

Tournant vers lui un regard encore ensommeillé, elle sourit.

— Bonjour.

— Vous avez bien dormi.

A ces mots, Darla se redressa sur son siège. Elle avait dormi dans la voiture de Benedict ! Submergée par la gêne, elle ferma les paupières.

— Où sommes-nous ?

— A Batlow et, d'après ce que je vois, ça va être très animé.

Ouvrant de nouveau les yeux, elle regarda au-dehors. Une foule de gens circulait ; des voitures stationnaient un peu partout. Il y avait des familles, des enfants, du rire, du soleil, de la joie, une certaine… normalité.

— Benedict, je me suis endormie !

— Je sais.

— Mais… vous auriez dû m'en empêcher.

— Pourquoi ? A l'évidence, vous étiez épuisée.

— Mais je ne…

Elle ne finit pas sa phrase, de crainte de paraître ridicule.

— Qu'est-ce que vous ne faites pas ? demanda Benedict tout en détachant sa ceinture de sécurité.

— Je ne… dors jamais devant les gens.

— Ah ! Eh bien, heureusement pour vous, je ne suis pas les gens.

Sur cette taquinerie, Benedict descendit de voiture et fit le tour de la voiture pour lui ouvrir sa portière.

— Vous aurez sûrement besoin de votre veste. Il fait un peu plus frais ici qu'à Canberra.

Dominant son embarras, Darla saisit son sac et sa veste avant de sortir à son tour du véhicule.

— La dernière chose que je me rappelle avoir faite, c'est tester les stations de radio, murmura-t-elle.

— Et vous en avez trouvé une qui diffusait des airs de jazz particulièrement apaisants. Si apaisants que vous vous êtes endormie. Mais ne vous inquiétez pas, Darla. Vous ne ronflez pas.

Elle lui lança un regard furibond, auquel il répondit par un rire.

— Venez, ajouta-t-il en l'entraînant par la main. Il y a toutes sortes de choses à faire, à explorer, et beaucoup de tartes à manger.

— Qu'y a-t-il ici au juste ? Je croyais que nous allions dans un petit salon de thé, ou quelque chose de ce genre ?

— J'aime être original pour un premier rendez-vous.

— Ceci est un rendez-vous ?

— Non. Ceci est la foire annuelle à la *tarte aux pommes*. La foire aux *rendez-vous* n'a lieu qu'en octobre.

— Vraiment ?

— Non, je plaisante. Venez, je meurs de faim.

Sans bien savoir pourquoi, elle se laissa entraîner sur le champ de foire encombré de stands, de buvettes, d'étalages divers, dans une chaleureuse ambiance de musique et de rires. A sa vive surprise, de nombreuses personnes saluèrent Benedict, comme s'ils étaient de vieux amis.

— Oh ! tu es venu ! C'est génial !

Une jeune femme aux longs cheveux blonds se précipitait vers Benedict. Aussitôt, lâchant la main de Darla, il serra l'arrivante dans une étreinte enthousiaste, allant même jusqu'à la faire tournoyer autour de lui. Lorsqu'il la reposa sur le sol, elle planta un baiser sonore sur sa joue.

— Qu'est-ce que je suis heureuse de te voir ! Tu as l'air en pleine forme.

Darla fronça les sourcils. Qui était cette jeune femme ? Pourquoi avait-elle salué Benedict avec autant de familiarité ? Et n'était-elle pas un peu trop âgée pour virevolter comme une gamine ?

— Merci. Je suis content de te voir, moi aussi. Ça faisait longtemps.

— Plus d'un an, dis donc. Enfin, te voilà de retour.

— Eh oui ! Darla, permettez-moi de vous présenter mon exubérante belle-sœur, Honeysuckle. Honey, voici Darla.

Soulagée, Darla sourit à la belle-sœur de Benedict et lui tendit la main.

— Ravie de vous rencontrer.

— Oh ! on ne s'embarrasse pas de ça, ici, déclara Honey, repoussant sa main pour la serrer joyeusement dans ses bras.

— Où est Edward ? s'enquit Benedict tout en cherchant son frère des yeux.

Honey libéra Darla.

— Là-bas. Au stand de peinture sur visage, avec tous les enfants. Bon, tout le maquillage partira quand ils joueront au jeu des pommes flottantes, mais peu importe, l'important c'est de s'amuser, expliqua Honey avec une volubilité peu commune.

— Et le bébé ? poursuivit Benedict tandis qu'ils se dirigeaient lentement vers le stand en question. Où est ma ravissante nouvelle nièce ?

— Eddie l'a avec lui dans le porte-bébé. Moi je suis aux fourneaux depuis l'aube, à confectionner des tartes… Je peux vous garantir qu'elles sont fraîches !…

Hélée par quelqu'un, Honey agita la main avec force.

— Oh hé !… Désolée, il faut que j'y retourne. L'année prochaine, je l'ai promis à Eddie, je *ne ferai pas* partie du comité d'organisation.

— Mais bien sûr, plaisanta Benedict. J'ai déjà entendu ça, ma chère belle-sœur.

Elle lui sourit avant de se tourner vers Darla.

— Ça a été un plaisir de vous rencontrer, Darla. A plus tard, tous les deux, lança-t-elle avant de disparaître aussi vite qu'elle était apparue, absorbée par la foule qui déambulait entre les divers stands.

— Vous êtes du coin, j'imagine ? demanda Darla à Benedict.

Il fit un signe de tête affirmatif.

— De Oodnaminaby, qui se trouve à environ une demi-heure d'ici par la nationale, et à vingt minutes par les petites routes. Seulement on ne peut les emprunter qu'à la belle saison. En hiver, elles sont fermées à cause de la neige.

— C'est la première fois que vous revenez ici depuis votre retour de Tarparnii ?

— Oui.

— Pourquoi m'aviez-vous caché tout ça ?

— Parce que cela fait partie de ma surprise.

— De me présenter à votre famille ?

Il reprit la main de Darla dans la sienne, comme s'il comprenait l'importance de cette question à ses yeux.

— Ça, c'est un à-côté. Sincèrement, Darla. Vous allez adorer la tarte aux pommes et ensuite, si ça vous tente, je vous offrirai même une séance de peinture sur visage, dit-il avec un sourire si joyeux que Darla se mit à rire.

— Vous êtes fou.

Benedict acquiesça.

— Mieux vaut que vous le découvriez maintenant, dit-il.

Là-dessus, il l'entraîna jusqu'à l'un des stands de restauration où ils se joignirent à la longue file d'attente. Et finalement ils se retrouvèrent assis à une table, prêts à déguster leur première bouchée de tarte.

— Attendez ! dit Benedict en soulevant sa fourchette. Portons un toast.

— Avec nos fourchettes ?

— Et pourquoi pas ?

Il s'éclaircit la gorge.

— Toutes mes félicitations pour votre titularisation, *patron*. Vous les méritez.

— Merci, répondit-elle dans un sourire tandis qu'il choquait sa fourchette contre la sienne.

Puis, l'imitant, elle savoura sa première bouchée.

— Alors, n'avais-je pas raison ?

— Si. C'est… délicieux.

— C'est *divin*, vous voulez dire !

— En effet, admit Darla avec un petit rire. C'est une très bonne idée que vous avez eue, même si ce n'est pas ce à quoi je m'attendais au départ.

— Surprise, surprise ! dit doucement Benedict.

Puis, lui prenant la main au-dessus de la table, il entremêla ses doigts aux siens.

— Merci de ne pas m'avoir éconduit, Darla. J'apprécie énormément.

Tandis qu'elle le regardait, le regard de Darla glissa de ses yeux à sa bouche. Elle mourait d'envie qu'il se penche vers elle, pour capturer ses lèvres dans un baiser aussi merveilleux que ceux qu'ils avaient échangés… mais il ne le fit pas, se contentant de la gratifier d'un clin d'œil et d'un sourire — au prix d'un violent effort de retenue qui ne lui échappa pas. Il avait promis de ne pas la bousculer et il tenait parole. Elle sourit, heureuse. Il lui prouvait encore une fois qu'il méritait sa confiance.

De longues heures plus tard, après avoir longuement admiré les stands d'artisanat d'art, beaucoup ri en regardant les gens essayer d'attraper entre leurs dents les pommes flottant sur l'eau d'un grand baquet, regardé Benedict promener ses neveux et nièces sur ses épaules, Darla commençait à ressentir une certaine fatigue. Néanmoins, malgré son désir de rentrer tôt à Canberra, elle était curieuse de voir la maison où Benedict avait grandi.

— Au moins, venez dîner avec nous avant de reprendre la route, leur avait dit Honey. Et vous êtes les bienvenus pour passer la nuit si vous en avez envie. Nous ne sommes pas pressés de vous voir partir. Et puis après tout, Ben, c'est toujours ta maison de famille.

— Ça vous dirait d'y aller ? lui avait ensuite demandé Benedict — même s'il était évident que lui avait envie de passer quelques heures de plus avec ses proches.

Au cours de la journée, elle avait fait la connaissance d'Edward, puis de Peter, de son épouse Annabelle et de leurs deux garçons, ainsi que de la « sœur de cœur » de Benedict, Lorelai, de son mari Woody et de leurs deux filles.

— Bien sûr que j'aimerais rester dîner, avait-elle répondu. Après tout, c'est ma journée de fête.

Le visage de Benedict s'était littéralement illuminé de joie.

— C'est vrai. Merci, Darla.

C'est ainsi qu'elle se retrouva dans la demeure des Goldmark à Oodnaminaby, copie conforme de ce qu'elle avait toujours considéré comme la maison de famille idéale : grande, chaleureuse, avec des photos, des tableaux, des jouets disséminés un peu partout et pleine d'adultes et d'enfants joyeux.

A peine arrivé, Benedict avait demandé à bercer dans ses bras sa nouvelle nièce, fille de Honey et Edward : la petite Susan, âgée aujourd'hui de trois mois.

— Vous tenez le coup ? demanda-t-il à Darla tandis que l'adorable bébé gazouillait en le regardant.

— C'est un peu… bruyant, répondit-elle, ce qui le fit sourire.

— Nous avons tendance à être un tantinet tapageurs. C'est encore pire quand Bart et Hamilton sont là.

— Vous vous réunissez souvent ?

— Nous essayons de nous retrouver tous ensemble plusieurs fois par an, en fonction de nos emplois du temps.

Un bruit métallique en provenance de la cuisine fit soudain sursauter Susan. La voyant ensuite froncer ses mignons sourcils, Benedict devina qu'elle s'apprêtait à pleurer.

— Et si nous sortions dans le jardin, ma puce ? lui murmura-t-il. Voulez-vous vous joindre à Susan et moi pour une promenade apéritive, Darla ? ajouta-t-il, lui offrant l'un de ses bras, tandis qu'il tenait délicatement le bébé dans le creux de l'autre.

— Avec grand plaisir, répondit-elle.

Bras dessus bras dessous, ils sortirent par la porte-fenêtre de la cuisine et gagnèrent le jardin, qui était le plus ravissant qu'elle ait jamais vu.

— Voici l'ancienne remise à calèches, précisa Benedict en désignant la petite dépendance perpendiculaire à la maison principale. Mon père a mis des années à la restaurer. Quand ma mère se plaignait qu'il n'avançait pas vite, il lui répondait : « Je ne peux y travailler que durant mon temps libre, alors si tu veux que je finisse plus vite, tu n'as qu'à prendre mes gardes au cabinet. »

Il sourit à ce souvenir.

— Ils ont travaillé ensemble, élevé leurs enfants ensemble et ils sont morts ensemble. Et tout cela avec amour.

Il contempla la remise un moment, puis il entraîna Darla dans une allée du jardin serpentant au mileu des fleurs. A son extrémité se dressait un petit banc de pierre, au dossier gravé de quelques mots.

— Hannah et Cameron, lut Darla à haute voix.

— C'était le jardin de ma mère. Le sanctuaire où elle pouvait trouver quelques minutes de paix. Elle l'a dessiné et planté au fil des années. Chaque fois que nous avions à nous entretenir de quelque chose avec elle, ou un problème que nous ne parvenions pas à résoudre, elle nous amenait ici et, à l'image des mauvaises herbes qu'elle arrachait, elle nous allégeait de nos soucis, dit-il avec tendresse.

Tandis qu'il parlait, Darla s'était assise sur le banc et le regardait. La petite Susan avait fermé les yeux, sereine.

— Elle vous manque ? demanda-t-elle avec douceur.

— Oui. Sans doute plus que mon père. Elle était très occupée. Quelle femme ne le serait pas avec cinq fils, un mari et un cabinet médical de campagne très fréquenté ?

Néanmoins, elle prenait toujours du temps pour nous. Pour chacun de nous. Quoi qu'il arrive. Elle s'asseyait sur la pelouse et, tout en désherbant un coin de parterre, elle attendait patiemment que nous lui disions ce qui n'allait pas.

— Si elle était ici maintenant, que lui diriez-vous ?

Benedict sourit.

— Je lui parlerais de vous. Je lui raconterais comment vous enchaînez travail de jour et aide humanitaire de nuit. Comment vous redonnez espoir à des femmes à la dérive qui l'avaient complètement perdu. Je lui dirais que vous me faites rire. Que votre visage s'éclaire quand vous êtes contente. Que vous avez réussi me redonner confiance en l'amour, en prouvant que vous êtes une femme de valeur.

— Qu'est-ce qui avait détruit votre confiance, Benedict ? Que s'est-il passé pour que vous éprouviez le besoin de partir aussi loin que Tarparnii ?

— N'avez-vous donc pas entendu les rumeurs de l'hôpital ?

— Je ne les écoute pas.

— J'aurais dû m'en douter. Tu vois, Susan ? Voilà une femme précieuse.

Regardant Darla, Benedict inspira lentement. Le moment était venu de tout lui dire et de tourner la page.

— Elle s'appelait Carolina et, très franchement, du jour où nous avons commencé une relation, elle n'a pas cessé de me mentir et de me tromper. Nous nous connaissions depuis quelques années et puis, soudain, notre amitié a pris un tour plus intime et nous avons commencé à sortir ensemble. Mais, en définitive, ça n'était pas à *moi* qu'elle s'intéressait, mais au médecin qui venait d'être promu chef des urgences. C'était une manipulatrice vénale qui s'accrochait à moi dans l'espoir que je lui offrirais tout ce qu'elle voulait. Et tous les moyens lui étaient bons, croyez-moi. Elle me racontait quelle infirmière extraordinaire elle était, dévouée et pleine de sollicitude envers ses pauvres patients, dont elle soignait les maux émotionnels autant que physiques. Elle n'arrêtait pas de se glorifier, et je la croyais. Elle a même commencé à offrir ses services à Act

Now, tant elle avait à cœur d'aider les sans-logis… Mais tout était faux. Tout ce qu'elle voulait, c'était devenir ma femme, et ce pour les mauvaises raisons.

— Qu'est-ce qui vous a ouvert les yeux, finalement ?

— Eh bien… Une nuit, il y a eu une émeute, vraiment violente, dans l'un des quartiers chauds de Canberra, et les casseurs s'en sont pris à nous. Nous étions tous les deux dans le camion de premiers secours ; ils se sont tellement acharnés dessus que le camion s'est renversé, et Carolina a été blessée. Fracture de la clavicule, de l'humérus, d'une jambe et légère commotion cérébrale. A la suite de l'accident elle m'a fait une scène affreuse. Elle était furieuse contre moi, furieuse d'avoir été blessée pour un travail et des gens dont elle se fichait en réalité, parce qu'elle était venue dans l'unique but de me plaire.

— Ça a dû être un choc…

— Oui, un sacré choc. Je n'arrivais pas à le croire. La femme que j'avais cru aimer n'existait pas. Elle n'était qu'un leurre…. A la suite de son hospitalisation, elle m'a tenu pour responsable de ses blessures. Elle m'a même menacé de poursuites judiciaires, mais comme rien de tout ça n'était ma faute elle n'a eu aucun argument à faire valoir.

— Et vous êtes parti pour Tarparnii.

— Pas tout de suite. Au début, je me suis réfugié dans le travail ; je suis devenu exigeant, critique à l'égard de mes collaborateurs. J'étais blessé, amer et je me suis mis à dos pas mal de gens. J'ai évité de venir ici parce que je me doutais qu'Edward me sermonnerait sur ma conduite, et il aurait d'ailleurs eu raison. Mais à vrai dire, quand je suis finalement venu, épuisé et au bout du rouleau, Edward n'a pas dit un mot. Il a préféré dégainer son arme secrète.

— C'est-à-dire ?

— Honeysuckle *et* Lorelai. Les deux seules femmes au monde à qui je savais pouvoir faire confiance quoi qu'il arrive. Lorelai m'a quasiment materné à la mort de ma mère et Honey excelle à nous « débarrasser des mauvaises herbes », comme le faisait maman. Elles m'ont pris en main. Honey a suggéré Tarparnii et, en l'espace de deux semaines, j'avais obtenu un congé sabbatique et je volais vers l'île.

Son récit achevé, Bendict s'assit à son tour sur le banc, le bébé dormant comme un petit ange contre lui.

— Je suis désolé que vous ayez souffert à ce point, dit Darla d'une voix compatissante.

— C'était plus une blessure d'orgueil qu'autre chose. En fin de compte, je n'ai pas été tant marqué que je l'avais cru au départ.

— C'est une bonne nouvelle.

— Vous trouvez ?

Pivotant d'un quart de tour, Benedict regarda Darla. Son regard glissa jusqu'à ses lèvres et, même si la pénombre s'installait déjà, il pouvait encore voir chaque détail de son ravissant visage, pour la bonne raison que celui-ci s'était gravé à jamais dans sa mémoire.

— Bien sûr.

— Darla, je meurs d'envie de vous embrasser.

Le cœur battant la chamade, troublée par sa proximité, elle se sentait un peu étourdie.

— Je suis juste à côté de vous, murmura-t-elle, levant le visage vers lui.

Les yeux rivés à sa bouche, il approcha son visage du sien et leurs souffles se mêlèrent délicieusement.

— … Mais je ne peux pas vous embrasser puisque je l'ai promis. Je veux que vous ayez confiance en moi, Darla. C'est même encore plus important pour moi que ça ne l'était ce matin. Donc je ne ferai rien qui risquerait d'entamer cette confiance — même si j'en brûle d'envie.

10.

Minuit allait sonner lorsque Benedict se gara devant l'immeuble de Darla. De nouveau, celle-ci dormait à poings fermés à côté de lui, mais cette fois elle n'ouvrit même pas un œil lorsqu'il coupa le moteur — elle devait vraiment être épuisée.

Ce qui ne l'empêcherait pas d'aller rendre visite à ses protégées au petit matin, il en était quasiment certain. Si elle continuait à sillonner les rues après ses longues journées de travail, comme elle le faisait chaque nuit, cela finirait par avoir des conséquences sur sa santé, et il ne voulait pas la voir s'effondrer d'épuisement un jour ou l'autre. Au moins, il avait réussi à lui faire prendre un peu de repos aujourd'hui. Il sourit au souvenir de la manière dont elle avait fait connaissance avec sa famille. Au début, elle s'était montrée timide et réservée, mais durant le dîner elle s'était détendue et avait participé aux conversations.

Ensuite elle avait proposé d'emplir le lave-vaisselle et de ranger la cuisine avec Edward, tandis que Benedict se joignait à Honey pour le rituel du coucher de la petite Susan. Lorelai, Woody et leurs filles étaient partis les premiers, suivis un peu plus tard par Edward, Annabelle et leurs fils.

— Ils sont tous fantastiques, lui avait-elle dit dans la voiture, au retour.

— Ça me fait plaisir que vous les appréciiez.

— C'est sincère. J'ai toujours rêvé d'une famille comme

celle-là, mais je n'aurais jamais pensé qu'elle existait vraiment, avait-elle avoué.

Puis, à sa vive surprise, elle avait pressé sa main.

— Merci, Benedict. J'ai vraiment eu l'impression de vivre une journée de fête.

— J'en suis heureux, avait-il répondu et, soulevant sa main, il avait déposé un baiser dans sa paume.

Et, maintenant qu'il la regardait dormir paisiblement, il sentait son cœur se gonfler d'amour pour elle, lui qui, il y a peu encore, était à mille lieues d'envisager de nouer une relation sentimentale avec qui que ce soit. Mais son passé était *du passé*, tout comme l'était celui de Darla. Certes, ce qu'ils avaient vécu chacun de leur côté aurait un impact sur leur avenir, mais seulement pour le meilleur ; et il pressentait que la journée qu'ils venaient de passer ensemble était déjà un pas vers une vie à deux. Enfin, les choses changeaient pour lui. Enfin, il était en mesure d'aller de l'avant dans sa vie.

— Darla, murmura-t-il tandis qu'il lui tapotait doucement l'épaule.

Aucune réponse.

A sa deuxième tentative, il réussit à la réveiller… mais seulement durant une demi-seconde. Alors, ne voyant pas d'autre solution, il tira les clés de la belle endormie de son sac à main et se dépêcha d'aller préparer son lit avant de revenir la soulever dans ses bras pour la transporter dans sa chambre. Quand il l'eut déposée sur le drap, il la déchaussa, la recouvrit de la couette, et resta un instant debout près d'elle à la contempler, ses cheveux blonds déployés sur l'oreiller faisant comme une auréole autour de son visage. Elle était belle comme un ange, tant au-dehors qu'au-dedans. La vie ne l'avait pas épargnée, et pourtant elle dirigeait à présent un important service d'urgences, travaillant dur pour réaliser ses rêves. Rêves dont il espérait faire partie, parce qu'elle faisait partie des siens à présent, c'était incontestable. Et il espérait qu'ils deviendraient bientôt réalité.

D'un doigt léger, il repoussa quelques mèches de son visage.

— Dors bien, ma Darla, murmura-t-il.

Puis il déposa un tendre baiser sur sa joue et s'en alla.

Darla s'étira comme un chat, plus détendue qu'elle ne l'avait été depuis bien longtemps. Elle se sentait le cœur léger, et un irrésistible sourire lui monta aux lèvres à la pensée de Benedict. Il avait peuplé ses rêves, notamment le dernier, celui dans lequel ils étaient ensemble, tenant par la main un enfant qui sautillait d'excitation entre eux, dans la joyeuse cacophonie de la foire de Batlow. Cet enfant, à bien y réfléchir, n'était pas l'un des neveux et nièces de Benedict mais *leur propre enfant* — une fille, qui avait hérité des cheveux blonds de sa mère et des yeux bleu nuit de son père.

Darla s'assit d'un bond dans son lit. Dans son rêve, elle menait une vie de conte de fées avec Benedict. Il était son mari, l'enfant était leur fille et ils l'emmenaient pour la première fois à la foire à la tarte aux pommes où ils allaient retrouver le reste de la famille Goldmark, pour une merveilleuse journée.

Elle cacha son visage entre ses mains.

Non ! se raisonna-t-elle. Elle ne devait *pas* imaginer un tel avenir. Il n'y avait pas d'avenir comme celui-ci pour elle. C'était juste un rêve idiot de midinette et il ne se réaliserait jamais. Elle n'était pas destinée à mener une vie normale. Elle était destinée à venir en aide à son prochain. Le mariage et les enfants, ça n'était pas pour elle. Benedict était simplement un homme, et les hommes la laissaient *toujours* tomber.

Elle secoua la tête. Les dernières fois où elle avait écouté son cœur, elle s'en était mordu les doigts et s'était juré de ne jamais recommencer. Ce n'était pas aujourd'hui qu'elle manquerait à sa parole !

Otant les mains de son visage, elle jeta un coup d'œil à son réveil : ... *8 h 30 !* Horrifiée, elle repoussa sa couette et jaillit de son lit. C'est alors seulement qu'elle s'aperçut qu'elle était tout habillée. Mais comment se faisait-il... ? Elle se revit dans la voiture de Benedict, sur le chemin du retour après leur délicieuse journée. Il conduisait, la radio diffusait une douce mélodie et puis... rien. Elle ne se rappelait ni être arrivée chez elle ni s'être couchée.

Secouant la tête d'impuissance, elle s'empressa d'aller se doucher et s'habiller. A 9 heures, elle entrait à l'hôpital et gagnait directement le poste des infirmières des urgences afin de vérifier que tout se passait bien. A sa vive surprise, elle y trouva Benedict, seul, occupé à compléter des dossiers de patients.

— Bonjour, ma beauté ! dit-il avec un sourire tendre.

— Chut, murmura-t-elle, regardant autour d'elle de crainte que quelqu'un l'ait entendue.

— Tout va bien. Le service est très calme en ce moment. Un calme tranquille et agréable d'ailleurs, typique d'un dimanche matin, pas du tout le calme inquiétant qui précède les tempêtes, précisa Benedict.

Et il se leva avec l'intention manifeste de déposer un baiser sur la joue de Darla, mais elle l'arrêta en posant une main sur son torse.

— Pas ici, dit-elle entre ses dents serrées. Dans mon bureau. Tout de suite.

L'air ravi, il lui sourit.

— Si vous y tenez, patronne. Je termine mes dossiers et je vous rejoins.

Darla inclina la tête et gagna ses quartiers, rageant intérieurement. Pourquoi n'arrivait-elle donc pas à faire comprendre à Benedict qu'elle était en colère ?

— Que s'est-il passé ? commença-t-elle en lui lançant un regard noir dès qu'elle eut refermé la porte derrière lui.

Benedict la regarda, surpris par la violence de son ton. Il avait été sur le point de la serrer tendrement dans ses bras. Mais il était évident qu'elle avait une tout autre idée derrière la tête.

— Quand ça ?

— La nuit dernière.

— Je ne sais pas, Darla. Je vous ai ramenée chez vous, transportée sur votre lit et je suis parti.

— Vous avez désactivé mon alarme.

— Pas du tout. Je n'ai pas touché à votre réveil. Quel est le problème, au juste ?

— Le problème est que j'ai dormi jusqu'à 8 heures et demie !

— Vraiment ? C'est super !

— Bien sûr que non ce n'est pas *super !* Vous auriez dû me réveiller quand vous vous êtes garé devant chez moi.

— Darla, j'ai essayé, mais vous étiez si exté…

— J'ai manqué ma mission ! l'interrompit-elle. Si vous m'aviez réveillée, j'aurais pu activer mon alarme, et je me serais relevée. J'aurais pu contacter de nouvelles femmes ; j'aurais pu les sauver.

— Darla, c'est juste une nuit, et vous étiez épuisée.

— Je ne me soucie pas de ça.

— Eh bien, moi, si…

S'approchant d'elle, Benedict voulut la prendre par les épaules, mais à la seconde où ses mains la touchèrent elle s'écarta de lui.

— … Darla, vous ne pouvez pas envisager de sortir ainsi tous les jours avant l'aube.

— Bien sûr que si. Ça fait des années que je le fais, et je m'en porte très bien, merci.

— Et combien de fois êtes-vous rentrée déçue après avoir été incapable d'entrer en contact avec qui que ce soit ?

— Là n'est pas la question.

— Si. Vous ne pouvez pas vous attendre à faire passer votre message toutes les nuits — et je ne suis pas en train de dire que vous ne devez pas continuer à essayer, bien entendu, mais vous n'êtes pas non plus censée sauver le monde toute seule, Darla. Il y a d'autres gens engagés dans l'aide humanitaire, comme les bénévoles d'Act Now, qui sont aussi préoccupés que vous par l'état actuel des choses. Vous faites un travail fantastique, personne ne le nie. Vous avez aidé de nombreuses femmes ici et, sans nul doute, dans les autres villes où vous avez vécu. Vous êtes réellement un ange gardien pour elles, mais vous êtes aussi un être humain, et à ce titre vous avez des besoins, vous aussi, et l'un d'entre eux est de prendre soin de vous.

— Je me moque de ce qui peut m'arriver.

— Pas moi. Ça m'inquiète de vous voir vous tuer à la tâche. Je parie d'ailleurs qu'hier a été votre première journée de véritable congé depuis votre arrivée à Canberra.

— Vous m'avez forcée à la prendre.

— Parce que j'ai vu que vous en aviez besoin.

— Je n'ai pas besoin que vous me dictiez ma conduite, docteur Goldmark. Tout allait très bien jusqu'à ce que vous veniez mettre le nez dans mes affaires. Le jour, je travaillais à l'hôpital, la nuit j'aidais ces femmes, je m'en sortais bien et maintenant vous me forcez à entrer dans votre vie et rencontrer votre famille. Vous me faites passer une journée de rêve, vous me montrez à quel point une famille peut être synonyme de bonheur. Mais vous vivez dans un monde merveilleux où tout est rose, Benedict. La vraie vie, ce n'est pas ça. C'est difficile. La vraie vie est blessante, parfois destructrice. Je le sais, j'en ai fait l'expérience. Et les familles heureuses, ça n'existe pas. Pas pour moi, en tout cas. Sur cette dernière phrase, elle tourna le dos à Benedict. Elle était consciente que, quoi qu'elle dise, elle ne parviendrait jamais à se faire comprendre de lui.

Il y eut un silence, que Benedict rompit le premier.

— J'ai dit que je ne vous bousculerais pas, Darla, et je ne le ferai pas, dit-il d'une voix douce.

Elle ne répondit pas, s'attendant à ce qu'il s'approche d'elle. Mais elle fut surprise de l'entendre s'éloigner, au contraire, et quitter la pièce. Toujours le dos tourné à la porte, elle resta immobile de longues minutes, à tenter de retenir ses larmes.

C'était mieux ainsi. Benedict avait été une distraction. Oui, une merveilleuse distraction. Mais elle avait une mission à accomplir, qui ne laissait aucune place pour des distractions. Le cœur serré, elle pinça les lèvres pour mieux combattre l'écrasant chagrin qui l'envahissait. Il fallait qu'elle se reprenne. Elle avait repoussé Benedict et elle avait eu raison. Elle s'était protégée du pire, et elle avait bien fait.

Alors, pourquoi avait-elle l'impression que quelque chose mourait en elle ?

Cette fois-ci, elle avait pris soin de mettre l'alarme de son réveil, et s'était levée à temps. Elle se dépêchait d'avaler le thé qu'elle s'était préparé quand son téléphone sonna. Elle répondit, en espérant qu'aucune urgence ne requérait sa présence à l'hôpital. Il était presque 2 heures du matin, elle s'apprêtait à partir en mission et elle était impatiente de se mettre en route, ayant manqué celle de la veille.

— Ah, bon. Vous êtes levée, entendit-elle au bout du fil.

— Benedict ?

— Oui. Plutôt que de sonner à votre porte, au risque de vous effrayer, je me suis dit qu'il valait mieux vous appeler… et j'ai bien fait.

— De quoi parlez-vous ? Y a-t-il une urgence à l'hôpital ? Quelque chose qui a mal tourné ? Est-ce que vous allez bien ?

— Vous vous inquiétez de mon bien-être, princesse ? J'en suis ravi. Non, tout va bien.

Darla s'efforça de rester insensible à la voix aux inflexions chaudes et viriles. Et aussi de se rappeler qu'elle était furieuse contre lui, et qu'elle avait décidé de l'écarter de sa vie pour de bon.

— Alors pourquoi m'appelez-vous à cette heure ?

— Je suis devant votre porte.

— Comment ? Ne racontez pas de bêtises, Benedict, je n'ai pas le temps pour vos plaisanteries.

— Ecoutez bien. Je vais vous le prouver.

De fait, Darla entendit frapper et, malgré elle, elle sursauta.

— Benedict !

— Oui ?

— Qu'est-ce que… Vous n'êtes pas sur mon palier, quand même ?

— Eh bien si, j'y suis ! Allez-vous ouvrir votre porte, Darla Fairlie ?

Le téléphone toujours à l'oreille, elle entrouvrit le battant — sans ôter la chaîne. Et vit cette tête de mule, postée sur son paillasson. En hâte, elle le referma, défit la chaîne et ouvrit la porte, en grand cette fois.

— Dites donc, c'est une forteresse ici ! Mais c'est une bonne précaution, déclara-t-il tout en glissant son propre téléphone dans la poche de sa veste. Bonjour, ajouta-t-il et, avant qu'elle ait pu réagir, il l'embrassa sur la joue.

Luttant contre le trouble qui l'envahissait soudain, elle secoua la tête.

— Que faites-vous ici ?

— Je suis là pour me rendre utile.

— Mais… je vous ai crié dessus tout à l'heure, je vous ai repoussé et je…

— Vous avez évacué vos frustrations. Je sais, j'y étais. Il est presque 2 heures. Vous êtes prête ?

— Non. Attendez. *Pourquoi* êtes-vous ici ?

— Pour participer.

— Participer ?

— Vous savez… aller dans les rues. Remplir votre mission d'ange gardien. J'ai pensé que je pourrais vous conduire. Ou nous pouvons prendre votre voiture. Ça m'est égal.

— Mais j'étais furieuse contre vous. Je vous ai crié dessus, répéta Darla. Vous n'êtes plus censé vouloir avoir affaire à moi !

Voyant Benedict secouer lentement la tête, un léger sourire aux lèvres, elle s'enflamma de nouveau.

— Ne vous avisez pas de vous moquer de moi, Benedict Goldmark !

— Je ne me moque pas, Darla. Ne savez-vous pas à quel point vous êtes belle quand vous êtes fâchée ?

— Vous êtes impossible, murmura-t-elle et, se détournant, elle alla chercher sa veste.

Quand elle revint, elle le trouva adossé au chambranle de la porte, les mains dans les poches de son jean, à l'aise, détendu et… beaucoup trop sexy pour sa tranquillité d'esprit.

— Allez-vous-en, dit-elle.

Il secoua la tête.

— Vous pouvez m'en vouloir autant que vous voulez. Vous pouvez me crier dessus, vous mettre en colère autant qu'il vous plaira, ça ne changera pas les sentiments que j'éprouve pour vous.

— Ah bon ? dit Darla, sincèrement étonnée.

C'était vraiment invraisemblable !

— Tous les couples se disputent, Darla. Et puis ils parlent, mettent les choses au clair, et se réconcilient.

— Il n'y a rien à mettre au clair, déclara Darla, sourcils froncés, tandis qu'elle saisissait ses clés. Nous ne formons pas un couple, vous et moi. Il n'y a aucun avenir pour nous. Mettez-vous bien ça dans la tête, une bonne fois pour toutes : je ne suis pas votre petite amie, et vous n'êtes pas mon petit ami.

— Ça tombe bien, je veux être plus que ça pour vous. Quelque chose de plus permanent.

— Comme une épine dans le pied ? répliqua-t-elle en passant devant lui pour rejoindre sa voiture, le laissant fermer la porte derrière elle.

Il était vraiment séduisant, elle ne pouvait le nier, et il l'avait surprise, car elle était loin de s'attendre à ce qu'il veuille encore rester auprès d'elle après les choses qu'elle lui avait dites. Décidément, il n'avait rien à voir avec les autres hommes… Depuis le premier jour elle avait été incapable d'exercer son autorité sur lui, incapable de le tenir à l'écart, incapable de résister à son regard envoûtant, sa voix chaude et ses lèvres sensuelles.

Benedict se glissa sur le siège passager, à côté d'elle, tandis qu'elle mettait le moteur en marche. Il était hors de question qu'il s'avoue vaincu.

— J'espère que vous mènerez votre mission à bien, ce soir, et d'ailleurs j'en suis sûr, dit-il gentiment, dans l'espoir de l'apaiser.

— Arrêtez ça ! ordonna-t-elle, lui jetant un regard furibond avant de démarrer.

— Que faut-il que j'arrête ? D'espérer que cette nuit vous serez en mesure de faire passer votre message à une femme qui a besoin de vos encouragements ?

— Je croyais que vous n'aimiez pas que je traîne dans les rues la nuit.

— Je n'ai jamais dit ça. J'ai dit que vous ne devriez pas vous sentir obligée de le faire *toutes* les nuits, sinon votre santé finira pas en pâtir. Cela dit, c'est vrai, je suis un peu inquiet de vous savoir seule dans ces quartiers mal fréquentés, je l'admets.

Comme elle ouvrait la bouche pour l'interrompre, il poursuivit en hâte.

— Même si je sais que vous êtes capable de détecter les problèmes avant qu'ils ne surviennent, ça ne m'empêche pas d'être inquiet.

Darla referma la bouche et garda le silence jusqu'à ce qu'ils descendent de voiture, une fois parvenus à destination.

— Ne me suivez pas, ordonna-t-elle. Je suis capable de me débrouiller. Je sais comment passer inaperçue. Je sais ce que c'est que la faim, le froid et la sensation de vide immense à l'intérieur de soi. Je sais que prendre des amphétamines est le moyen le plus lâche de résoudre les problèmes et je sais que si vous m'accompagnez, là, maintenant, vous allez détruire toutes les chances que je pourrais avoir de remettre quelqu'un sur les bons rails.

Debout devant elle sur le trottoir, Benedict acquiesça. Puis, mû par un élan irrésistible, il la prit par les épaules.

— Faites attention à vous, d'accord ? dit-il.

Il appuya alors son front contre le sien, le cœur chaviré par un élan d'amour si intense qu'il ne put retenir les mots qui lui montaient aux lèvres.

— Je vous aime, Darla.

Le cœur de celle-ci à la fois exulta et se brisa. Inspirant profondément, elle s'écarta de lui.

— Il ne faut pas. Vous ne devez pas m'aimer, Benedict. Je ne suis pas assez bien pour vous, dit-elle tristement avant de s'éloigner de lui le plus vite qu'elle le put.

Le camion de premiers secours d'Act Now dans lequel Benedict assurait la permanence avec Jordanne et Hamilton ne désemplissait pas, et leurs collègues de l'autre véhicule avaient dû demander des renforts.

— On serait le week-end, je comprendrais. Mais qu'on n'ait pas une minute pour souffler au beau milieu de la semaine, c'est tout de même bizarre, déclara Hamilton tout en enfilant de nouveaux gants de latex après avoir mis à la poubelle ceux qu'il venait d'utiliser.

— Pas si bizarre que ça, répondit Benedict. J'ai déjà vu ça. Cette ambiance électrique. Ces petits accrochages à répétition entre bandes rivales, depuis le début de la nuit. Ça risque de dégénérer..Tenons-nous sur nos gardes.

— Quand as-tu vu ça pour la dernière fois ? s'enquit Jordanne, occupée à remplir l'un des placards de matériel de secours.

— Lors de l'une des pires nuits de ma vie.

— Celle pendant laquelle Carolina a été blessée ?

— Exactement.

Benedict jeta un coup d'œil à sa montre. Il savait que Darla était dehors. Il le sentait dans toutes les fibres de son corps. Il l'aimait tellement. Et elle l'aimait en retour, il en était certain. Seulement elle n'osait pas prendre le risque de laisser libre cours à cet amour. Il devait lui accorder du temps, et depuis qu'elle l'avait quitté en lui disant de ne pas l'aimer, l'autre nuit, il avait pris soin de ne plus imposer sa présence. Mais, en toute honnêteté, il ne savait pas combien de temps il pourrait encore attendre qu'elle s'autorise à écouter son cœur.

Inquiet, il ouvrit la porte et regarda à l'extérieur, dans l'espoir de la voir s'avancer vers lui, saine et sauve. Hélas, il n'aperçut qu'un autre groupe de jeunes qui se dirigeait vers eux, dont deux d'entre eux transportaient un blessé.

— Round suivant, annonça-t-il à ses compagnons, après avoir scruté une nouvelle fois les alentours.

Où était Darla ? Dans laquelle de ces rues se trouvait-elle ? A qui parlait-elle ? Etait-elle en sécurité ?

Dès que le blessé fut déposé sur le brancard du camion, toutefois, il repoussa ses inquiétudes d'un geste, et se concentra sur l'examen de son patient.

— Je suis sûre que vous vous êtes déboîté l'épaule, déclara Jordanne, en orthopédiste chevronnée qu'elle était, tandis que ses yeux s'attardaient sur l'énorme grizzly à l'air féroce tatoué sur le bras de leur patient. Mais vous allez devoir aller passer des radios à l'hôpital pour confirmer le diagnostic avant que nous ne puissions réduire la luxation.

— Non ! L'os sort tout le temps, grommela le patient entre ses dents serrées. Remettez-le en place.

— Si la tête de l'humérus est fracturée, la remettre en place ne fera aucun…

Elle s'interrompit en voyant l'homme lui jeter un regard féroce. Il faut dire qu'il en imposait : un vrai colosse de presque deux mètres, avec le crâne rasé, et les bras, le cou et le haut du torse couverts de tatouages. Son compagnon, qui l'avait suivi dans le camion, avait la même allure.

— Remettez-le en place !

— Je m'en occupe, Jordanne, déclara Benedict.

Et, avec l'aide d'Hamilton qui maintint le blessé immobile, il fit doucement rentrer la tête de l'humérus dans la cavité articulaire de l'omoplate.

Durant la manœuvre, leur patient avait serré les dents en retenant son souffle. Une fois l'os remis en place, il recommença à respirer, mais sa souffrance se lisait sur son visage. Après avoir vérifié que la luxation de son épaule avait été totalement réduite, Jordanne lui prescrivit un analgésique.

— Je n'en veux pas, déclara tout net le colosse. Je ne prends plus aucune drogue, pas même de l'aspirine. Maintenant, il faut que je retourne là-bas diriger ma bande.

— Votre… bande ? répéta Benedict.

Voilà qui ne présageait rien de bon.

— On doit les protéger, avança le compagnon de leur patient.

— C'est sur *notre* territoire. On a le droit de le défendre, ajouta ce dernier.

— Et nous allons devoir vous soigner chacun à votre tour avant que vous ne retourniez là-bas risquer de nouveau d'être tués, j'imagine, répliqua Benedict, retenant sans faiblir le regard du grand costaud tatoué.

A la surprise générale, celui-ci sourit.

— Bien vu, mon pote.

C'est alors que l'un ses acolytes restés au-dehors passa la tête dans la camionnette.

— Bear ! Il faut qu'on y aille. Ça presse, maintenant.

Se levant, Bear regarda Benedict droit dans les yeux.

— On essaiera de vous protéger vous aussi, affirma-t-il, incluant Jordanne et Hamilton dans son regard.

Une poignée de secondes plus tard, tout ce petit monde était parti et Hamilton préparait la « salle de soins » pour leurs prochains patients.

— S'ils se préparent à la bagarre…

— Nous allons avoir besoin de renforts, finit Jordanne pour lui. Je m'en occupe. Qu'y a-t-il, Ben ? ajouta-t-elle en voyant Benedict scruter de nouveau les alentours alors qu'elle allait saisir son téléphone.

— C'est Darla, répondit-il distraitement. Elle est là, dehors. Quelque part.

— Ta patronne ? Qu'est-ce qu'elle fait dehors, dans ce quartier, à cette heure de la nuit ? demanda Hamilton, ahuri.

— Elle fait… une… Euh… Elle… euh…, bafouilla Benedict.

Comment lui répondre sans trahir le secret de Darla ?

— Oh ! mon Dieu ! dit Jordanne dans un souffle, levant les yeux de son téléphone. Cheveux blonds. Yeux marron. L'*ange*, c'est elle !

Ignorant sa remarque, Benedict saisit sa veste.

— J'ai besoin de la retrouver pour m'assurer qu'elle va bien, parce que si jamais il lui arrive quelque chose…

Sa voix s'éteignit tandis qu'une boule se formait dans sa gorge et que montait en lui une fureur comme il n'en avait jamais éprouvée auparavant.

— Oui, vas-y, dit Jordanne. Ham et moi, nous nous débrouillerons. Je demande des renforts aux collègues et je vais tout de suite informer les autorités de la situation.

— Excellent. Et mets les urgences de l'hôpital en alerte.

— Tu sais par où commencer tes recherches au moins ? s'inquiéta Hamilton.

— J'ai ma petite idée.

— Bon. Fais attention à toi, hein ?

— Vous aussi, murmura Benedict.

Puis, quittant le camion en trombe et remontant le col de sa veste, il se dirigea vers la rue où Darla s'était garée l'autre nuit. Il avait l'intention de suivre la direction qu'il lui avait vue prendre ; c'était une maigre piste, mais c'était mieux que rien.

Ses pas résonnaient sur le bitume ; son regard balayait les lieux, à l'affût du moindre signe. Où était-elle ? Comment la retrouver ? La panique qu'il s'était efforcé de repousser en présence de son frère et de Jordanne l'assaillit de plus belle, et il se surprit à répéter dans un murmure « Où es-tu ? » sans pouvoir s'en empêcher.

Ça n'était pas normal pour une femme de traîner dans

les rues au petit matin. Même si ses motivations étaient louables, c'était aberrant. Elle prenait un risque énorme, et pouvait à tout moment faire une mauvaise rencontre.

Non ! Il repoussa cette éventualité de toutes ses forces. Elle ne pouvait pas être blessée. Il devait garder à l'esprit qu'elle était forte et pleine de vie, parce que s'il l'imaginait, ne serait-ce qu'une fraction de seconde, gisant dans un caniveau quelque part, blessée et seule, il deviendrait fou.

Il avait besoin de constater par lui-même qu'elle allait bien. Elle lui reprocherait sans doute d'être dominateur et de l'aimer malgré elle. Eh bien, elle n'avait pas son mot à dire là-dessus. Il l'aimait, et personne au monde ne pourrait rien y changer.

Perdu dans ses pensées, il s'engagea dans une petite rue encore plus étroite, encore plus sombre que les précédentes et, soudain, son attention fut attirée par un groupe d'ombres à quelques mètres de lui.

— Hé ! Toi là-bas ! cria l'une des ombres d'une grosse voix bourrue. Fiche le camp d'ici ! C'est pas le moment de se balader dans le coin.

Cette voix ! Il l'avait déjà entendue, se disait Benedict, quand il entendit du bruit derrière lui. Se retournant, il découvrit un autre groupe d'ombres noires qui descendaient la rue dans sa direction. Il fit de nouveau volte-face, s'avisant trop tard de son imprudence.

— J'ai dit fiche le camp d'ici ! répéta l'individu bourru.

— Bear ?

— Benedict ? dit une voix qu'il aurait reconnue entre mille.

Il avait entendu Darla. Dieu soit loué, elle allait bien. Elle était vivante. Un immense soulagement l'envahit.

La seconde d'après il éprouva une douleur fulgurante dans la nuque. Il sentit ses jambes l'abandonner tandis que des petits points blancs dansaient devant ses yeux… et puis tout devint noir.

11.

— Benedict ? Benedict ?

Folle d'angoisse, Darla aurait voulu que l'ambulance aille deux fois plus vite.

— Benedict ? Réveillez-vous ! Allez, allez, il faut vraiment vous réveiller maintenant.

Elle serrait étroitement sa main dans la sienne afin de l'inciter à ouvrir les yeux pour lui montrer qu'il allait bien. Il *fallait* qu'il aille bien. Il le fallait *absolument*. Quand elle l'avait vu s'effondrer, agressé par-derrière, son cœur s'était arrêté de battre, et pendant une fraction de seconde elle s'était sentie perdue, pour la première fois de sa vie.

Même dans les pires moments, elle avait toujours eu une idée, un plan, une ligne de conduite. C'était ainsi qu'elle avait réussi à maîtriser les choses pendant tant d'années.

Et puis Benedict avait été agressé par un gang qui tentait d'atteindre un groupe de femmes réfugiées dans un squat. Bear et sa bande étaient arrivés pour les protéger ; mais ils n'avaient pas réussi à empêcher les agresseurs de frapper Benedict.

— Benedict ? appela-t-elle de nouveau, les larmes brouillant sa vision, comme l'ambulance arrivait enfin à l'hôpital.

Elle avait demandé aux ambulanciers de préciser à l'équipe des urgences l'identité du patient qu'elle leur amenait. Tout le monde dans le service aimait Benedict… et elle plus encore que les autres.

Oui, elle l'aimait d'*amour.* Elle pouvait se l'avouer maintenant. Cet homme impossible, protecteur et un peu fou qui avait réussi à briser ses défenses, qui l'avait acceptée telle qu'elle était et avait voulu passer le plus de temps possible avec elle, elle l'*aimait.*

Durant son transfert de l'ambulance au box, elle lança ses directives aux infirmières, réclama analyses et radios, sans parvenir à lâcher sa main.

— Benedict ? murmura-t-elle, penchée au-dessus de lui, lorsqu'il fut allongé sur le brancard du box. Réveillez-vous. J'ai besoin de vous — moi qui n'avais besoin de personne avant vous.

Le tourbillon d'activité autour d'elle parut se fondre dans un brouillard confus, tandis qu'elle rivait les yeux à son beau visage déjà bleui par une barbe naissante.

— S'il vous plaît, réveillez-vous, le pressa-t-elle, et cette fois, sans se soucier le moins du monde d'être vue, elle effleura ses lèvres des siennes. *S'il vous plaît !*

— Darla ? l'entendit-elle murmurer, d'une voix à peine audible.

Un immense soulagement l'envahit.

— Benedict ? Dieu merci, vous avez repris conscience…

Elle aurait voulu poser la tête sur son épaule, le serrer dans ses bras, sentir la chaleur qui émanait de son corps, mais il fallait qu'elle se reprenne, il avait besoin de soins avant tout.

— … Vous m'avez fait atrocement peur !

— Vraiment ? Vous vous êtes inquiétée pour moi ?

Il ouvrit les yeux et plissa les paupières, sans doute à cause de la vive lumière de la pièce.

— Que s'est-il passé ?

Darla se redressa.

— Vous ne vous souvenez pas ?

— Nous sommes prêts à l'emmener en radiologie, docteur Fairlie, annonça Matrice.

— Bien. Allons-y, répondit-elle.

Et, la main de Benedict toujours dans la sienne, elle marcha à côté du brancard.

Dans le couloir, Benedict referma les yeux. La lumière des spots du plafond devait l'aveugler, à moins qu'il n'ait perdu de nouveau conscience…

— Benedict ?

— Je suis là. Heureux de constater que vous allez bien. Je me suis fait du souci pour vous.

— Du souci ?

— Il y avait du grabuge dans l'air et je ne vous trouvais pas.

Ainsi il était parti à sa recherche… Voilà pourquoi il s'était trouvé dans cette ruelle ! La culpabilité submergea Darla. Il s'était inquiété pour elle, et c'était en la cherchant qu'il avait été blessé.

Après l'avoir confié à la radiologue, elle cacha son visage dans ses mains. Tout était sa faute. Benedict avait été blessé à cause d'elle. Mais cela n'arriverait plus jamais, elle ne le laisserait plus jamais prendre de tels risques pour elle.

— Docteur Fairlie ?

Levant la tête, Darla se tourna vers la radiologue.

— Voulez-vous voir l'image sur l'écran ? Tout me paraît normal.

Darla étudia de près le cliché du crâne de Benedict.

— En effet. Tout est normal. Aucune fracture. Tout ira bien pour lui, dit-elle d'une voix tremblante de soulagement.

Ses yeux s'emplirent de larmes qu'elle eut du mal à dissimuler, incapable qu'elle était de contrôler l'émotion qui l'envahissait à cette bonne nouvelle.

— Est-ce que ça va, docteur Fairlie ?

— Euh…

Darla s'éclaircit la gorge, irritée d'avoir perdu sa maîtrise d'elle-même devant un membre du personnel.

— Je vais dans mon bureau. Quelqu'un pourra me prévenir lorsqu'il sera de retour aux urgences, s'il vous plaît ?

— Bien sûr, répondit la jeune femme d'une voix pleine de sympathie. J'y veillerai.

— Merci.

Darla gagna son bureau avec toute la dignité dont elle était capable. Mais une fois seule, dans la pénombre de la pièce, elle s'effondra sur son siège et éclata en sanglots, hantée par les images de l'agression de Benedict. Jamais elle n'oublierait le choc qu'elle avait éprouvé et la terreur qui l'avait saisie lorsqu'elle avait vu une silhouette noire l'attaquer par-derrière…

— Oh ! Benedict, murmura-t-elle, le cœur près d'exploser.

Elle l'aimait tellement. Elle avait combattu l'attirance qu'il exerçait sur elle. Elle avait essayé de garder ses distances, mais il l'en avait empêchée. Il était tellement charmant et drôle et gentil et séduisant et…

Et elle devait renoncer à lui.

— Pas de conte de fées pour Darla Fairlie, balbutia-t-elle à travers ses larmes.

En acceptant d'entrer dans la vie de Benedict, elle l'exposerait — autant qu'elle s'exposerait elle-même — à souffrir encore plus un jour ou l'autre… et elle l'aimait trop pour ça.

— Je vais bien, affirma Benedict à ses frères qui tournaient autour de lui comme deux mères poules. Un peu de couture et me revoilà comme neuf. Vous voyez ?

Il leur montra sa nuque, où un pansement stérile cachait les dix points de suture qu'avait nécessités sa plaie.

— Ce n'est pas la première fois que je suis recousu, les gars, alors calmez-vous !

— C'est vrai, admit Bart tandis qu'Hamilton s'affalait dans le fauteuil voisin du lit. Mais je suis trop habitué à m'inquiéter à cause de vous pour perdre cette habitude du jour au lendemain.

— Je ne te demande pas de la perdre, Bart. Juste de te limiter un peu. Tu es aussi mère poule que maman !

Bart sourit.

— Je prends ça comme un compliment.

— Maintenant, dis-moi, Ham, que s'est-il passé après mon agression ? Tout est rentré dans l'ordre ? La police a réussi à calmer la bagarre ? Et Jordie, elle va bien ?

Il regarda à travers la paroi vitrée de sa chambre, comme s'il s'attendait à voir leur amie se matérialiser. En réalité, il espérait apercevoir Darla. Lorsqu'il avait été reconduit aux urgences après sa radio, elle était venue le voir dans le box de soins — mais, à sa grande déception, la femme qui lui avait tenu la main et l'avait tendrement embrassé avait cédé le pas à la Dame de Fer. Et depuis il ne l'avait pas revue. Où était-elle passée ?

— Tout va bien. Jordie va bien. Lorsque la police est arrivée, tout était pratiquement terminé. Le grand costaud qui était venu nous voir — Bear — et sa bande protégeaient un groupe de femmes qui avaient trouvé refuge dans une maison vide du quartier. Il nous a amené trois de ses gars à soigner et il s'est dit sincèrement désolé que tu aies été blessé. Sous ses airs de géant patibulaire, c'est vraiment un brave type.

Entrant à cet instant, la surveillante de l'unité se planta au milieu de la pièce, les bras croisés sur son ample poitrine.

— Que faites-vous encore là, tous les deux ?

— Nous bavardons avec notre frère ? proposa Hamilton.

— Nous lui apportons des vêtements, répondit en même temps Bart.

— Il a eu assez d'excitation pour aujourd'hui et il a besoin de repos. Bartholomew, je suis sûre que vous avez vos visites à faire et vous, Hamilton, on dirait qu'une bonne douche et quelques heures de sommeil ne vous feraient pas de mal. Allez, ouste ! Laissez votre frère se reposer.

— Je ne vois pas pourquoi je suis obligé de rester, protesta Benedict. Je vais parfaitement bien.

— Votre avis ne m'intéresse pas, Ben. Ordre des médecins : vous devez rester en observation pendant au moins vingt-quatre heures, répliqua la surveillante, de la manière sèche et directe qui la caractérisait.

Bizarre. D'habitude il était capable de charmer cette femme à l'allure revêche, de lui arracher un sourire, voire de l'amener à faire quelques petites entorses au règlement ici et là, mais aujourd'hui elle semblait inflexible.

— En ce moment, vous n'êtes pas le Dr Goldmark, poursuivit-elle comme si elle avait lu dans ses pensées. Vous êtes mon patient. Ceci est mon unité et vous devez m'obéir. Et vous deux, ajouta-t-elle à l'adresse de ses frères, allez-vous-en !

— O.K., O.K., dit Hamilton, levant ses deux mains en signe de capitulation. Nous allons laisser le pauvre blessé récupérer.

— Merci !

Après avoir poussé Bart et Hamilton hors de la pièce, elle ferma les rideaux.

— Dormez un peu en attendant votre petit déjeuner, Ben.

— Oui, madame la surveillante, répondit-il docilement.

Il ne se sentait pas fatigué. Il était même certain qu'il serait bien réveillé et qu'il s'ennuierait à mourir lorsque son petit déjeuner lui serait servi. Mais, maintenant que sa chambre baignait dans une agréable pénombre, il sentait ses paupières s'alourdir…

Lorsqu'il ouvrit les yeux, il lui fallut quelques secondes et un coup d'œil autour de lui pour se rendre compte qu'il était allongé dans un lit d'hôpital. Et puis les événements récents lui revinrent à la mémoire et, alors qu'il tentait de changer de position, une douleur fulgurante faillit lui arracher un gémissement.

— Essayez de rester immobile, dit une voix douce en provenance de quelque part, sur sa droite.

Lentement, il tourna la tête. Et vit l'ange. *Son* ange.

— Darla ?

— Oui, je suis là.

— Quelle heure est-il ?

— Un peu plus de 2 heures de l'après-midi. Vous avez bien dormi.

— Où étiez-vous ?

— Dans mon bureau, à m'occuper de la paperasse administrative. Les… « hostilités » de cette nuit nous ont valu un certain nombre de blessés mais, heureusement, aucun décès.

— Je voulais dire, avant ça. Dans les rues. Je ne vous trouvais pas et j'étais terriblement inquiet et préoccupé et…

— Chut…

Se penchant vers lui, elle posa un doigt sur ses lèvres.

— Vous allez bien. Je vais bien. C'est tout ce qui importe à présent.

Darla se redressa. Ce fut seulement au moment où elle retira sa main qu'elle s'aperçut de la faible distance qui la séparait de l'homme qu'elle aimait et qui l'attirait irrésistiblement. Comment était-elle censée résister, surtout en ce moment, où, malgré sa blessure, il était si incroyablement séduisant ?

— Darla…

Elle était comme hypnotisée par son regard, qui lui semblait plonger jusqu'au plus profond d'elle-même, par sa voix chaude… Lorsqu'il repoussa tendrement une mèche de cheveux derrière son oreille, elle se sentit fondre.

Elle l'aimait. Il l'aimait. Il lui avait permis de prendre son temps et elle savait qu'il continuerait à garder ses distances si elle le lui demandait. Et pourtant, à cet instant, c'était tout sauf ce qu'elle désirait… Et son visage était si proche du sien. Sans réfléchir, elle baissa la tête et posa ses lèvres sur les siennes.

Aussitôt, une onde de plaisir l'envahit. Cela faisait si longtemps, et ces lèvres lui avaient tant manqué ! Cette fois, cependant, il y avait quelque chose de différent, de plus intense dans la manière dont il répondait à son baiser, dont il étreignait sa nuque, ses doigts défaisant rapidement son chignon.

Désireux de faire comprendre à Darla à quel point elle comptait pour lui, Benedict la serra contre lui avec fougue, heureux de la sentir lui répondre avec la même fièvre, comme si elle le désirait autant qu'il la désirait. C'était ce qu'il attendait depuis longtemps, la confirmation qu'ils étaient faits l'un pour l'autre…

Comme un soupir de plaisir lui échappait, Darla redressa aussitôt la tête pour scruter intensément son visage.

— Qu'y a-t-il ? Vous avez mal, Benedict ? Je suis désolée. J'ai oublié que vous étiez blessé. Vous avez besoin d'un calmant ? demanda-t-elle d'une voix inquiète, enchaînant les questions sans reprendre haleine.

— Tout va bien, répondit-il rapidement.

Et, attirant son visage vers le sien, il captura de nouveau ses lèvres.

— Darla. Darla. Vous êtes si belle, si merveilleuse, murmura-t-il tout contre sa bouche entre deux baisers. Je vous aime, c'est ainsi.

— Ne dites pas ça, implora-t-elle.

— Mais si, puisque c'est la vérité.

Interrompant leur baiser, Darla se redressa et s'écarta du lit d'un bond.

— Darla, je suis désolé si cela vous effraie, mais c'est la stricte vérité. Je ne peux plus vous la cacher.

— Si. Vous le pouvez, répliqua-t-elle, surprise de sentir ses jambes trembler. Oubliez ça. Je ne veux pas que vous m'aimiez, Benedict. Ça ne marche jamais.

— Qu'est-ce qui ne marche pas ? rétorqua-t-il, soudain exaspéré.

L'instant suivant il plissait les yeux sous l'effet de l'atroce douleur qui pulsait dans sa tête.

— Calmez-vous, voyons. Vous allez vous provoquer une migraine épouvantable.

— Je m'en moque.

Darla saisit les deux comprimés laissés par l'infirmière sur sa table de chevet et les lui tendit avec un verre d'eau.

— Prenez-ça.

— Je vais bien.

— Vous êtes mon patient et vous allez prendre ces analgésiques.

Devinant qu'elle ne le laisserait pas s'expliquer tant qu'il n'aurait pas obtempéré, il avala les deux comprimés.

— Vous savez, vous pourriez me laisser sortir d'ici. Je peux très bien me reposer à la maison.

— Vous ne resteriez pas tranquille dix minutes, assura Darla, tout en reposant le verre sur la table de chevet.

— Donc vous me gardez en observation uniquement parce que vous supposez que je ne suivrai pas vos consignes ?

— Je *sais* que vous ne les suivrez pas.

Elle recula d'un pas et soutint son regard interrogateur. Si elle refusait de le laisser l'aimer, pourquoi voulait-elle le garder auprès d'elle ?

— Vous voulez que je reste là où vous pouvez me surveiller.

— Exact.

— Parce que vous vous souciez de moi.

Le regard de Darla se troubla, mais elle finit par hocher la tête.

— Mais pas assez pour accepter l'amour que je vous porte. Pourquoi, Darla ? demanda-t-il avec douceur. Pourquoi ne suis-je pas autorisé à vous aimer ?

— Parce que cela ne ferait que nous faire souffrir tous les deux, répondit-elle. Rendormez-vous, ajouta-t-elle, se dirigeant vers la porte.

— Si vous partez maintenant, je vous préviens que je sors de ce lit et que je ne vous lâcherai pas d'une semelle ! lança-t-il.

Le regardant par-dessus son épaule, Darla vit qu'il soulevait les couvertures et faisait glisser ses jambes vers le bord du lit, dans l'intention évidente de se lever.

— Très bien, lâcha-t-elle en soupirant, se tournant vers lui.

— Merci. Vous ne voulez pas vous asseoir ?

— Je suis très bien debout.

— Bon. Alors, répondez-moi : pourquoi ne suis-je pas autorisé à vous aimer, Darla ?

— Voilà ce qui s'appelle aller droit au but.

— Je ne vois aucune raison de tourner autour du pot. Je vous ai avoué mon amour, vous l'avez rejeté. J'estime avoir le droit de savoir pourquoi, d'autant que je sais que vous m'aimez en retour, Darla.

— Quelle arrogance ! murmura-t-elle.

Il soutint son regard sans ciller.

— Comment pouvez-vous être amoureux de moi ? demanda-t-elle d'une voix timide.

— Darla, approchez, dit gentiment Benedict en lui tendant la main.

— Non.

Il laissa retomber sa main.

— Alors expliquez-moi pourquoi vous croyez que vous ne devriez pas être aimée.

— Mais… parce que je ne mérite pas de l'être. Parce que je ne suis pas une bonne personne. Si vous saviez la moitié des choses que j'ai faites dans le passé…

— Ce passé est révolu. Ça n'a aucune importance.

— Non, Benedict. Mon passé fait partie intégrante de moi et je sais que, quand vous le découvrirez, vous cesserez de m'aimer. Votre amour pour moi est une illusion, mais vous ne vous en rendez pas compte. C'est pour cette raison que nous n'avons aucun avenir ensemble. Pour cette raison que vous devez m'oublier.

Lui tendant de nouveau la main, Benedict lui fit une place à côté de lui, sur le lit.

— Venez ici, s'il vous plaît, l'appela-t-il.

Darla ferma un instant les yeux. Le moment était venu pour elle de mettre un terme à cette histoire. Elle dirait à Benedict la vérité, elle serait ouverte et honnête. Alors il comprendrait enfin qu'elle n'était pas la femme qu'il lui fallait et… il s'en irait. Et elle en aurait le cœur brisé.

Ouvrant les yeux, elle prit une profonde inspiration, s'avança lentement vers lui, et, acceptant sa main, s'assit sur le bord du lit.

— Merci. Maintenant dites-moi ce que vous m'avez caché pendant tout ce temps, Darla.

— Moi. C'est moi que je cachais.

— Vous vous cachiez derrière votre passé, c'est ça ?

— Oui. Un jour vous me l'avez fait remarquer, d'ailleurs… mais je n'ai pas voulu l'admettre, et je me suis débrouillée pour vous tenir à distance. Mais, quand vous m'avez avoué que vous m'aimiez, je n'ai plus eu le courage de maintenir mes défenses. Mais, Benedict, je me bats depuis si longtemps que, si j'arrête, je ne saurai plus à quoi me raccrocher.

— A nous. Vous vous raccrocherez à nous, répondit Benedict en lui caressant la joue. Débarrassez-vous de ce passé qui vous encombre, Darla, afin que nous puissions penser ensemble à l'avenir. Je vous promets d'être toujours là pour vous, je vous offre mon cœur et mon amour, mais c'est à vous de consentir à les recevoir.

— Le problème est là, Benedict. Je ne sais pas si je peux.

— Mais le voulez-vous ?

— Oui, affirma-t-elle, levant les yeux vers lui.

— Alors faites-le. Prenez ce risque, Darla. Prenez ce risque avec moi. Nous marcherons ensemble, main dans la main, dit Benedict.

Et, lui enlaçant la taille, il l'attira contre lui.

Sans trop savoir comment cela s'était produit, Darla se retrouva allongée sur le lit, pelotonnée dans ses bras puissants.

— Je veux vous protéger. Je veux faire en sorte que plus jamais personne ne vous fasse du mal. Je veux vous prouver combien vous êtes digne d'être aimée et combien vous comptez pour moi, lui murmura-t-il à l'oreille.

Il déposa un baiser dans ses cheveux avant d'ajouter :

— Je vous aime, Darla. Pouvez-vous au moins accepter cela ?

— Oui, répondit-elle dans un souffle, le cœur battant la chamade.

— Pouvez-vous aussi comprendre que je serais incapable de cesser de vous aimer ? Vous êtes l'amour de ma vie. Jamais je n'ai aimé — et jamais je n'aimerai — une autre femme autant que je vous aime. J'ai vu mes parents former un couple heureux, que même la mort n'a pas réussi à séparer. Peter, Edward et Lorelai, ont, eux aussi, trouvé le grand amour, et c'est ce que je veux pour nous. Je veux passer le reste de ma vie avec vous et j'espère de tout mon cœur que vous le voulez aussi.

Tendrement, il caressa ses cheveux, les repoussant de son visage et plongeant les yeux dans les siens, comme s'il voulait voir au plus profond de son âme.

— Je t'aime, Darla. Pour toujours. Est-ce que tu me crois ?

— Je veux te croire, balbutia-t-elle. Je veux vraiment te croire, Benedict.

— Est-ce que tu m'aimes ?

Darla ouvrit la bouche pour acquiescer. Elle voulait lui répondre, elle voulait formuler l'amour qu'il pouvait sans doute lire dans ses yeux, mais cela faisait tant d'années qu'elle avait verrouillé son cœur qu'il lui était impossible de prononcer le mot qui lui brûlait les lèvres.

Devant son silence, Benedict eut un petit rire.

— Bon, alors nous allons procéder autrement. Si tu m'aimes, cligne des paupières.

Avec un sourire, elle s'exécuta aussitôt.

— C'est bien ce que je pensais, murmura-t-il avant de déposer un baiser passionné sur ses lèvres. Maintenant, que dirais-tu d'un long clignement de paupières si tu veux vraiment passer le reste de ta vie avec moi ?

Cette fois, Darla hésita, soudain effrayée par l'énormité de l'engagement qu'il lui proposait. Puis elle ferma les yeux, le temps d'un profond soupir, avant de les ouvrir pour croiser le regard tendre, compréhensif et caressant de l'homme de ses rêves. Il lui donna un autre baiser, si tendre et si profond qu'elle crut s'y perdre.

— Je veux t'épouser, mon amour. Nous laisserons les choses évoluer lentement, un jour à la fois, en savourant chaque seconde. Tu es d'accord ?

Darla acquiesça d'un nouveau clignement de paupières — et appuya son accord en hochant la tête, toujours incapable de prononcer un mot.

Mais à peine avaient-ils eu le temps de sceller leur amour d'un autre baiser que, s'écartant brusquement de Benedict, elle le dévisageait d'un air angoissé.

— Et en ce qui concerne les enfants ? Et si tu en veux et que je n'en veux pas ? Et si je ne peux pas en avoir du tout ?

— Un jour… à la fois… mon amour, murmura-t-il, ponctuant chaque terme d'un baiser. J'appartiens à une famille nombreuse. Si nous décidons de ne pas avoir d'enfants, eh bien, nous aurons toujours assez de neveux et nièces à aimer.

— Tu le penses vraiment ?

— Je ne te mentirai jamais, Darla. Avec toi dans ma vie, je suis un homme comblé. Et je sais aussi à quel point ta mission auprès des femmes est importante pour toi — alors je ferai tout ce que je pourrai pour assister… l'*ange* que tu es.

— Oh ! Benedict…

Avec un soupir de bonheur, Darla se pelotonna contre lui.

— J'ai su d'emblée que tu allais mettre la pagaille dans ma vie, dit-elle, taquine.

— La pagaille ?

En riant, elle plaqua un baiser sur sa bouche. Pour la première fois de sa vie, elle se sentait légère et libre. Benedict n'avait pas été grièvement blessé. Il l'aimait. Il voulait l'épouser. Il l'avait acceptée telle qu'elle était. Son bonheur atteignait des sommets qu'elle n'avait jamais imaginés. Benedict s'était faufilé dans sa vie, dans son cœur, et la « pagaille » qu'il avait créée la ravissait.

— La pagaille, répéta-t-elle.

— Et c'est une bonne chose ?

Darla rit de nouveau. Le poids de son passé s'était envolé ; à présent elle allait de l'avant. Avec l'homme de ses rêves.

— Une *excellente* chose, mon chéri !

Epilogue

Quelques semaines plus tard, ils retournèrent à Oodnaminaby pour le baptême de la petite Susan.

— J'ai le trac, avoua Darla comme ils approchaient de l'embranchement de la petite route menant au bourg.

Benedict lui lança un regard étonné.

— Ah bon ? Pourtant tu connais déjà toute la famille, et ils t'aiment tous, tu le sais.

— Oui. Mais nous ne sommes… euh… plus tout à fait dans la même situation que la dernière fois.

— Je pense que le terme que tu cherches est *fiancés*.

— Tu as raison, nous sommes *fiancés*, admit-elle, se forçant à prononcer le mot.

Elle avait auprès d'elle un homme qui l'adorait et lui offrait la grande famille dont elle avait toujours rêvé. Elle était immensément heureuse ; cependant elle avait encore un peu de mal à accepter tout ce bonheur.

A sa sortie de l'hôpital, et avant même de rentrer chez lui, Benedict avait tenu à l'emmener dans une bijouterie pour lui acheter une bague. Ce qui l'avait à la fois ravie, excitée et embarrassée.

— C'est ta façon de ne pas précipiter les choses ? avait-elle demandé.

— Je n'ai pas envie que tu changes d'avis, avait-il avoué. Et je tiens à ce que tu aies la bague que *toi*, tu aimes, plutôt que celle que je pourrais choisir pour toi. Si tu ne veux pas la porter tout de suite, ça ne me dérange pas. Si tu veux garder notre relation secrète, aucun problème non plus. Nous nous aimons, c'est tout ce qui compte.

Chez le bijoutier, ils avaient examiné les présentoirs et, à sa vive surprise, Darla avait trouvé la bague de fiançailles idéale : un diamant solitaire monté sur un anneau en or gris. Choix qu'avait approuvé Benedict. « Belle et unique, comme toi, mon amour », lui avait-il murmuré à l'oreille.

Lorsqu'il avait glissé la bague à son doigt pour l'essayer, celle-ci lui avait paru parfaite. Si parfaite qu'un sentiment de panique l'avait saisie. C'était trop beau ! Elle avait alors relevé les yeux vers lui, et son sourire encourageant et la force qui émanait de lui avaient miraculeusement dissipé ses craintes.

Peu après, ils étaient ressortis de la boutique, l'écrin contenant le solitaire glissé dans la poche de Benedict. Puis ils étaient allés se restaurer dans la boulangerie favorite de ce dernier où officiait son copain Tom ; et c'est devant un café accompagné de muffins aux airelles qu'il lui avait remis l'écrin.

— Prends tout le temps qu'il te faut, ma chérie. Tu la porteras quand tu jugeras le moment venu. Dans l'intervalle, si tu gardes à l'esprit que je suis à toi pour toujours, ça me suffit amplement.

Emue aux larmes, elle avait accepté ce cadeau. A présent, il se trouvait dans la poche de sa veste, et elle ne pouvait s'empêcher de le toucher, pour vérifier qu'elle ne rêvait pas.

Peu de temps après, Benedict quitta l'autoroute et, bien trop tôt, la voiture s'arrêta devant la maison familiale. Coupant le moteur, il se tourna vers elle.

— Ne sois pas nerveuse, ma chérie. Tout va bien se passer.

— Je sais.

— Viens maintenant, ajouta-t-il. Plus nous nous attardons ici, plus nous risquons d'amener toute la bande à sortir voir ce qui nous retient.

Et, posant un tendre baiser sur les lèvres de Darla, il descendit de voiture, s'empressa de lui ouvrir sa portière et, main dans la main, ils se dirigèrent vers l'entrée de la belle demeure familiale.

Dès le seuil, elle fut saisie par le brouhaha ambiant : un concert de voix masculines et féminines, ponctué de cavalcades et de cris d'enfants —, qu'accompagnait le délicieux fumet émanant de la cuisine.

Benedict souriait. Il était chez lui, ici, et elle se retrouvait au milieu de *toute* sa famille. Le jour de la foire, il manquait Hamilton et Bartholomew, restés à Canberra, ainsi que le père de Lorelai, retenu par son travail. Aujourd'hui tout le monde était là, et tout le monde se demandait sans doute quelle était la vraie nature de sa relation avec Benedict…

— Tu leur as dit ? chuchota-t-elle à l'oreille de Benedict.

BJ, le père de Lorelai, l'avait entendue, visiblement, puisqu'il se mit à rire.

— Oh ! Darla ! Il n'en a même pas eu besoin ! Vos sentiments pour Ben se lisent sur votre visage. Il est évident que vous êtes amoureux, tous les deux, dit-il avant de disparaître, happé par sa petite fille.

Darla resta abasourdie.

— C'est vrai ? Ça se voit sur mon visage ? demanda-t-elle à Benedict.

Il sourit.

— J'espère bien. On est en famille, Darla. Tu n'as rien à craindre ici. Détends-toi et profite.

Vers la fin de la journée, Darla se glissa au-dehors, afin de respirer un peu, tandis que Benedict aidait Edward à ranger la vaisselle du repas. Elle gagna le ravissant petit jardin, qu'elle trouva désert, par chance. Là, assise sur le banc de pierre, elle prit plusieurs profondes inspirations. Avec le temps, elle s'habituerait à cette famille qui la rendrait heureuse, elle en était certaine. Tous ses rêves étaient en train de se réaliser et, tandis qu'elle regardait la charmante bourgade d'Oodnaminaby, par-dessus la haie, elle sut que sa rencontre avec Benedict était la meilleure chose qui lui soit jamais arrivée. Que *Benedict* était la meilleure chose qui lui soit jamais arrivée.

Lentement, elle tira l'écrin de sa poche et en sortit la bague qu'il lui avait offerte.

Elle admirait son éclat dans un dernier rayon de soleil quand Benedict la rejoignit.

— Je pensais bien te trouver ici, dit-il avec tendresse.

— C'est un magnifique endroit.

— Magnifique et plein de souvenirs. Je revois toujours ma mère ici, en train de planter, de désherber, de m'écouter vider mon cœur…

— Elle devait être merveilleuse.

Benedict approuva de la tête.

— Elle l'était. C'était à la fois un médecin, une mère, une bonne fée et une amie. Elle était formidable et toi, ma chérie, tu lui ressembles.

— Vraiment ?

— Oui. Vous avez le même genre de personnalité.

— Tu crois qu'elle m'aurait…

— Appréciée ? suggéra-t-il comme elle s'interrompait. Oh oui ! Je n'ai aucun doute là-dessus.

Darla resta un instant silencieuse et, tout à coup, elle se tourna vers lui et lui tendit la bague qu'il lui avait offerte. S'il te plaît, tu veux bien la tenir avec moi ?

Quand Benedict se fut exécuté, elle s'éclaircit la gorge.

— Benedict…. Je…

Elle cligna lentement des paupières.

— Je…

Il attendit, l'encourageant en silence à desserrer le frein qui l'empêchait de laisser parler son cœur. Durant les semaines écoulées elle avait partagé ses baisers, ses caresses, avait volontiers discuté avec lui de leurs projets d'avenir. Il savait qu'elle lui déclarerait son amour quand elle serait prête… et le moment était venu, semblait-il.

— Je… t'aime.

Un soupir de soulagement échappa à Darla et elle rit, en même temps que ses yeux s'embuaient.

— Oh ! mon Dieu, *je t'aime. Je t'aime. Je t'aime !*

Elle rit de nouveau.

— Je ne me doutais pas que je me sentirais libérée à ce point. Je t'aime, Benedict Goldmark. Je t'aime plus que tout au monde et je veux être ta femme. Ton amante, aussi. Ton amie, ton âme sœur. Je veux faire partie de ta vie, de tous ces petits moments que tu ne partageras qu'avec moi. Je veux que nous continuions à aider les autres aussi longtemps que nous en aurons la force, que nous restions ensemble pour toujours.

Elle baissa les yeux, regardant la bague, cette promesse d'un bonheur tant espéré, et qu'elle osait enfin reconnaître.

— S'il te plaît, passe-la à mon doigt, mon chéri. Que tout le monde sache qu'elle est le gage de l'amour que nous nous portons.

— Avec grand plaisir, mon amour, murmura-t-il.

Aussitôt il glissa le solitaire à l'annulaire de sa main gauche.

— Je t'aime tant, Darla, ajouta-t-il d'une voix chargée d'émotion.

Puis, l'aidant à se relever, il l'enveloppa dans ses bras protecteurs, avant de lui donner un long baiser tendre et passionné, qui sembla à Darla sceller leur promesse mutuelle : une vie de bonheur à deux, jusqu'à la fin des temps.

COLLECTION *Blanche*

Ne manquez pas, dès le 15 juillet

RETROUVAILLES AU SYDNEY HOSPITAL,
de Melanie Milburne • N° 1086
Lexi est abasourdie : elle vient de tomber nez à nez avec Sam Bailey, l'homme qui l'a quittée 5 ans plus tôt, et qu'elle n'a jamais revu depuis… Le choc est d'autant plus brutal qu'il lui annonce qu'il s'est fait embaucher au Sydney Hospital, où elle travaille aussi ! Pour Lexi, les mois à venir s'annoncent pour le moins compliqués, d'autant qu'elle découvre très vite qu'elle va non seulement devoir faire face à l'hostilité de Sam, mais aussi aux sentiments qu'elle sent bientôt renaître pour lui…

UN PATRON À AIMER, de Sue MacKay
Sur le point de commencer un nouveau travail à Wellington, la ville de son enfance, Ruby est partagée entre l'excitation et une pointe d'appréhension ; mais quand elle apprend qu'elle va devoir travailler sous les ordres de Jack Forbes, son ex-fiancé, c'est la panique qui la submerge. Comment va-t-il réagir, alors qu'ils ne se sont pas vus depuis 3 ans ? Depuis que, à la mort de sa mère, elle l'a quitté brusquement, pour partir à la recherche de ses origines…

LE PLUS BEAU DES CADEAUX, de Scarlet Wilson • N° 1087
Amy n'a plus qu'un espoir pour sauver son enfant : le Dr Linc Adams. Enceinte de sept mois, elle vient d'apprendre qu'elle risque d'accoucher prématurément, et le meilleur obstétricien de la région, le seul qui puisse l'aider à éviter le pire à son bébé, c'est Linc Adams. Sauf que ce dernier n'est pas seulement un brillant médecin, il est aussi l'homme avec qui elle a vécu six mois d'amour fou lors d'une mission humanitaire en Amazonie, quelques années plus tôt… Pourquoi accepterait-il de l'aider aujourd'hui, alors que, à l'époque, elle l'a quitté précipitamment, sans pouvoir lui expliquer les raisons de sa fuite ?

UN MÉDECIN SOUS LE CHARME, d'Irene Hannon
Marci est stupéfaite quand elle voit arriver le médecin qu'elle a appelé chez elle en urgence ; car il n'est autre que le bel inconnu dont elle a croisé le regard incendiaire au mariage de son frère, quelques jours plus tôt… Regard auquel elle a tout fait pour ne pas répondre, tant le désir qu'elle y a lu l'a déstabilisée, elle qui se tient d'ordinaire prudemment à l'écart des hommes. Sauf que, cette fois, ils ne sont plus que tous les deux, et elle n'est pas du tout sûre d'être capable de garder ses distances vis-à-vis du beau médecin, qui ne dissimule rien du désir qu'il éprouve pour elle…

LA FIANCÉE RETROUVÉE, de Louisa George • N° 1088

Quand elle reçoit l'expert chargé d'examiner le centre médical qu'elle a ouvert dans la petite ville où elle a grandi, Mim sent le sol se dérober sous ses pieds. Car l'expert n'est autre que Connor Wiseman, avec qui elle a brutalement rompu ses fiançailles, quelques années plus tôt. Et s'il y a bien une chose dont elle est sûre, c'est qu'aujourd'hui Connor, toujours aussi autoritaire et arrogant, ne lui fera aucun cadeau. Mais ce qu'elle n'a pas prévu, c'est que la passion pourrait de nouveau flamber entre eux...

UN PATIENT IMPOSSIBLE, de Roxanne Rustand

Même si elle a parfois du mal à concilier l'éducation de son fils, Elis, qu'elle élève seule, et sa carrière de kinésithérapeute, Sophie est très heureuse dans sa vie. Une vie dans laquelle il n'y a pas de place pour un homme... Du moins le croit-elle jusqu'à ce qu'elle rencontre le Dr Josh McLaren, un de ses patients ; un homme ténébreux mais très séduisant, qui se montre complètement réfractaire aux soins qu'elle doit lui donner. Aussi agacée qu'intriguée par le comportement de cet homme, elle rêverait de percer ses défenses, et qu'il accepte de se laisser soigner. Voire de lui ouvrir son cœur...

UN DÉFI POUR LE DR MCKINNA, de Tina Beckett • N° 1089

En acceptant un poste de médecin-secouriste dans les îles Aléoutiennes, Molly McKinna espère bien prendre un nouveau départ, aussi bien professionnel que personnel. Mais une fois sur place, la présence de Blake Taylor, le pilote avec lequel elle doit travailler, la déstabilise complètement : il l'exaspère par son assurance et son arrogance... et le fait qu'il soit très séduisant – ce ne sont pas les infirmières du centre qui diraient le contraire... – n'arrange rien ! Au fil des jours, pourtant, Molly sent son animosité faiblir face au désir grandissant qu'elle ressent pour lui...

JE NE T'AI PAS OUBLIÉE, de Leonie Knight

8 ans après leur séparation, Tara a la stupeur de voir revenir son ex-mari Ryan dans son petit village de Keysdale, en Australie. Ryan, dont elle a divorcé après le terrible accident qui lui a laissé de lourdes séquelles. A l'époque, elle en était persuadée, elle n'aurait été qu'un poids pour son mari. Le cœur brisé, elle avait alors préféré le quitter. Mais aujourd'hui, Ryan semble prêt à tout pour lui prouver que rien n'est fini entre eux...

Best-Sellers n°510 • thriller

Le lys rouge - Karen Rose

Par une froide nuit de mars, à Chicago, une jeune fille se jette du vingt-deuxième étage. Chez elle, telle une signature macabre, la police découvre le sol jonché de lys. Quand il arrive sur les lieux, et qu'il y croise Tess Ciccotelli, psychiatre de la victime, l'inspecteur Aidan est sur la défensive, car des indices laissent penser que la jeune fille a été poussée au suicide par sa thérapeute. Soupçonnée de meurtre, Tess est interrogée par les policiers, puis libérée grâce à l'intervention de son avocate. Mais d'autres patients se suicident à leur tour. Lettres, empreintes, messages téléphoniques : tout accuse Tess. Etrangement, plus les preuves s'accumulent contre elle, plus Aidan est convaincu de son innocence. Quant à son avocate, elle refuse d'assurer sa défense. Seuls désormais face à la méfiance de leur entourage, Aidan et Tess vont devoir découvrir quel esprit manipulateur et pervers se cache derrière le piège diabolique qui se resserre autour de Tess…

Best-Sellers n°511 • suspense

Les disparus de Shadow Falls - Maggie Shayne

Le meilleur ami de son fils Sam a été retrouvé mort. Assassiné dans la forêt de Shadow Falls. Et pour le Dr Carrie Overton, cette tragédie fait soudain ressurgir les terreurs du passé. Depuis seize ans, en effet, Carrie est hantée par le souvenir de cette femme désespérée à qui elle a porté secours. Une inconnue qui a bouleversé sa vie à jamais en lui confiant son nouveau-né. Avant d'être assassinée, elle aussi… Depuis, Carrie porte seule le poids de ce lourd secret. Et aujourd'hui, elle se sent complètement désemparée. D'autant que Gabriel Cairn, récemment arrivé en ville, multiplie les questions sur son passé. Carrie doit-elle se méfier de cet homme mystérieux en qui elle a pourtant eu spontanément confiance ? Ou bien le jour est-il venu de mettre enfin un terme à son mensonge ?

Best-Sellers n°512 • suspense

L'île de la lune noire - Heather Graham

Quand deux jeunes acteurs sont assassinés sur un tournage, dans une petite île isolée de Floride, le thriller que réalise Vanessa Loren devient réalité. D'autant que le meurtrier demeure introuvable et que des phénomènes étranges conduisent Vanessa à se demander si l'île n'est pas hantée, comme le prétend la légende. Deux ans plus tard Vanessa, toujours bouleversée par ce crime impuni, revient à Key West où elle a appris que se préparait un documentaire sur l'histoire de la région. Elle souhaite absolument convaincre le réalisateur, Sean O'Hara, de l'embaucher pour inclure dans son film le récit du tournage tragique. Déterminée à surmonter les réticences de Sean qui semble se méfier d'elle, Vanessa le conduit sur les lieux du crime tout en lui faisant part de ses hypothèses. Mais elle est loin d'imaginer que le passé est sur le point de se répéter et que le tueur, accompagné d'ombres mystérieuses et inquiétantes, la guette déjà dans l'ombre.

Best-Sellers n°513 • thriller

Un danger dans la nuit - Lisa Jackson

Je sais ce que tu as fait, confesse tes péchés...
En écoutant ce message sur son répondeur, la psychologue Samantha Leeds plonge en plein cauchemar. Car l'appel lui rappelle le drame qui a marqué sa vie : le suicide d'Annie, une jeune auditrice perturbée qu'elle n'a pas pu sauver. Terrifiée, Samantha l'est d'autant plus que le harceleur est devenu un tueur qui viole et étrangle ses victimes en écoutant son émission. Tandis que les inspecteurs Bentz et Montoya pistent le meurtrier, Samantha se réfugie auprès de Ty Wheeler, son nouveau voisin, le seul homme auquel, croit-elle, elle peut encore faire confiance...

Best-Sellers n°514 • roman

L'écho de la rivière - Emilie Richards

Artiste peintre mariée à un avocat et mère d'une petite fille, Julia Warwick est un pur produit de l'aristocratie de Ridge's Race. Cette femme à qui tout semble sourire voit pourtant son monde s'écrouler lorsqu'elle perd la vue de manière inexpliquée. Les médecins ayant conclu à une cécité psychosomatique, Julia entreprend de fouiller son passé à la recherche d'un traumatisme qu'elle aurait pu enfouir au plus profond de sa mémoire. Ce faisant, elle ouvre peu à peu les yeux sur son mari, sa famille, et surtout sur elle-même. Faisant bientôt émerger, avec l'aide de Christian Carver, son amour de jeunesse, des secrets que beaucoup ont intérêt à ne jamais voir divulgués.

BestSellers

Best-Sellers n°515 • suspense

Noirs soupçons - Brenda Novak

Revenue à Stillwater avec sa petite Whitney pour oublier un passé difficile, Allie McCormick, brillant officier de police, est fermement décidée à faire toute la lumière sur le drame qui a bouleversé la ville durant son adolescence : la mystérieuse disparition du révérend Barker, dix-neuf ans plus tôt. Depuis, les soupçons les plus noirs, les rumeurs les plus graves, n'ont cessé de circuler dans la région… Des rumeurs terribles, accusant Clay Montgomery, le fils adoptif du révérend, d'avoir tué son beau-père et dissimulé son corps. Mais un soupçon n'a rien d'une preuve pour Allie, quels que soient ses doutes et la surprise qu'elle éprouve en découvrant, au lieu de l'adolescent au charme ténébreux dont elle a gardé le souvenir, un homme taciturne et solitaire, qui semble porter le poids d'un lourd secret. Intriguée, Allie veut à tout prix découvrir s'il est ou non l'assassin qu'elle est venue démasquer.

Best-Sellers n°516 • thriller

Le collectionneur - Alex Kava

Albert Stucky. On l'appelle le Collectionneur – parce qu'il aime collectionner les jeunes femmes, avant d'en disposer à sa manière. La plus horrible qui soit. Pour l'arrêter, Maggie O'Dell, profiler et agent du FBI, a payé le prix fort : enlevée et torturée par ce fou dangereux, elle n'a échappé à la mort que de justesse. Mais aujourd'hui, huit mois après les faits, la jeune femme apprend que Stucky est parvenu à s'évader. Pour elle, le cauchemar recommence…

Un face à face redoutable entre Maggie O'Dell, un des meilleurs profilers du FBI, et Albert Stucky, un tueur en série particulièrement intelligent et pervers, dont chaque crime marque une escalade dans l'horreur.

Best-Sellers n°517 • historique

Le prix du scandale - Kat Martin

Angleterre, 1855.

Depuis la disparition de son richissime époux, Elizabeth Holloway n'a qu'une inquiétude : se voir retirer la garde de son fils par sa cupide belle-famille, prête à tout pour s'emparer de l'héritage de l'enfant. Désespérée, et impuissante face aux Holloway, elle décide de faire appel au seul homme qu'elle ait jamais aimée, et qu'elle a pourtant trahi malgré elle… Reese Dewar. Reese, qui ne lui a jamais pardonné d'en avoir épousé un autre alors qu'elle lui avait promis sa main des années plus tôt. Reese, qui ignore tout de son secret et des raisons qui l'ont poussée à se détourner de lui…

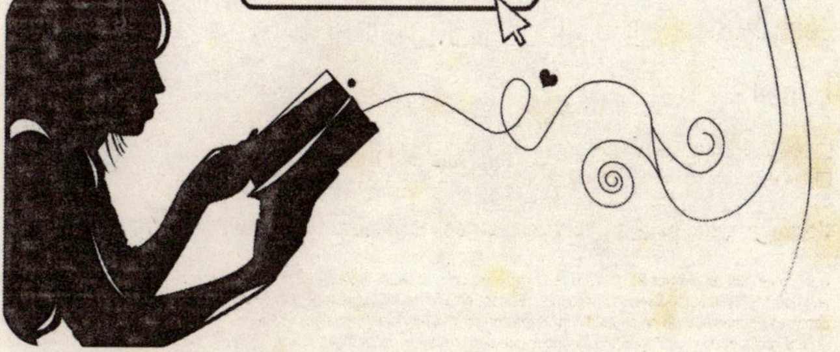

Composé et édité par les

éditions HARLEQUIN

Achevé d'imprimer en mai 2012

BRODARD & TAUPIN

La Flèche

Dépôt légal : juin 2012

N° d'imprimeur : 68381

Imprimé en France